SOCIEDADE DAS RELÍQUIAS LITERÁRIAS

ANNO II

Contos, lendas e noveletas do passado

SOCIEDADE DAS RELÍQUIAS LITERÁRIAS

ANNO II

CONTOS, LENDAS E NOVELETAS DO PASSADO

PROFISSIONAIS DE TEXTO	REVISÃO FINAL
Consulte os créditos na página 319	Bárbara Parente
	EDIÇÃO
DIAGRAMAÇÃO E CAPA	1ª Edição, 2022
Marina Avila	Capa dura
CasaTipográfica	Gráfica Viena

DADOS INTERNACIONAIS DE CATALOGAÇÃO NA PUBLICAÇÃO (CIP)
(Câmara Brasileira do Livro, SP, Brasil)

Catalogação na fonte: Bibliotecária responsável: Ana Lúcia Merege – CRB-7 4667

S 678
  Sociedade das Relíquias Literárias, anno 2 / Louisa May Alcott [et al.]; tradução de Karine Ribeiro [et al]. – São Caetano do Sul, SP: Wish, 2022. – (Coleção Sociedade das Relíquias Literárias; 2)
  320 p.
  Vários autores.
  Vários tradutores.
  ISBN 978-85-67566-44-3 (Capa dura)
  1. Antologia de ficção I. Alcott, Louisa May II. Ribeiro, Karine III. Série
                                                              CDD 808.83

ÍNDICE PARA CATÁLOGO SISTEMÁTICO:
1. Antologia de ficção   808.83

Sociedade das Relíquias Literárias

EDITORA WISH
www.editorawish.com.br
Redes Sociais: @editorawish
São Caetano do Sul – SP – Brasil

© Copyright 2022. Este livro possui direitos de tradução e projeto gráfico reservados e não pode ser distribuído ou reproduzido, ao todo ou parcialmente, sem prévia autorização por escrito da editora.

Alguns livros são tão familiares que lê-los é como voltar para casa

Louisa May Alcott

SUMÁRIO

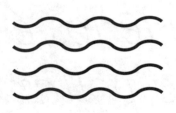

SOCIEDADE
DAS RELÍQUIAS
LITERÁRIAS

Introdução _____ **8**

O Experimento do Doutor Heidegger _____ **11**
Nathaniel Hawthorne, 1837

O Terceiro Ingrediente _____ **23**
O. Henry, 1908

O Garoto do Dia e a Garota da Noite _____ **39**
George MacDonald, 1880

O Demônio de Mármore _____ **90**
Rabindranath Tagore, 1895

Bartleby, o Escrivão _____ **106**
Herman Melville, 1853

Sra. Spring Fragrance _____ **153**
Sui Sin Far, 1912

Depois _____ **169**
Edith Wharton, 1910

A Amante do Pássaro _____ **208**
Cornelius Mathews, 1856

O Rei Gélido _____ **221**
Louisa May Alcott, 1854

O Fantasma Inexperiente _____ **240**
H. G. Wells, 1902

Os Óculos de Pigmalião _____ **258**
Stanley G. Weinbaum, 1935

A História da Noz de Casca Dura _____ **286**
E. T. A. Hoffmann, 1816

Pele de Urso (EXTRA) _____ **304**
Howard Pyle, 1888

INTRODUÇÃO

Dentro de centenas de bibliotecas, escondem-se milhares de tesouros. Quando entramos em contato com uma relíquia do passado, como os contos selecionados pela Sociedade das Relíquias Literárias, é quase como se, por alguns instantes, aquela história pertencesse exclusivamente aos nossos olhos. Os personagens revivem após décadas e voltam a ter uma voz, um rosto. Cada descrição de cenário é diferente na mente de cada leitor, e cada leitura nos desperta uma nova sensação.

A Sociedade das Relíquias Literárias, entre outros propósitos, nasceu para poder entregar uma vivência do passado mágico, sombrio ou cômico, todos os meses, para os leitores. Não apenas um clube digital de contos raros, mas uma nova visão das histórias que sobreviveram à prova do tempo.

A Sociedade teve início durante o período de isolamento social devido à pandemia de Covid-19, em abril de 2020, a partir de múltiplos propósitos. Além de garantir à editora e aos profissionais que trabalham conosco o mínimo de sustentabilidade, num período em que ainda pouco sabíamos sobre como a crise de saúde pública iria refletir no mercado editorial, foi ela também uma forma de nos conectarmos mais uns com os outros. Todos os meses, nossos assinantes recebiam em suas caixas de e-mail um conto traduzido e ilustrado pela sociedade. Essas histórias nos permitiram esquecer, ainda que por alguns instantes, o que vínhamos enfrentando, encontrando alento em enredos distantes da nossa realidade.

O livro que você tem em mãos é a compilação de todos os contos do segundo ano (de janeiro a dezembro) da Sociedade das Relíquias Literárias, clube de contos digitais da Editora Wish, com a inclusão de uma história extra e inédita.

Desejamos boa leitura!

O EXPERIMENTO DO DOUTOR HEIDEGGER

NATHANIEL HAWTHORNE, 1837

Um experimento misterioso e sombrio, com milagres providos pela água da Fonte da Juventude através de quatro personagens. O que eles irão fazer com a juventude restaurada?

O velho dr. Heidegger, homem bastante excepcional, certa feita convidou quatro de seus amigos para encontrá-lo em seu estúdio. Eram três cavalheiros de barba branca, sr. Medbourne, coronel Killigrew e sr. Gascoigne; e uma ressequida dama, chamada viúva Wycherly. Eram todos velhas criaturas melancólicas, com vidas desafortunadas, cuja grande desdita era ainda não terem morrido. Sr. Medbourne, em seus anos áureos, fora um mercador próspero, mas perdera tudo em uma especulação desatinada, e agora não estava muito melhor que um pedinte. Coronel Killigrew desperdiçou seus melhores anos, bem como sua saúde e sua disposição, na busca por prazeres profanos que deram origem a uma série de dores, como a gota, e diversos tormentos da alma e do corpo. Sr. Gascoigne era um político arruinado, homem de má reputação; ou pelo menos o tinha sido, até que o tempo o apagou da memória da geração atual, tornando-o mais uma figura obscura que infame. Quanto à viúva Wycherly, diz-se que era muito bela no passado, mas por muito tempo levou uma vida reclusa, devido a histórias indecorosas que colocaram a flor da cidade contra ela. É importante mencionar que cada um destes três velhos cavalheiros, sr. Medbourne, coronel Killigrew e sr. Gascoigne, foram amantes de viúva Wycherly e, em certa ocasião, estiveram em vias de matar uns aos outros por causa dela. Antes de prosseguir, devo ainda mencionar que dr. Heidegger e seus quatro convidados podiam ser um pouco descompensados; o que não é incomum entre pessoas idosas, quando se encontram afligidas por problemas atuais ou lembranças dolorosas.

– Meus velhos amigos – disse o dr. Heidegger, indicando que se sentassem –, gostaria de sua ajuda em um dos muitos experimentos com os quais me entretenho em meu estúdio.

Se o que diziam era verdade, o estúdio do dr. Heidegger deve ter sido um lugar muito peculiar. Era um cômodo antiquado, pouco iluminado, repleto de teias de aranha e poeira. Pelas paredes havia várias estantes de carvalho, as prateleiras mais baixas ocupadas por fileiras de fólios enormes e quartos, e as de cima por livros menores encadernados em pergaminho. Sobre a estante do meio havia um busto de bronze de Hipócrates, com o qual o dr. Heidegger discutia casos clínicos difíceis, conforme relatos de algumas autoridades. No canto mais sombrio do cômodo, havia um armário alto e estreito feito de carvalho, com portas entreabertas através das quais era possível vislumbrar o que parecia ser um esqueleto. Entre duas estantes havia um espelho com a superfície empoeirada e a moldura dourada já embaçada. Dentre as muitas histórias incríveis sobre este espelho, contava-se que os espíritos de pacientes falecidos do médico viviam em suas extremidades e que o encaravam quando olhava em sua direção. O lado oposto do recinto era decorado com um retrato de corpo inteiro de uma jovem trajando o esmaecido esplendor da seda, cetim e brocados, cujo semblante era tão desbotado quanto seu vestido. Cerca de cinquenta anos antes, o dr. Heidegger estivera prestes a casar com esta jovem; mas, tendo sido acometida por uma doença, tomou uma das receitas de seu amado, morrendo na noite do casamento. A maior extravagância do estúdio ainda não foi mencionada; era um fólio volumoso e pesado, encadernado em couro preto, com grandes fechos de prata. Não havia nada escrito atrás e não era possível identificar o título do livro. Sabia-se, contudo, que se tratava de um livro de magia; certa feita, quando a camareira o levantou para espanar a poeira, o esqueleto chacoalhou no armário, a imagem da mulher colocou um dos pés no chão e várias faces horrendas espreitaram através do espelho; enquanto isso, a imagem de bronze de Hipócrates franziu o cenho e disse:

— Contenham-se!

Assim era o estúdio do dr. Heidegger. Na tarde de verão em que nosso conto se passa, uma pequena mesa redonda, preta como ébano, encontrava-se no centro da sala, e sobre ela havia um belo e bem trabalhado vaso de vidro. O sol entrava pela janela entre os festões de duas esmaecidas cortinas adamascadas, incidindo sobre o vaso de tal forma que ele refletia um brilho suave sobre os cinco rostos pálidos dos idosos. Havia, ainda, quatro taças de champanhe sobre a mesa.

— Meus velhos amigos — repetiu o dr. Heidegger —, posso contar com sua ajuda para realizar um experimento bastante curioso?

O dr. Heidegger era um velho cavalheiro bastante estranho e sua excentricidade era mote de milhares de histórias fantásticas. Algumas destas fábulas, para minha vergonha, podem remontar à minha própria pessoa; e, se alguma passagem deste conto abalar a fé do leitor, eu me contento com a fama de mentiroso.

Quando os convidados ouviram o médico falar de seu experimento, não esperavam nada muito mais elaborado que um rato morto em uma bomba de ar, ou a análise de uma teia de aranha através de microscópio, ou qualquer tolice parecida, do tipo que costumava fazer para importunar as pessoas de seu convívio íntimo. Sem esperar uma resposta, no entanto, o dr. Heidegger atravessou a sala mancando, voltando com o fólio enorme encadernado em couro preto que, segundo relatos, seria um livro de magia. Destravou os fechos de prata e abriu o livro, retirando uma rosa de suas páginas grafadas em preto, ou o que fora uma rosa no passado; as folhas antes verdes e as pétalas escarlates tinham agora tom amarronzado e a flor parecia prestes a se esfarelar nas mãos do médico.

— Esta rosa — disse o dr. Heidegger, com um suspiro —, esta mesma rosa seca e despedaçada desabrochou há cinquenta e cinco anos. Quem me presenteou com ela foi Sílvia Ward, cujo retrato podem ver ali; e eu desejava usá-la em meu peito na noite de nosso casamento. Durante cinquenta e cinco anos, esteve guardada nas folhas deste velho livro. Vocês acham que é possível que esta rosa de meio século volte a desabrochar um dia?

— Isto é um absurdo! — disse viúva Wycherly, mexendo a cabeça irritada. — É a mesma coisa que dizer que o rosto enrugado de uma idosa poderia rejuvenescer.

— Veja! — respondeu o dr. Heidegger.

Destampou o vaso e jogou a rosa na água que havia em seu interior. Em um primeiro momento, ela flutuou no líquido, parecendo não absorver nenhuma umidade. Logo depois, no entanto, uma mudança curiosa começou a ser percebida. As pétalas esmagadas e secas se moveram e recobraram o tom escarlate, como se a rosa estivesse acordando de um sono profundo; a haste fina e seus ramos se tornaram verdes; e lá estava a rosa de meio século, tão viva quanto na ocasião em que Sílvia Ward a oferecera a seu amado. Não havia desabrochado por inteiro e algumas de suas delicadas folhas se curvavam sobre seu corpo umedecido no qual duas ou três gotas de orvalho cintilavam.

— Este é com certeza um belo truque — disseram os amigos do médico; era pouco elaborado, contudo, pois tinham testemunhado milagres maiores em espetáculos de mágica —, pode nos contar como fez isso?

— Nunca ouviram falar da Fonte da Juventude que o aventureiro espanhol Ponce de Leon tentou encontrar há cerca de dois ou três séculos? — perguntou o dr. Heidegger.

— E o Ponce de Leon por acaso a encontrou? — disse a viúva Wycherly.

— Não — respondeu o dr. Heidegger —, porque ele não procurou no lugar certo. A famosa Fonte da Juventude, se estou bem informado, está no sul da península da Flórida, não muito distante do lago Macaco. Sua nascente fica escondida por várias magnólias gigantes e centenárias que continuam tão viçosas quanto violetas, graças às virtudes desta maravilhosa água. Um conhecido, sabendo de meu interesse por estes assuntos, enviou-me o conteúdo do vaso.

Coronel Killigrew, não acreditando em nenhuma palavra da história do médico, pigarreou:

— E qual seria o efeito deste líquido sobre uma pessoa?

— Você mesmo poderá julgar, caro coronel — respondeu dr. Heidegger —, e todos vocês, estimados amigos, podem tomar deste líquido para restaurar o vigor da juventude. De minha parte, tendo sido tão difícil envelhecer, não tenho pressa em voltar a ser jovem. Com sua permissão, portanto, vou apenas observar como o experimento transcorre.

Enquanto falava, o dr. Heidegger enchia as quatro taças de champanhe com água da Fonte da Juventude. Ela parecia impregnada por um gás, pois pequenas bolhas subiam do fundo das taças, estourando na superfície em borrifos prateados. A bebida exalava um aroma agradável e os idosos não duvidavam de que tivesse propriedades reconfortantes; e, embora fossem céticos quanto a seu poder rejuvenescedor, estavam inclinados a tomá-la toda de uma vez. Dr. Heidegger, entretanto, pediu que esperassem um momento.

— Antes que bebam, meus caros e velhos amigos, seria de bom tom, com a experiência de vida que possuem, que esboçassem algumas regras para guiá-los ao vivenciar uma segunda vez os perigos da juventude. Pensem que pecado e quão lamentável seria se, com tamanhas vantagens, vocês não se tornassem exemplos de virtude e sabedoria para os jovens de hoje!

Os quatro amigos do médico não responderam, a não ser por uma risada fraca e trêmula; era ridícula a ideia de que voltariam a se desviar, sabendo que a trilha percorrida pelo arrependimento é a mesma do erro.

— Pois bem, bebam — disse o doutor, curvando-se em reverência. — Fico feliz por ter escolhido tão bem quem participaria de meu experimento.

Com as mãos paralisadas, ergueram as taças em direção aos lábios. A bebida, se é que tinha as virtudes que o dr. Heidegger afirmava, não poderia ter sido dada a alguém que precisasse mais desesperadamente dela que estas quatro pessoas. Pareciam nunca ter conhecido juventude ou prazer, como se fossem frutos da senilidade da Natureza e desde sempre aquelas criaturas infelizes, pálidas, decrépitas e sem vigor que agora se sentavam curvadas à mesa do médico, sem ânimo na alma e no corpo para sequer se empolgar com a possibilidade de ser jovem mais uma vez. Beberam a água e pousaram as taças na mesa.

É certo que houve uma melhora imediata na aparência do grupo, do tipo produzido por uma taça generosa de vinho, acompanhada de um alegre brilho repentino que iluminou todos os semblantes ao mesmo tempo. Um aspecto saudável se espalhava pelas maçãs dos rostos, em vez do tom pálido que lhes dava um ar cadavérico. Olharam uns para os outros e notaram que uma força mágica parecia ter suavizado as marcas profundas e tristes que o Tempo vinha, havia muito, gravando em suas frontes. A viúva Wycherly ajeitou seu chapéu, pois se sentia como uma mulher de novo.

— Dê-nos mais dessa água maravilhosa! — imploraram, ávidos. — Nós rejuvenescemos um pouco, mas ainda continuamos velhos! Ande! Dê-nos mais!

— Tenham paciência! — disse o dr. Heidegger, que observava o experimento com frieza filosófica. — Há muito vocês têm envelhecido. Estou certo de que devem estar felizes de rejuvenescer em meia hora! De toda forma, a água continua à disposição de vocês.

Mais uma vez, encheu as taças com a bebida da juventude, restando ainda no vaso o bastante para que metade dos idosos da cidade rejuvenescesse até a idade de seus netos. Enquanto a bebida ainda borbulhava na superfície, os convidados do médico ergueram as taças da mesa e tomaram tudo em um único gole. Seria uma alucinação? Enquanto o líquido ainda passava pelas gargantas, parecia já ter realizado uma mudança em seus corpos. Os olhos se tornaram límpidos e brilhantes; uma mancha preta escurecia os cachos grisalhos; ao redor da mesa estavam três cavalheiros de meia-idade e uma mulher ainda no auge da voluptuosidade.

— Minha cara viúva, você está encantadora! — disse o coronel Killigrew, que tinha os olhos fixos em seu rosto enquanto as sombras da idade desapareciam como a escuridão antes do amanhecer.

A bela viúva sabia, de longa data, que os elogios do coronel nem sempre eram verdadeiros; então correu até o espelho, temendo ser encarada pelo semblante de uma idosa. Enquanto isso, os três cavalheiros agiam como se a água da Fonte da Juventude tivesse qualidades inebriantes, a não ser que a empolgação de seus espíritos fosse apenas uma tontura frívola causada pelo repentino alívio do peso dos anos. A mente de sr. Gascoigne parecia se ocupar de assuntos políticos, mas era difícil precisar se seriam relativos ao passado, ao presente ou ao futuro, uma vez que as mesmas ideias e frases estavam em voga nesses cinquenta anos. Ora falava, em alto e bom som, frases sobre patriotismo, glória nacional, direitos do povo; ora resmungava uma ou outra coisa perigosa, em um sussurro malicioso e incerto, com tamanha cautela que nem a própria consciência poderia captar o segredo; ora falava, mais uma vez, em voz alta e em um tom reverente, como se a realeza estivesse ouvindo suas frases bem construídas. O coronel Killigrew, durante todo o tempo, cantarolava uma música alegre, tilintando em sua taça no ritmo do refrão, enquanto observava a imagem voluptuosa da viúva Wycherly. Do outro lado da mesa, sr. Medbourne se ocupava em calcular dólares e centavos, que pareciam estranhamente estar relacionados a um projeto de fornecimento de gelo para as Índias Orientais, por meio do emprego de baleias em *icebergs* polares.

Quanto à viúva Wycherly, parou diante do espelho, fazendo reverência e sorrindo de forma afetada para seu reflexo, cumprimentando-o como se fosse a pessoa que mais amava no mundo. Aproximou o rosto do espelho para ver se alguma ruga ou pé de galinha familiares tinham de fato desaparecido. Examinou se o branco dos cabelos tinha mesmo sumido e se poderia, enfim, deixar de lado o respeitável chapéu. Por fim, afastando-se de maneira abrupta, voltou para a mesa com uma espécie de passo de dança.

— Meu caro doutor — disse —, por favor, conceda-me outra taça!

— Claro, madame, com certeza! — respondeu o médico, concordando. — Vê? Já enchi as taças.

Lá estavam, de fato, as quatro taças, transbordando com o maravilhoso líquido, cujas bolhas que estouravam na superfície lembravam o brilho tremeluzente de diamantes. O pôr do sol se aproximava e a câmara estava mais escura que nunca; mas uma luz suave como a da lua irradiava do vaso, iluminando os quatro convidados e o respeitável médico. Ele estava sentado em uma poltrona de espaldar alto, ricamente talhada em carvalho, e tinha um aspecto grisalho que parecia adequado ao próprio Tempo, cujo poder jamais alguém disputara, exceto por este grupo afortunado. Mesmo enquanto tomavam pela terceira vez da água da Fonte da Juventude, estavam intimidados pela expressão misteriosa em seu semblante.

No momento seguinte, no entanto, a juventude jorrava em suas veias. Estavam agora no auge da mocidade. A idade, com seu corolário de preocupações, tristezas e doenças, parecia agora apenas um sonho ruim, do qual tinham a felicidade de ter despertado. O acetinado da alma, há muito perdido e sem o qual os momentos da vida pareciam retratos esmaecidos, mais uma vez lançava seus encantos sobre as possibilidades. Sentiam-se como criaturas novas em um universo novo.

— Estamos jovens! Estamos jovens! — exclamavam, radiantes.

A juventude, como os extremos da idade, apagava os traços fortes da meia-idade, assimilando-os. Eram um grupo de jovens felizes, quase tresloucados com a alegria exuberante de suas idades. O efeito mais curioso da euforia foi o impulso de zombar das enfermidades e decrepitudes das quais tinham sido vítimas por tanto tempo. Gargalhavam de suas roupas antiquadas, as casacas largas e os coletes dos jovens rapazes, e o chapéu e vestido da vicejante menina. Um mancava pela sala, como um idoso com gota; outro equilibrava óculos na beira do nariz, fingindo ler com atenção as páginas do livro de magia; o terceiro se sentava em uma poltrona e se esforçava para imitar a dignidade do dr. Heidegger. Então, todos gritavam animados e saltitavam pela sala. A viúva Wycherly, se é que se pode chamar de viúva donzela tão jovem, jogou-se na cadeira do médico, com uma alegria maliciosa em sua face corada.

— Meu velho e querido doutor — dizia —, levante e venha dançar comigo! — E então os quatro jovens gargalharam ainda mais alto, de imaginar que estranha seria a cena protagonizada pelo pobre e velho médico.

— Queira desculpar-me — respondeu o médico com calma. — Estou velho e reumático, meus dias de dançar há muito se foram. Estou certo, todavia, de que qualquer um dos três alegres cavalheiros adoraria ter um par tão belo.

— Dance comigo, Clara! — pediu o coronel Killigrew.

— Não, eu serei seu par! — gritou sr. Gascoigne.

— Ela me prometeu a mão há cinquenta anos! — exclamava sr. Medbourne.

Os três a rodearam. Um segurava suas mãos apaixonadamente, outro passava o braço por sua cintura e o terceiro tocava os cachos sedosos que se concentravam por baixo do chapéu da viúva. Corada e ofegante, relutava, repreendia e ria, o hálito quente atingindo o rosto deles; lutava para se soltar, mas continuava presa naquele abraço triplo. Nunca houve retrato mais vivo da rivalidade da juventude, nem beleza tão cativante como prêmio. Ainda assim, por uma estranha ilusão causada pela escuridão da câmara e pelas roupas antiquadas que vestiam, parecia que o espelho refletia a imagem de três senhores idosos, grisalhos e ressequidos que competiam de forma ridícula por uma idosa enrugada e mal-apessoada.

Mas eram jovens: suas paixões ardentes lhes confirmavam isso. Enlouquecidos pela faceirice da jovem viúva, que não concedia nem negava seus favores, os três rivais começaram a trocar olhares ameaçadores. Sem largar seu belo prêmio, lutavam com fúria. Enquanto brigavam de um lado para o outro, a mesa virou e o vaso se estilhaçou. A inestimável água da Fonte da Juventude se espalhou pelo chão, molhando as asas de uma borboleta que, envelhecida, pousara ali para morrer. O inseto voou pela câmara e pousou na cabeça do dr. Heidegger.

— Venham, cavalheiros! Venha, madame Wycherly! — exclamou o médico. — Preciso me opor a esta bagunça.

Pararam e estremeceram, porque parecia que o Tempo os chamava de volta de sua juventude ensolarada para o frio e sombrio vale dos anos. Olharam para o dr. Heidegger, sentado em sua poltrona entalhada, segurando a rosa de meio século que tinha resgatado dos fragmentos de vaso estilhaçado. Com um gesto seu, os quatro rebeldes retomaram os assentos; e o fizeram de imediato, porque os esforços violentos os desgastaram, embora fossem jovens.

— A pobre rosa de Sílvia! — exclamou o dr. Heidegger, segurando-a sob a luz do crepúsculo. — Parece que está morrendo de novo.

E assim foi. Enquanto o grupo a observava, a flor continuou murchando até se tornar seca e frágil tal como era quando o médico a lançara no vaso. Sacudiu as poucas gotas que se equilibravam nas pétalas.

— Eu a amo agora tanto quanto a amava em seu frescor vicejante — disse, pressionando a rosa murcha nos lábios também murchos. Enquanto falava, a borboleta voou de sua cabeça e caiu no chão.

Os convidados estremeceram de novo. Um estranho calafrio se espalhava aos poucos, embora não soubessem se pela alma ou pelo corpo. Olharam uns para os outros e notaram que a cada momento um encanto era subtraído, deixando rugas onde antes não havia. Seria uma ilusão? Teriam as mudanças de toda uma vida se amontoado com tamanha rapidez, e seriam eles agora quatro idosos sentados com seu velho amigo, o dr. Heidegger?

— Envelhecemos de novo, tão rápido! — exclamaram, tristes.

E, de fato, tinham envelhecido. A água da Fonte da Juventude tinha uma virtude que durava menos que o efeito do vinho. O delírio que criara tinha por fim acabado. Sim! Estavam velhos de novo. Em um impulso trêmulo, que mostrava que ainda era uma mulher, a viúva apertou as mãos magras contra o rosto, desejando que estivesse coberta pela tampa de um caixão, já que não poderia mais ser bela.

— Sim, meus amigos, vocês estão velhos mais uma vez — disse o dr. Heidegger. — E, vejam, a água da juventude está derramada pelo chão. Eu não me queixo, contudo; porque, mesmo que a fonte jorrasse em minha porta, eu não me curvaria para beber dela, ainda que seu delírio durasse anos e não apenas momentos. Foi esta lição que aprendi com vocês!

Entretanto, os amigos do médico não aprenderam lição alguma. Decidiram imediatamente fazer uma peregrinação para a Flórida para beber da fonte da juventude de manhã, à tarde e à noite.

O TERCEIRO INGREDIENTE

O. HENRY, 1908

Uma sopa folclórica com doces doses de ironia. Hetty Pepper, uma mulher de classe baixa, perdeu o emprego em uma loja de departamentos. Barganhando seu último pedaço de comida, ela faz amizade com uma vizinha, que oferece muito mais do que o esperado.

O (assim chamado) Prédio de Apartamentos Vallambrosa não é exatamente um prédio de apartamentos. É composto por duas residências antigas, com fachada de arenito, mescladas em uma só. O andar da sala de visitas de um dos lados é alegre com os tecidos e os enfeites de cabeça de uma modista; o outro é lúgubre com as promessas sofisticadas e a exibição apavorante de um dentista indolor. Você pode alugar um quarto lá com dois dólares por semana ou com vinte dólares. Entre os inquilinos dos quartos do Vallambrosa estão estenógrafos, músicos, corretores, vendedoras, escritores, estudantes de arte, pessoas que grampeiam telefones e outras pessoas que se inclinam sobre a balaustrada quando a campainha toca.

Este tratado menciona apenas duas vallambrosianas — embora não pretenda desrespeitar os outros.

Certa tarde, às seis horas, Hetty Pepper voltou para seu quarto de $3,50 no terceiro andar nos fundos do Vallambrosa, com o nariz e o queixo mais pontiagudos do que o normal. Ser demitida da loja de departamentos onde trabalhava havia quatro anos e tendo apenas quinze centavos na bolsa costuma fazer com que suas feições pareçam mais finamente esculpidas.

Agora, vamos ao resumo da biografia de Hetty enquanto ela sobe os dois lances de escada.

Ela entrou na Biggest Store certa manhã, quatro anos antes, com 75 outras garotas, candidatando-se a um emprego atrás do balcão do departamento de espartilhos. A falange de assalariadas formava um cenário de beleza estonteante, com uma massa de cabelos louros suficiente para justificar os galopes a cavalo de cem Ladies Godivas.

O homem competente, de olhos frios, impessoal, jovem e careca cuja tarefa era contratar seis das competidoras, percebia uma sensação de sufocamento como se estivesse se afogando em um mar de plumérias, enquanto nuvens brancas, bordadas à mão, flutuavam sobre ele. Então, um barco a vela apareceu. Hetty Pepper, de feições simples, olhos verdes pequenos e desdenhosos e cabelos cor de chocolate, vestida com um traje de aniagem simples e um chapéu comum, estava diante dele com cada um de seus 29 anos de vida inconfundivelmente à vista.

— Você está contratada! — gritou o jovem careca, e foi salvo. E foi assim que Hetty começou a trabalhar na Biggest Store. A história de seu aumento para um salário de oito dólares por semana é a combinação das histórias de Hércules, Joana d'Arc, Una, Jó e Chapeuzinho Vermelho. Você não vai saber por mim qual era o salário pago a ela no início. Há um sentimento crescente sobre essas coisas, e não quero lojistas milionários subindo a escada de incêndio do meu cortiço para jogar bombas no meu *boudoir* com claraboia.

A história da demissão de Hetty da Biggest Store é tão parecida com a de sua contratação que chega a ser monótona.

Em cada departamento da loja há uma pessoa onisciente, onipresente e onívora que sempre carrega um livro de registro e usa uma gravata vermelha, e é chamado de "comprador". O destino das garotas em seu departamento (veja Agência de Estatísticas Alimentares) que vivem com determinado valor por semana está nas mãos dele.

Esse comprador específico era um homem competente, de olhos frios, impessoal, jovem e careca. Enquanto ele caminhava pelos corredores de seu departamento, parecia estar navegando em um mar de plumérias, enquanto nuvens brancas, bordadas à máquina, flutuavam ao seu redor. Doces em excesso fazem engordar. Ele olhou para as feições simples de Hetty Pepper, os olhos cor de esmeralda e o cabelo chocolate como um oásis providencial de verde em um deserto de beleza enjoativa. Em um canto silencioso de um balcão, ele beliscou o braço dela com delicadeza sete centímetros acima do cotovelo. Ela deu um tapa nele a um metro de distância com um bom golpe da sua direita musculosa que não era branca como o lírio. Então, agora você sabe por que Hetty Pepper saiu da Biggest Store com um aviso prévio de trinta minutos, com uma moeda de dez centavos e uma de cinco na bolsa.

As cotações de hoje de manhã indicam que o preço da costela bovina é de seis centavos o meio quilo (do açougueiro). Mas, no dia em que Hetty foi "liberada" pela B. S., o preço era de sete centavos e meio. Esse fato é o que torna esta história possível. Caso contrário, os quatro centavos extras teriam...

Mas o enredo de quase todas as boas histórias do mundo diz respeito a calças curtas que não conseguem cobrir tudo; de modo que você não vai encontrar nenhuma falha nesta.

Hetty subiu com a costela bovina até seu apartamento de fundos de $3,50 no terceiro andar. Um ensopado de carne quente e saboroso para o jantar, uma boa noite de sono, e ela estaria em forma pela manhã para se candidatar mais uma vez às tarefas de Hércules, Joana d'Arc, Una, Jó e Chapeuzinho Vermelho.

Em seu quarto, ela tirou a panela de granito do armário de 60 x 120 cm cheio de porcelana — hum — quero dizer, de cerâmica, e começou a escavar um ninho de sacos de papel em busca de batatas e cebolas. Saiu com o nariz e o queixo um pouco mais pontiagudos.

Não havia batatas nem cebolas. Diga-me, que tipo de ensopado se pode fazer só com carne? Dá para fazer sopa de ostras sem ostras, sopa de tartaruga sem tartarugas e bolo de café sem café, mas não dá para fazer ensopado de carne sem batatas e cebolas.

Mas a costela bovina por si só, em uma emergência, pode fazer uma sardinha parecer um salmão. Com sal e pimenta e uma colher de sopa de farinha (bem misturada antes em um pouco de água fria), vai dar certo — não é tão grossa quanto uma lagosta *à la* Newburg nem tão larga quanto um donut de festa de igreja; mas vai dar certo.

Hetty levou a panela até o fim do corredor do terceiro andar. Segundo os anúncios do Vallambrosa, ali havia água corrente. Entre você e eu e o hidrômetro, a água só se arrastava ou caminhava pelas torneiras; mas detalhes técnicos não cabem aqui. Também havia uma pia onde as arrumadeiras costumavam se reunir para despejar o pó de café e encarar os quimonos umas das outras.

Nessa pia, Hetty encontrou uma garota com cabelo artístico pesado e castanho-dourado com olhos melancólicos, lavando duas grandes batatas "irlandesas". Hetty conhecia o Vallambrosa tão bem quanto qualquer um que não usasse "óculos de fundo de garrafa" poderia compreender seus mistérios. Os quimonos eram sua enciclopédia, seu "Quem é quem?", seu órgão centralizador de notícias, de frequentadores e visitantes. Pelo quimono cor-de-rosa com bainha verde, ela descobriu que a garota com as batatas era uma pintora de miniaturas que morava numa espécie de sótão – ou "estúdio", como preferem chamar – no último andar. Hetty não tinha certeza do que era uma miniatura; mas certamente não era uma casa; porque os pintores de casas, embora usem macacões espalhafatosos e enfiem escadas na sua cara no meio da rua, são conhecidos por terem uma abundância luxuriante de comida em casa.

A menina das batatas era muito magra e pequena e manuseava as batatas como um velho tio solteiro manuseia um bebê cujos dentes estão nascendo. Estava com uma faca cega de sapateiro na mão direita e tinha começado a descascar uma das batatas.

Hetty se dirigiu a ela no tom meticulosamente formal de alguém que pretende estar alegre e familiarizada com a outra pessoa na segunda rodada de bebidas.

– Perdoe – disse ela – por eu me meter em algo que não é da minha conta, mas, se você descascar as batatas, vai perder uma parte. São batatas especiais. O certo é raspar. Vou lhe mostrar.

Ela pegou uma batata e a faca e começou a demonstrar.

– Ah, obrigada – sussurrou a artista. – Eu não sabia. Eu realmente *odiava* ver a casca grossa ser descartada; parecia um desperdício. Mas achei que sempre tinha que descascar. Quando a gente só tem batata para comer, as cascas fazem diferença, você sabe.

– Ora, menina – disse Hetty, segurando a faca –, você também está enfrentando isso?

A artista de miniaturas sorriu, faminta.

— Acho que sim. A arte, ou melhor, a maneira como eu a interpreto, não parece estar em alta. Só tenho essas batatas para jantar. Mas não ficam muito ruins cozidas e quentes, com um pouco de manteiga e sal.

— Menina — disse Hetty, deixando um breve sorriso suavizar suas feições rígidas —, o destino nos uniu. Também estou apertada, mas tenho um pedaço de carne no meu quarto, do tamanho de um cachorrinho. E fiz de tudo para conseguir batatas, exceto rezar. Vamos unir nossos departamentos alimentares e fazer um ensopado. Vamos cozinhar no meu quarto. Se ao menos tivéssemos uma cebola! Diga, menina, você não tem alguns centavos escondidos no forro do seu casaco de pele de foca do último inverno? Eu poderia ir até a esquina e comprar uma na banca do velho Giuseppe. Um ensopado sem cebola é pior do que uma matinê sem bala.

— Pode me chamar de Cecília — disse a artista. — Não. Gastei meu último centavo três dias atrás.

— Então teremos que cortar a cebola em vez de fatiá-la — disse Hetty. — Eu pediria uma à zeladora, mas, por enquanto, não quero que ela fique sabendo que estou caçando outro emprego. Mas eu queria que tivéssemos uma cebola.

No quarto da vendedora, as duas começaram a preparar o jantar. A parte de Cecília era ficar sentada, impotente, no sofá e implorar para ter permissão para fazer alguma coisa, na voz de uma pombinha arrulhante. Hetty preparou a costela bovina, colocando-a em água fria com sal na panela e sobre o fogão a gás de uma boca.

— Queria que tivéssemos uma cebola — disse Hetty, enquanto raspava as duas batatas.

Na parede oposta ao sofá, havia uma imagem publicitária reluzente e deslumbrante de uma das novas balsas da Estrada de Ferro P. U. F. F., construída para reduzir o tempo entre Los Angeles e Nova York em um oitavo de minuto.

Hetty, virando a cabeça durante seu monólogo contínuo, viu as lágrimas escorrendo dos olhos de sua convidada enquanto ela contemplava a representação idealizada do transporte veloz rodeado de espuma.

— Ora, Cecília, menina — disse Hetty, erguendo a faca —, é uma arte tão ruim assim? Não sou crítica, mas achei que isso meio que iluminava o ambiente. Claro que uma pintora de miniaturas poderia perceber que é uma imagem muito ruim em um minuto. Posso tirá-la, se você quiser. Pelo sagrado São Trivial, eu queria que tivéssemos uma cebola.

Mas a pintora de miniaturas em miniatura tinha desabado, soluçando, com o nariz afundando no tecido grosso do sofá. Havia alguma coisa ali mais profunda do que o temperamento artístico ofendido pela litografia bruta.

Hetty sabia. Tinha aceitado seu papel havia muito tempo. Como são escassas as palavras com as quais tentamos descrever uma única qualidade de um ser humano! Quando alcançamos o abstrato, ficamos perdidos. Quanto mais perto da natureza estiver o murmúrio dos nossos lábios, melhor compreendemos. Figurativamente (digamos), algumas pessoas são Seios, algumas são Mãos, algumas são Cabeças, algumas são Músculos, algumas são Pés, algumas são Costas para fardos.

Hetty era um Ombro. O dela era forte e musculoso, mas durante toda a vida as pessoas colocaram a cabeça nele, de maneira metafórica ou real, e deixaram ali todos os seus problemas ou, pelo menos, metade deles. Olhando para a vida anatomicamente, que é um jeito tão bom quanto qualquer outro, ela fora predestinada a ser um Ombro. Havia poucas clavículas mais verdadeiras por aí do que as dela.

Hetty tinha 33 anos e ainda não sobrevivera à pequena pontada de dor que a atingia sempre que a cabeça da juventude e da beleza se apoiava nela em busca de consolo. Mas uma olhada no espelho sempre servia como um analgésico instantâneo. Assim, ela deu uma olhada pálida para o espelho velho e rachado na parede acima do fogão a gás, abaixou um pouco a chama da carne e das batatas borbulhantes, foi até o sofá e ergueu a cabeça de Cecília até o confessionário.

— Vamos lá, me conte, querida — disse ela. — Sei que não é a arte que está te preocupando. Você o conheceu em uma balsa, não foi? Vamos lá, Cecília, menina, e conte para sua... sua tia Hetty.

Mas a juventude e a melancolia primeiro precisam gastar o excedente de suspiros e lágrimas que fazem a barca do romance boiar e flutuar até seu porto nas ilhas aprazíveis. No momento, através dos tendões fibrosos que formavam as barras do confessionário, a penitente — ou era a comunicante glorificada da chama sagrada — contava sua história sem arte nem iluminação.

— Foi há apenas três dias. Eu estava voltando de Jersey City na balsa. O velho sr. Schrum, negociante de arte, me falou de um homem rico em Newark que queria pintar uma miniatura de sua filha. Fui vê-lo e mostrei alguns dos meus trabalhos. Quando falei que custava cinquenta dólares, ele riu de mim como uma hiena. Ele disse que um lápis de cor vinte vezes maior custaria apenas oito dólares.

"Eu só tinha dinheiro suficiente para comprar minha passagem de volta para Nova York. Sentia que eu não queria viver nem mais um dia. Devo ter refletido isso externamente, pois vi *um homem* na fileira de assentos à minha frente, olhando para mim como se entendesse. Ele era bonito, mas, acima de tudo, parecia gentil. Quando alguém está cansado, infeliz ou desesperado, a gentileza é mais importante do que qualquer outra coisa.

"Quando fiquei tão infeliz que não conseguia mais lutar contra essa sensação, eu me levantei e saí lentamente pela porta traseira da cabine da balsa. Não havia ninguém ali, e eu escorreguei rapidamente por cima da grade de proteção e caí na água. Ah, minha amiga Hetty, estava frio, muito frio!

"Por um instante, desejei estar de volta ao velho Vallambrosa, faminta e com esperança. Em seguida, fiquei paralisada e não me importei. Depois, senti que alguém estava na água perto de mim, me levantando. *Ele* tinha me seguido e saltado para me salvar.

"Alguém jogou uma coisa parecida com uma grande rosquinha branca para nós, e ele me fez colocar os braços pelo buraco. Então a balsa deu ré, e eles nos puxaram para bordo. Aí, Hetty, fiquei com tanta vergonha da minha perversidade por tentar me afogar; além disso, meu cabelo estava solto e encharcado, e eu era uma figura esdrúxula.

"Em seguida, alguns homens de roupa azul se aproximaram; ele deu a eles seu cartão, e eu o ouvi dizer que tinha me visto deixar minha bolsa cair para fora do barco e, ao me inclinar para pegá-la, eu tinha caído no mar. E aí eu me lembrei de ter lido nos jornais que as pessoas que tentam se matar ficam trancadas em celas com pessoas que tentam matar outras pessoas e fiquei com medo.

"Mas algumas senhoras do barco me levaram escada abaixo até a sala da fornalha, me deixaram quase seca e arrumaram meu cabelo. Quando o barco atracou, *ele* veio e me colocou em um táxi. Também estava todo ensopado, mas ria como se achasse que era tudo uma piada. Ele me implorou, mas não falei meu nome nem onde eu morava, porque estava com muita vergonha."

— Você foi tola, criança — disse Hetty com delicadeza. — Espere até eu acender a luz. Pelos Céus, eu queria que tivéssemos uma cebola.

— Então ele levantou o chapéu — continuou Cecília — e disse: "Muito bem. Mas eu vou te encontrar, de qualquer maneira. Vou reivindicar meus direitos de salvagem". Aí ele deu dinheiro ao taxista e disse para ele me levar aonde eu quisesse e foi embora. O que é salvagem, Hetty?

— Uma peça de artilharia — respondeu a vendedora. — O jovem herói deve ter te achado com uma aparência muito exausta.

— Já se passaram três dias — gemeu a pintora de miniaturas —, e ele ainda não me encontrou.

— Dê mais tempo a ele — disse Hetty. — A cidade é grande. Pense em quantas garotas ele teria que ver encharcadas com os cabelos soltos antes de reconhecer você. O ensopado está indo bem, mas, ah, como eu queria uma cebola! Eu até poderia usar um dente de alho, se tivesse.

A carne e as batatas borbulhavam alegres, exalando um aroma de dar água na boca no qual, apesar disso, parecia faltar alguma coisa, deixando uma ânsia no palato, um desejo melancólico e pungente por um ingrediente perdido e necessário.

— Eu quase me afoguei naquele rio horrível — disse Cecília, estremecendo.

— Precisa de mais água — disse Hetty. — O ensopado, quero dizer. Vou pegar um pouco na pia.

— Que cheiro ótimo — disse a artista.

— Daquele velho rio Norte nojento? — protestou Hetty. — Para mim, tem cheiro de fábricas de sabão e cachorro molhado... ah, você estava falando do ensopado. Bem, eu queria que tivéssemos uma cebola. Ele parecia ter dinheiro?

— Primeiro, ele parecia gentil — disse Cecília. — Tenho certeza de que ele era rico, mas isso pouco importa. Quando ele sacou a carteira para pagar ao taxista, dava para ver centenas e milhares de dólares ali dentro. E eu olhei por cima das portas dos táxis e o vi sair da estação da balsa em um automóvel; e o motorista lhe deu sua pele de urso para vestir, pois ele estava ensopado. Isso foi apenas três dias atrás.

— Que bobagem! — disse Hetty num impulso.

— Ah, o motorista não estava molhado — sussurrou Cecília. — E ele dirigia muito bem.

— Estou falando de *você* — disse Hetty. — Você foi boba por não dar o endereço a ele.

— Nunca dou meu endereço a motoristas — disse Cecília de um jeito arrogante.

— Eu queria ter... — começou Hetty, desconsolada.

— Para quê? — interrompeu Cecília.

— Para o ensopado, é claro... ah, eu estava falando de uma cebola.

Hetty pegou uma jarra e foi até a pia no fim do corredor.

Um jovem descia a escada no mesmo instante em que ela parou diante do degrau inferior. Ele estava bem vestido, mas pálido e abatido. Seus olhos estavam opacos com o estresse de algum fardo de sofrimento físico ou mental. Na mão ele tinha uma cebola: rosada, lisa, sólida e brilhante do tamanho de um despertador de 98 centavos.

Hetty parou. O jovem também. Havia alguma coisa semelhante a Joana d'Arc, Hércules e Una na expressão e na pose da vendedora — tinha abandonado os papéis de Jó e Chapeuzinho Vermelho. O jovem parou ao pé da escada e tossiu, distraído. Ele se sentia abandonado, detido, atacado, assaltado, agredido, saqueado, cobrado, mendigado, intimidado, mas não sabia por quê. Foi a expressão nos olhos de Hetty que provocou isso. Neles, ele viu um pirata voar até o topo do mastro e um marinheiro habilidoso com um punhal entre os dentes subir correndo pela escada de corda e pregá-lo ali. Mas, até então, ele não sabia que a carga que carregava era o que quase o fizera ser jogado para fora d'água sem sequer uma negociação.

— Perdão — disse Hetty, com tanta doçura quanto seu tom de ácido acético diluído permitia —, mas você encontrou essa cebola na escada? Havia um buraco no saco de papel; e eu acabei de sair para procurar por ela.

O jovem tossiu por meio minuto. Essa pausa pode ter lhe dado coragem para defender sua propriedade. Além disso, ele agarrou seu prêmio pungente com avidez e, com uma demonstração de vigor, enfrentou sua terrível montadora de emboscadas.

— Não — disse ele com a voz rouca —, não a encontrei na escada. Foi Jack Bevens, do último andar, quem me deu. Se não acredita, pergunte a ele. Vou esperar até você fazer isso.

— Eu conheço Bevens — comentou Hetty, amarga. — Ele escreve livros e coisas lá em cima para o homem da livraria. Dá para ouvir o carteiro caçoar dele pela casa toda quando traz os envelopes grossos. Diga, você mora no Vallambrosa?

— Não — respondeu o jovem. — Venho visitar Bevens de vez em quando. Ele é meu amigo. Moro a dois quarteirões a oeste.

— O que você vai fazer com a cebola? Se me permite perguntar, é claro — indagou Hetty.

— Vou comê-la.

— Crua?

— É. Assim que eu chegar em casa.

— Você não tem mais nada para comer com ela?

O jovem pensou brevemente.

— Não — confessou —, não tenho nem um fiapo de alguma coisa para comer nos meus aposentos. Acho que o velho Jack também está com pouca coisa para comer no seu barraco. Ele detestou perder a cebola, mas eu o deixei preocupado o suficiente para abrir mão dela.

— Rapaz — disse Hetty, fixando-o com seus olhos conhecedores do mundo e pousando um dedo ossudo e impressionante na manga dele —, você também está passando por problemas, não é?

— Muitos — respondeu prontamente o dono da cebola. — Mas esta cebola é minha propriedade, e eu a ganhei de maneira honesta. Se me der licença, preciso ir embora.

— Escute — disse Hetty, um pouco pálida de ansiedade. — Cebola crua é uma comida muito pobre. Assim como um ensopado de carne sem cebola. Agora, se você é amigo de Jack Bevens, acho que é quase honesto. Tem uma moça, amiga minha, no meu quarto ali no fim do corredor. Nós duas estamos sem sorte, e tínhamos apenas batatas e carne. Estão no fogo. Mas a comida não tem alma. Está faltando alguma coisa. Existem certas coisas na vida cujo destino natural é se encaixar e se juntar. Uma é voal cor-de-rosa com rosas verdes, outra é presunto com ovos, e a terceira é irlandeses e encrencas. E a outra é carne e batatas *com* cebolas. E outra são pessoas que enfrentam dificuldades e pessoas na mesma situação.

O jovem teve um acesso prolongado de tosse. Com uma das mãos, ele levou a cebola junto ao peito.

— Sem dúvida, sem dúvida — disse ele, por fim. — Mas, como eu disse, preciso ir embora, porque...

Hetty agarrou a manga da camisa dele com firmeza.

— Não aja como um latino, irmãozinho. Não coma cebolas cruas. Entregue-a para o jantar e faça fila para comer o melhor ensopado da sua vida. Será possível que duas moças precisam derrubar um jovem cavalheiro e arrastá-lo para ter a honra de jantar com elas? Não causaremos nenhum dano, irmãozinho. Relaxe e entre na fila.

O rosto pálido do jovem relaxou em um sorriso.

— Acho que vou com você — disse ele, iluminando-se. — Se a minha cebola servir como credencial, aceito o convite com prazer.

— Ela serve, mas vai ficar melhor como tempero — disse Hetty. — Venha e fique do lado de fora até eu perguntar à minha amiga se ela tem alguma objeção. E não fuja com essa carta de recomendação antes de eu sair.

Hetty entrou no próprio quarto e fechou a porta. O jovem esperou do lado de fora.

— Cecília, menina — disse a vendedora, lubrificando a serra afiada de sua voz o melhor que pôde —, há uma cebola lá fora. Com um jovem preso a ela. Eu o convidei para jantar. Você não vai se opor, vai?

— Oh, Céus! — disse Cecília, sentando-se e acariciando seu cabelo artístico. Ela lançou um olhar desolado para o pôster da balsa na parede.

— Nada — disse Hetty. — Não é ele. Você está enfrentando a vida real, agora. Acho que você disse que seu amigo herói tinha dinheiro e automóveis. Este é um pobre vagabundo que não tem nada para comer além de uma cebola. Mas ele tem uma boa conversa e não é fresco. Imagino que tenha sido um cavalheiro, mas agora está muito abatido. E nós precisamos da cebola. Posso trazê-lo? Eu garanto o comportamento dele.

— Hetty, querida — suspirou Cecília —, estou com tanta fome. Que diferença faz se ele é um príncipe ou um ladrão? Não me importo. Traga-o se ele tiver qualquer coisa para comer.

Hetty voltou para o corredor. O homem da cebola tinha ido embora. O coração dela quase parou de bater, e uma expressão de tristeza se instalou em seu rosto, menos no nariz e nas maçãs do rosto. E então as marés da vida voltaram a fluir, pois ela o viu se inclinando pela janela da frente do outro lado do corredor. Ela correu até lá. Ele estava gritando para alguém lá embaixo. O barulho da rua era mais alto que o som dos passos de Hetty. Ela olhou por cima do ombro dele, viu com quem ele estava falando e ouviu suas palavras. Ele se afastou do peitoril da janela e a viu de pé diante dele.

Os olhos de Hetty cravaram nele como duas brocas de aço.

— Não minta para mim — disse ela com calma. — O que você ia fazer com essa cebola?

O jovem reprimiu uma tosse e encarou-a com determinação. Seu jeito era o de alguém que tinha sido enfrentado o suficiente.

— Eu ia comê-la — disse ele, com enfática lentidão —, exatamente como eu disse antes.

— E você não tem mais nada para comer em casa?

— Nadinha de nada.

— Que tipo de trabalho você faz?

— Não estou trabalhando em nada, no momento.

— Então, por que — disse Hetty, com a voz mais aguda — você estava inclinado na janela dando ordens para um motorista em um automóvel verde lá embaixo, na rua?

O jovem enrubesceu, e seus olhos opacos começaram a brilhar.

— Porque, senhora — disse ele num tom que foi se acelerando —, eu pago o salário do chofer e sou dono do automóvel, e também desta cebola. Desta cebola, senhora!

Ele fez um floreio com a cebola a poucos centímetros do nariz de Hetty. A vendedora não recuou nem um fio de cabelo.

— Então, por que você come cebolas — disse ela, com um desprezo mordaz — e nada mais?

— Eu nunca disse isso — retrucou o jovem, irado. — Falei que não tinha nada para comer onde eu moro. Não sou dono de uma loja de acepipes.

— Então por que — prosseguiu Hetty, inflexível — você ia comer uma cebola crua?

— Minha mãe sempre me fazia comer uma cebola crua quando eu estava resfriado — respondeu o jovem. — Perdoe-me por mencionar uma enfermidade física; mas você deve ter notado que estou com um resfriado muito, muito forte. Eu ia comer a cebola e ir para a cama. Nem sei por que estou parado aqui e me explicando para você.

— Como foi que você pegou esse resfriado? — continuou Hetty, desconfiada.

O jovem parecia ter chegado a um pico de sentimentos. Ele tinha dois modos para descer desse pico: uma explosão de raiva ou uma rendição ao ridículo. Ele escolheu com sabedoria; e o corredor vazio ecoou sua risada rouca.

— Você é divertida — disse ele. — Não a culpo por ser cuidadosa. Não me importo de contar. Eu me molhei. Eu estava em uma balsa no rio Norte há alguns dias quando uma garota pulou no mar. Claro que eu...

Hetty estendeu a mão, interrompendo a história.

— Dê-me a cebola — disse ela.

A mandíbula do jovem ficou um pouco mais tensa.

— Dê-me a cebola — repetiu ela.

Ele sorriu e colocou-a na mão dela.

O sorriso raro, sombrio e melancólico de Hetty apareceu. Ela pegou o braço do jovem e apontou com a outra mão para a porta de seu quarto.

— Irmãozinho — disse ela —, entre ali. A tolinha que você pescou no rio está esperando por você. Pode entrar. Vou lhe dar três minutos antes de entrar também. As batatas estão lá, esperando. Pode entrar, Cebola.

Depois que ele bateu na porta e entrou, Hetty começou a descascar e lavar a cebola na pia. Ela deu uma olhada triste para os telhados cinza lá fora, e o sorriso em seu rosto desapareceu com leves tremores e contrações.

— Mas fomos nós — disse ela, amarga, para si mesma —, fomos *nós* que fornecemos a carne.

O GAROTO DO DIA E A GAROTA DA NOITE

GEORGE MACDONALD, 1880

Em uma noveleta que segue os contos de fadas, a maldição de uma bruxa assegura que um garoto nunca esteja acordado durante a noite, e uma garota nunca veja a luz do dia. Mas o destino poderá os unir de uma forma inesperada...

I. WATHO

Era uma vez uma bruxa que queria saber de tudo. No entanto, quanto mais sábia é uma bruxa, mais forte ela bate com a cabeça na parede quando consegue isso. O nome dela era Watho, e um lobo habitava sua mente. Ela não se importava com nada, apenas queria saber de tudo. Não era cruel por natureza, mas o lobo a tornara cruel.

Era alta e graciosa, de pele branca, cabelos ruivos e olhos negros com um fogo vermelho dentro deles. Era uma mulher ereta e forte, mas de vez em quando ficava toda recurvada, estremecia e sentava-se por um momento com a cabeça virada por cima do ombro, como se o lobo tivesse saído de sua mente e ido parar em suas costas.

II. AURORA

A bruxa tinha duas damas que a visitavam. Uma delas pertencia à corte, e seu marido fora enviado a uma embaixada distante e difícil. A outra era uma jovem viúva cujo marido havia morrido recentemente e que desde então perdera a visão. Watho as alojava em diferentes partes de seu castelo, e elas não sabiam da existência uma da outra.

O castelo ficava na encosta de uma colina que descia suavemente por um vale estreito, onde havia um rio com um canal de seixos e uma canção contínua. O jardim descia até a margem, delimitado por muros elevados, que cruzavam o rio e ali paravam. Cada muro tinha uma fileira dupla de ameias e, entre suas fileiras, uma passagem estreita.

No andar superior do castelo, Lady Aurora ocupava um apartamento espaçoso com vários cômodos grandes voltados para o sul. As janelas projetavam-se salientes sobre o jardim abaixo, e através delas tinha-se uma vista esplêndida, tanto para o alto quanto para baixo, e também para o outro lado do rio. O lado oposto do vale era íngreme, mas não muito alto. Viam-se picos nevados ao longe. Aurora raramente saía desses aposentos, mas aqueles espaços arejados, a paisagem e o céu brilhante, a abundante luz do sol, os instrumentos musicais, livros, quadros, curiosidades, com a companhia de Watho, que se fazia encantadora, impediam o tédio. Ela tinha carne de aves e de cervos para comer, leite e vinho espumante dourado para beber.

Seus cabelos eram amarelo-ouro, com ondas e volutas; sua pele era clara, não branca como a de Watho, e seus olhos eram do azul dos céus mais azuis; suas feições eram delicadas, porém fortes, sua boca era grande e ligeiramente curvada, repleta de sorrisos.

III. VÉSPER

Atrás do castelo, a colina empinava abruptamente; a torre nordeste estava em contato direto com o rochedo e se comunicava com o interior dele. Pois no rochedo havia uma série de câmaras, que eram conhecidas apenas por Watho e a única serva em quem ela confiava, chamada Falca. Algum ex-proprietário havia construído essas câmaras inspirado na tumba de um rei egípcio, e provavelmente com o mesmo desenho, pois no centro de uma delas ficava o que só poderia ser um sarcófago, mas aquela câmara e as outras eram todas muradas. As laterais e os tetos eram esculpidos em baixo-relevo e curiosamente pintados. Ali a bruxa hospedava a dama cega, cujo nome era Vésper. Os olhos dela eram negros, com longos cílios negros; sua pele tinha uma aparência de prata escurecida, mas da mais pura tonalidade e textura; seu cabelo era preto, fino e liso; suas feições tinham um formato primoroso e, se não eram tão belas, a tristeza lhes dava uma aparência encantadora; ela parecia sempre querer se deitar para não se levantar mais.

Ela não sabia que estava alojada em uma tumba, embora de vez em quando estranhasse nunca ter tocado em uma janela. Havia muitos sofás para ela se deitar, forrados com a mais rica seda e macios como sua própria bochecha; e os tapetes eram tão grossos que ela poderia se deixar cair em qualquer lugar

— como convinha a um túmulo. O lugar era seco e aconchegante e astuciosamente perfurado para circular o ar, de modo que estava sempre fresco, e a única coisa que lhe faltava era a luz do sol. Ali a bruxa a alimentava com leite e vinho escuro como um carbúnculo, romãs, uvas roxas e pássaros que vivem em lugares pantanosos; e ela tocava suas melodias tristes, era assistida por violinos lamentosos e contava suas histórias lúgubres, mantendo-se, assim, sempre em uma atmosfera de doce tristeza.

IV. FOTÓGENO

Watho finalmente teve seu desejo satisfeito, pois as bruxas geralmente conseguem o que querem; um menino esplêndido nasceu da bela Aurora. Assim que o sol nasceu, ele abriu os olhos. Watho o levou imediatamente para uma parte distante do castelo e convenceu a mãe de que ele só havia chorado uma vez, pois morrera no momento em que havia nascido. Tomada pela tristeza, Aurora deixou o castelo assim que pôde, e Watho nunca mais a convidou.

E agora a preocupação da bruxa era que a criança não conhecesse a escuridão. Ela o treinou com persistência, até que por fim ele aprendeu a jamais dormir durante o dia e nunca acordar durante a noite. Ela nunca o deixou ver qualquer coisa escura e até manteve todas as cores mortiças fora de seu caminho.

Se pudesse evitar, ela nunca deixaria uma sombra cair sobre ele, espreitando as sombras como se fossem coisas vivas que pudessem machucá-lo. Durante o dia inteiro ele se aquecia sob o esplendor do sol, nos mesmos cômodos amplos que sua mãe ocupara. Watho o acostumou ao sol, até que ele pudesse suportá-lo mais do que qualquer africano de sangue escuro. No momento mais quente de cada dia, ela o despia e o deitava ao sol, para que ele pudesse amadurecer como um pêssego; e o menino alegrava-se com isso e resistia a ter que se vestir novamente. Ela empregou todo o seu conhecimento para tornar os músculos dele fortes e elásticos e rapidamente responsivos – para que a alma dele, ela dizia rindo, pudesse se incorporar em cada fibra, estar em cada parte e despertar no momento em que fosse chamada.

O cabelo dele era de um tom de ouro avermelhado, mas seus olhos escureciam conforme ele crescia, até ficarem tão negros quanto os de Vésper. Ele era a mais alegre das criaturas, sempre rindo, sempre amoroso, às vezes tempestuoso, apenas para tornar a verter risos. Watho o chamou de Fotógeno.

V. NYCTERIS

Cinco ou seis meses após o nascimento de Fotógeno, a dama escura também deu à luz um bebê. Na tumba sem janelas de sua mãe cega, na calada da noite, sob os raios débeis de uma lâmpada em um globo de alabastro, uma menina veio na escuridão com um lamento. E, assim como ela nasceu pela primeira vez, Vésper nasceu pela segunda e adentrou um mundo tão desconhecido para ela quanto para filha – que teria que nascer de novo antes que pudesse ver a mãe.

Watho a chamou de Nycteris, e ela cresceu o mais parecida possível com Vésper – em todos os detalhes, exceto por um. Tinha a mesma pele escura, cílios e sobrancelhas escuras, cabelo escuro e aparência suave e triste; porém tinha os olhos de Aurora, a mãe de Fotógeno, e, se eles escureciam à medida que ela crescia, era apenas para adquirir um tom de azul mais escuro. Watho, com a ajuda de Falca, tomava o maior cuidado possível com ela – isto é, em todos os sentidos coerentes com seus planos –, e o ponto principal era que ela nunca deveria ver nenhuma luz a não ser a que vinha da lâmpada. Consequentemente, seus nervos ópticos e, na verdade, todo o seu aparato para enxergar, ficaram maiores e mais sensíveis; de fato, os olhos dela tornaram-se grandes, mas não grandes demais. Sob o cabelo escuro, a testa e as sobrancelhas, eles pareciam duas fendas em um céu noturno nublado, através do qual se podia espiar o céu onde habitam as estrelas na ausência das nuvens. Era uma criaturinha tristemente delicada. Ninguém no mundo, exceto aquelas duas, sabia da existência daquele morceguinho. Watho a treinou para dormir durante o dia e ficar acordada durante a noite. A bruxa lhe deu aulas de música, na qual ela própria era proficiente, e pouca coisa lhe ensinou fora isso.

VI. COMO FOTÓGENO CRESCEU

A depressão onde ficava o castelo de Watho era uma fenda em um terreno plano, e não um vale entre colinas, pois no topo de suas encostas íngremes, tanto ao norte quanto ao sul, havia um planalto, grande e largo. Era ricamente recoberto por relva e flores, com um arvoredo aqui e acolá, a colônia periférica de uma grande floresta. Essas terras gramadas eram os melhores campos de caça do mundo. Grandes manadas de um gado pequeno e feroz, com corcovas e crinas peludas, perambulavam pelos arredores deles, e também antílopes e gnus, além da pequena corça, enquanto a floresta fervilhava de criaturas selvagens. As mesas do castelo eram abastecidas principalmente por essa caça. O chefe dos caçadores de Watho era um bom sujeito, e quando Fotógeno começou a superar o treinamento que ela podia lhe dar, ela o entregou a Fargu. Com determinação, o caçador começou a ensinar-lhe tudo o que sabia.

Ele lhe deu um pônei após o outro, cada vez maior à medida que o menino crescia, cada vez mais difícil de manejar do que o anterior, e o fez avançar de pônei para cavalo, e de um cavalo para outro, até que ele tivesse domínio sobre qualquer animal da espécie que aquele país pudesse produzir. De maneira semelhante, ele o treinou no uso de arco e flecha, substituindo-os a cada três meses por um arco mais forte e flechas mais longas; e logo Fotógeno se tornou, mesmo a cavalo, um arqueiro formidável. Tinha apenas catorze anos quando matou seu primeiro touro, causando júbilo entre os caçadores e, na verdade, em todo o castelo, pois ali ele também era o favorito. Todos os dias, antes mesmo do sol nascer, ele saía para caçar e, em geral, passava quase o dia inteiro fora. Mas Watho impôs a Fargu apenas um mandamento, a saber, que Fotógeno não deveria em hipótese nenhuma, nem por qualquer expediente, ficar fora até o pôr do sol ou sequer perto dele, para que não lhe despertasse o desejo de ver o que aconteceria. Fargu teve o cuidado de não quebrar esse mandamento; pois, embora ter uma manada de touros correndo atrás dele a toda velocidade sobre o planalto sem que ele tivesse uma única flecha na aljava não lhe provocasse tremores, ele tinha muito mais medo de sua senhora. Dizia que, quando ela o olhava de certa maneira, ele sentia como se seu coração se transformasse em cinzas no peito, e o que corria em suas veias não parecia mais ser sangue, e sim leite e água.

De modo que, em pouco tempo, à medida que Fotógeno ficava mais velho, Fargu passou a ter seus tremores, pois sentia que era cada vez mais difícil conter o rapaz. Ele era tão cheio de vida, como Fargu disse à sua senhora, para contentamento dela, que parecia mais um raio vivo do que um ser humano. Fotógeno não sabia o que era o medo, e não era porque não conhecesse o perigo; pois sofrera uma laceração severa da presa de um javali, afiada como uma navalha – cuja espinha, entretanto, ele havia partido com um golpe de sua faca de caça, antes que Fargu chegasse para defendê-lo.

Quando ele esporeava seu cavalo em meio a um rebanho de touros, carregando apenas seu arco e sua espada curta, ou atirava uma flecha em um rebanho e ia atrás dele como se quisesse recuperar a flecha fugitiva, chegando a tempo de atravessar a presa com um golpe de lança antes que o animal ferido soubesse para que lado atacar, Fargu pensava aterrorizado como seria quando ele conhecesse a tentação dos leopardos--pintados e dos linces com garras em faca que assombravam a floresta. Pois o menino tinha vivido tão mergulhado no sol, desde a infância tão embriagado por sua influência, que encarava cada perigo com uma coragem soberana. Portanto, quando ele estava se aproximando dos dezesseis anos, Fargu aventurou-se a implorar a Watho que ela desse ordens ao próprio jovem e libertasse Fargu dessa responsabilidade. Era mais fácil segurar um leão-de-juba-amarela do que Fotógeno, disse ele. Watho chamou o jovem e, na presença de Fargu, deu-lhe a ordem de nunca mais estar fora de casa quando a borda do sol tocasse o horizonte, reforçando a proibição com sugestões de consequências não menos terríveis do que obscuras. Fotógeno ouviu-a com respeito; contudo, sem conhecer o sabor do medo nem a tentação da noite, as palavras da bruxa não eram mais do que ruídos para ele.

VII. COMO NYCTERIS CRESCEU

A pouca educação que Watho pretendia que Nycteris tivesse, ela lhe deu sem palavras escritas. Sem ter luz suficiente para ler, além de outros motivos não mencionados, ela nunca colocou um livro nas mãos da garota. No entanto, Nycteris enxergava muito melhor do que Watho supunha, e a luz que ela lhe dera era suficiente. Nycteris conseguiu persuadir Falca a ensinar-lhe as letras, das quais ela lançou mão para aprender a ler sozinha, e Falca de vez em quando levava para ela um livro infantil. Mas seu maior prazer era tocar seu instrumento. Seus dedos o adoravam e vagavam pelas teclas como se estivessem alimentando ovelhas. Ela não era infeliz. Ela não conhecia nada do mundo, exceto a tumba em que morava, e obtinha algum prazer em tudo o que fazia. Entretanto, ela desejava algo mais, algo diferente. Não sabia o que era, e o mais perto que conseguia chegar de expressar isso para si mesma era que ela queria mais espaço. Watho e Falca iam e vinham além dos limites do brilho da lâmpada; portanto, certamente devia haver mais espaço ali em algum lugar. Sempre que era deixada sozinha, ela se debruçava sobre os baixos-relevos coloridos nas paredes. Eles tinham o intuito de retratar vários dos poderes da Natureza em forma de alegorias, e como nada neste mundo existe fora de um esquema geral, ela não conseguia deixar de imaginar pelo menos uma fagulha de relação entre alguns daqueles elementos, e, desse modo, uma sombra da realidade das coisas conseguia alcançá-la.

Havia uma coisa, no entanto, que a comovia e a ensinava mais do que todo o resto: a lâmpada, a saber, aquela pendurada no teto, que ela sempre via acesa, embora nunca tivesse visto uma chama, apenas a leve condensação em direção ao centro do globo de alabastro. E, além das funções da própria luz como coisa que era, a indefinição do globo e a suavidade da luz, dando a ela a sensação de que seus olhos podiam adentrar e mergulhar em sua brancura, também se associavam de algum modo à ideia de espaço e amplidão. Ela podia ficar sentada por uma hora inteira observando a lâmpada, e seu coração parecia inflar enquanto ela olhava. Ela se perguntava o que a machucara quando descobria o próprio rosto molhado de lágrimas, e então se indagava como poderia ter se ferido sem saber. Ela nunca olhava assim para a lâmpada, exceto quando estava sozinha.

VIII. A LÂMPADA

Watho, ao dar ordens, presumiu que elas seriam obedecidas e que Falca passaria a noite toda com Nycteris, não importando o dia. Mas Falca não conseguia adquirir o hábito de dormir durante o dia e muitas vezes a deixava sozinha durante metade da noite. Portanto, Nycteris tinha a impressão de que era a lâmpada branca quem estava cuidando dela. Como nunca era permitido que se apagasse — pelo menos enquanto ela estava acordada —, Nycteris, exceto quando fechava os olhos, sabia ainda menos sobre escuridão do que sobre a luz. Além disso, com a lâmpada fixa bem no alto e no centro de tudo, ela também não sabia muito sobre as sombras. As poucas que existiam caíam quase inteiramente no chão ou ficavam restritas ao pé das paredes como se fossem ratos.

Certa vez, quando estava sozinha, ribombou um estrondo distante; ela nunca tinha ouvido um som cuja origem não conhecesse, e ali estava, novamente, um sinal de que havia algo além daquelas câmaras. Então veio um tremor, depois um abalo; a lâmpada caiu do teto e foi ao chão com um grande estouro, e ela sentiu como se seus olhos tivessem se fechado com força e ambas as mãos estivessem sobre eles. Ela concluiu que foi a escuridão que causou o estrondo e o tremor e, correndo para o cômodo, jogou a lâmpada no chão. Ela se sentou tremendo. O barulho e o tremor cessaram, mas a luz não voltou. A escuridão a tinha devorado!

Sem a lâmpada, despertou nela imediatamente o desejo de ir embora daquela prisão. Ela mal sabia o que significava "ir embora"; passar de um cômodo para outro, onde não havia nem mesmo uma porta divisória, apenas um arco aberto, era tudo o que ela conhecia do mundo. Mas, de repente, ela se lembrou de que tinha ouvido Falca falar sobre a luz da lâmpada "indo embora" — era isso que ela queria dizer? E, se a luz da lâmpada tinha ido embora, para onde fora? Certamente para o mesmo lugar aonde Falca costumava ir e, assim como ela, depois voltaria. Mas ela não podia esperar. O desejo de ir embora tornou-se irresistível. Ela devia seguir a luz de sua bela lâmpada! Devia encontrá-la! Devia ver do que se tratava!

Havia uma cortina cobrindo um nicho na parede, onde alguns de seus brinquedos e coisas de ginástica eram guardados; e era por trás daquela cortina que Watho e Falca sempre apareciam, e era atrás dela que desapareciam. De que modo elas saíam de uma parede sólida, Nycteris não fazia nenhuma ideia; tudo até aquela parede era um espaço aberto, e tudo além da parede parecia ser só mais parede; mas claramente a primeira e única coisa que ela podia fazer era tatear o caminho por trás da cortina. Estava tão escuro que um gato não conseguiria pegar o maior dos ratos. Nycteris era capaz de enxergar melhor do que qualquer gato, mas agora seus grandes olhos não tinham a menor utilidade. Enquanto ela caminhava, pisou em um pedaço da lâmpada quebrada. Ela nunca tinha usado sapatos ou meias, e o fragmento, sendo de alabastro macio, não a cortou, mas mesmo assim machucou seu pé. Ela não sabia o que era, mas, como aquilo não estava lá antes de a escuridão chegar, ela suspeitou que tivesse a ver com a lâmpada. Então se ajoelhou e procurou com as mãos e, juntando dois grandes pedaços, reconheceu o formato da lâmpada. Assim, ocorreu-lhe que a lâmpada estava morta e que esse estilhaçar-se era a morte, sobre a qual ela havia lido sem entender, e que as trevas haviam matado a lâmpada. Não seria o mesmo que Falca quis dizer quando falou sobre a luz da lâmpada "ir embora"?

Lá estava a lâmpada — bem morta, e com sua forma tão mudada que ela nunca teria pensado que era uma lâmpada! Não, não era mais a lâmpada, agora que estava morta, pois tudo o que a tornava uma lâmpada havia ido embora, ou seja, seu brilho intenso. Por isso mesmo era o brilho, a luz, que havia ido embora. Era como Falca havia dito — e devia estar em algum lugar do outro lado da parede.

Então ela retomou a busca e tateou até a cortina. Nunca em toda sua vida ela havia tentado sair, por isso não sabia como; mas instintivamente começou a mover as mãos sobre uma das paredes atrás da cortina, meio que esperando que afundassem nela, como supôs que Watho e Falca faziam. Mas a parede a repelia com uma dureza implacável, e ela se voltou para a parede oposta. Ao fazer isso, pisou sobre um dado de marfim e, quando ele encontrou o mesmo ponto que o alabastro quebrado já havia ferido, ela caiu para a frente com as mãos estendidas contra a parede. Alguma coisa cedeu, e ela caiu cambaleando para fora da caverna.

IX. FORA

Que lástima! O lado de fora era muito parecido com o de dentro, pois a mesma inimiga, a escuridão, também estava ali. Entretanto, no instante seguinte, sobreveio uma grande alegria: um vaga-lume vindo do jardim. Ela viu a pequena faísca a distância. Com um pulsar de luz em um desmaio vagaroso e uma cintilação, ele veio singrando os ares, aproximando-se cada vez mais, movendo-se de um jeito que mais parecia um nado que um voo, e a luz parecia a fonte de seu próprio movimento.

— Minha lâmpada! Minha lâmpada! — gritou Nycteris. — É o brilho da minha lâmpada, que a escuridão cruel expulsou. Minha boa lâmpada estava esperando por mim aqui o tempo todo! Ela sabia que eu viria atrás dela e esperou para que eu a acompanhasse.

Nycteris seguiu o vaga-lume, que, assim como ela própria, procurava a saída. Mesmo que não soubesse o caminho, ainda assim era uma luz; e, uma vez que todas as luzes são uma só, qualquer luz poderia guiá-la até mais luz. Caso estivesse enganada ao pensar que este era o espírito de sua lâmpada, ainda era parte do mesmo espírito, e com asas. O barquinho verde-dourado, turbinado pela luz, passou latejante à frente dela e através de uma longa e estreita passagem. De repente, ele subiu mais alto, e no mesmo instante Nycteris deparou-se com uma escada ascendente. Ela nunca tinha visto uma escada antes, e a subida lhe causou uma sensação curiosa. Assim que alcançou o que parecia ser o topo, o vaga-lume parou de brilhar e desapareceu. Ela estava na escuridão total mais uma vez.

Mas, quando estamos seguindo a luz, até mesmo sua desaparição é um guia. Se o vaga-lume continuasse brilhando, Nycteris teria visto a escada virar e teria subido para o quarto de Watho; ao passo que agora, tateando adiante, ela chegou a uma porta trancada, que depois de muitas tentativas conseguiu abrir – e encontrou-se em um labirinto de perplexidade maravilhada, admiração e deleite. O que era?

Isso estava mesmo acontecendo fora dela ou era algo dentro de sua cabeça? Diante dela estava uma passagem muito longa e muito estreita, que se vergava para o alto ela não sabia dizer como, e se espalhava por cima e por todos os lados a uma altura, largura e distância infinitas – como se o próprio espaço crescesse para fora de uma vala. Era mais claro do que seus aposentos jamais haviam sido – mais claro do que se houvesse seis lâmpadas de alabastro acesas neles. E havia uma profusão de traços e manchas estranhas, muito diferentes das formas em suas paredes.

Ela estava em um sonho de agradável perplexidade e delicioso espanto.

Não sabia dizer se estava de pé ou vagando como o vaga-lume, movida pelas pulsações de uma felicidade interior. Mas ela ainda sabia pouco sobre sua herança. Inconscientemente, deu um passo à frente da soleira, e a menina que desde seu nascimento havia sido uma criatura das cavernas agora se via na glória arrebatadora de uma noite do sul, iluminada por uma lua perfeita – não a lua de nosso clima setentrional, mas uma lua feito prata incandescendo em uma fornalha —, uma lua que podia ser vista como um globo — não um mero disco achatado na face do azul distante, mas algo que jazia pendente a meio caminho e que nos dava a impressão de poder enxergar seus contornos simplesmente inclinando o pescoço.

— É a minha lâmpada — disse ela, e ficou muda com os lábios entreabertos.

Ela parecia e se sentia petrificada em êxtase silencioso desde então.

— Não, não é minha lâmpada — disse depois de um tempo. — É a mãe de todas as lâmpadas.

E, com isso, caiu de joelhos e estendeu as mãos para a lua. Ela não conseguia articular o que se passava em sua mente, mas o gesto era, na verdade, apenas um apelo para a lua ser o que era — aquele incrível esplendor pendurado no teto distante, aquela glória essencial para a existência de pobres meninas nascidas e criadas em cavernas. Para Nycteris, foi uma ressurreição — ou melhor, um nascimento propriamente dito. O que poderia ser o vasto céu azul, cravejado de minúsculas centelhas como gemas de diamante, e a lua, com sua aparência tão absolutamente plena de luz — ora, ela sabia menos sobre eles do que eu e você! Mas até o maior dos astrônomos invejaria o êxtase de tal primeira impressão aos dezesseis anos. Era incomensuravelmente imperfeita, mas não podia ser falsa a sua impressão, pois ela enxergava com olhos que foram feitos para enxergar e deveras via o que muitos homens são sábios demais para ver.

Quando ela se ajoelhou, algo a atingiu suavemente, a abraçou, a acariciou, a afagou. Ela se levantou, mas não viu nada, não sabia o que era. Parecia a respiração de uma mulher. Pois ela não sabia nada sobre o ar, nunca tinha respirado o frescor calado e recém-nascido do mundo. A respiração desse mundo só chegara a ela por meio de longas passagens e espirais na rocha. Sabia ainda menos do ar vivo com movimento — daquela coisa três vezes abençoada, o vento de uma noite de verão. Era como um vinho espiritual, enchendo todo o seu ser com uma embriaguez da mais pura alegria.

Respirar era uma existência perfeita. Parecia que ela respirava a própria luz para dentro dos pulmões. Possuída pelo poder da noite belíssima, ela parecia ao mesmo tempo fulminada e enaltecida.

Ela estava na passagem aberta ou galeria que contornava o topo dos muros do jardim, entre as ameias fendidas, mas não olhou para baixo para ver o que existia ali. Sua alma foi atraída para a abóbada acima, com sua lâmpada e seu espaço infinito. Por fim, ela começou a chorar, e seu coração ficou aliviado, como a própria noite se alivia com os raios e a chuva.

Depois ficou pensativa. Deveria guardar este esplendor! Que estupidez suas carcereiras fizeram com ela! A vida era um imenso júbilo, e elas a haviam privado de tudo! Elas não deviam descobrir que ela sabia. Precisava ocultar seu conhecimento — escondê-lo até de seus próprios olhos, mantendo esse segredo trancado no peito, contente por saber que ela o tinha, mesmo quando não podia estar em sua presença, deleitando os olhos com sua glória. Portanto, ela deu as costas para a visão com um suspiro de felicidade absoluta e, com passos suaves e silenciosos e mãos tateando, voltou para dentro da escuridão do rochedo. O que era a escuridão ou a morosidade dos passos do Tempo para quem viu o que ela vira naquela noite? Sentia-se acima de todo cansaço — acima de todo erro.

Quando Falca entrou, soltou um grito de terror. Mas Nycteris disse para não ter medo e contou-lhe como ocorrera um estrondo e um tremor e depois a lâmpada caíra. Falca se foi e contou isso à sua senhora, e, dentro de uma hora, havia um novo globo pendurado no lugar do antigo. Nycteris achou que não parecia tão brilhante e claro quanto o anterior, mas não lamentou a mudança; ela era rica demais para dar atenção a isso. Por enquanto, prisioneira como se entendia, seu coração estava cheio de glória e alegria; às vezes ela precisava se segurar para não pular e sair cantando e dançando pelo recinto. Quando dormia, em vez de sonhos monótonos, tinha visões esplêndidas. É verdade que havia momentos em que ficava inquieta e impaciente para olhar para suas riquezas, mas então raciocinava consigo mesma, dizendo:

— Que importa se eu ficar sentada aqui por séculos com minha pobre e pálida lâmpada, quando lá fora existe uma lâmpada queimando, para a qual milhares de outras pequenas brilham maravilhadas?

Ela jamais duvidou que tinha visto o dia e o sol, sobre os quais havia lido; e sempre que lia sobre o dia e o sol, tinha a noite e a lua em mente; e quando lia sobre a noite e a lua, pensava apenas na caverna e na lâmpada que estava ali pendurada.

X. A GRANDE LÂMPADA

Demorou algum tempo até que ela tivesse uma segunda oportunidade de sair, pois, desde a queda da lâmpada, Falca passou a ser mais cuidadosa e raramente a deixava sozinha por muito tempo. Mas, uma noite, com um pouco de dor de cabeça, Nycteris estava deitada na cama de olhos fechados quando ouviu Falca se aproximar e sentiu que a mulher se curvou sobre ela. Sem vontade de falar, ela não abriu os olhos e se manteve imóvel. Satisfeita por ela estar dormindo, Falca a deixou, movendo-se com tanta suavidade que sua cautela fez Nycteris abrir os olhos e observá-la por trás — bem a tempo de vê-la desaparecer através de um quadro, ao que parecia, pendurado na parede muito longe do local usual de saída. Ela deu um salto, esquecida da dor de cabeça, e correu na direção oposta; saltou, tateou o caminho até a escada, subiu e alcançou o topo da parede. Por azar, aquele grande cômodo não era tão iluminado quanto o pequeno quarto que ela havia acabado de deixar. Por quê? Tristeza das tristezas! A grande lâmpada tinha ido embora! Será que seu globo havia caído? E sua adorável luz teria saído com suas grandes asas, como um vaga-lume resplandecente, voando por um salão ainda mais grandioso e adorável? Ela olhou para baixo para ver se estaria quebrada em algum lugar no tapete abaixo; mas não conseguia nem ver o tapete. Mas certamente nada muito terrível devia ter acontecido — nenhum estrondo ou tremor; pois havia todas as pequenas lâmpadas brilhando mais claras do que antes, nenhuma delas dando a impressão de que algo incomum tivesse acontecido. E se cada uma daquelas pequenas lâmpadas estivesse se transformando em uma grande lâmpada, e depois de ser uma grande lâmpada por um tempo, tivesse que ir embora para se tornar uma lâmpada ainda maior — lá fora, além deste *fora*? Ah! Ali estava a coisa viva que não podia ser vista, vindo até ela novamente —, ainda maior esta noite! Com beijos tão amorosos e carícias líquidas em suas bochechas e testa, bagunçando e brincando suave e delicadamente com seus cabelos! Mas a coisa parou, e tudo permaneceu quieto. Tinha ido embora? O que aconteceria depois? Talvez as pequenas lâmpadas não tivessem que se tornar grandes lâmpadas, mas será que caíam uma a uma e sua luz ia embora? Com isso, veio de baixo um perfume doce, depois outro e mais outro. Ah, que delícia! Talvez todas essas coisas viessem a ela ao bater em retirada, atrás da grande lâmpada! Em seguida veio a música do rio, que ela estivera muito absorta no céu para notar pela primeira vez. O que era? Ai! Que tristeza, devia ser só mais uma coisa doce e viva indo embora também. Estavam todas marchando lentamente em uma longa e adorável fila, uma após a outra, cada uma se despedindo dela enquanto passava! Era o que devia estar acontecendo: aqui surgiam mais e mais sons doces, passando e sumindo! Tudo o que existia *Fora* estava indo embora de novo; tudo indo atrás da grande e adorável lâmpada!

Ela seria deixada ali como a única criatura naquele dia solitário! Não havia ninguém para pendurar uma lâmpada nova no lugar da antiga e impedir as criaturas de irem embora? Ela voltou muito triste para o rochedo. Tentou se consolar dizendo que, de qualquer maneira, haveria espaço lá fora; mas, ao dizer isso, estremeceu ao pensar naquele espaço *vazio*.

Na próxima vez que conseguiu sair, uma meia-lua pairava no leste: uma nova lâmpada havia surgido, pensou, e tudo ficaria bem.

Seria infindável descrever as fases de sentimento pelas quais Nycteris passou, mais numerosas e delicadas que as de mil luas mutantes. Uma nova felicidade floresceu em sua alma com todos os aspectos variados da natureza infinita. Em pouco tempo, ela começou a suspeitar que a lua nova era a lua velha, que, assim como ela, havia saído e retornado; também que, ao contrário dela, tinha minguado e tornado a crescer; que era realmente uma coisa viva e, como ela, sujeita a cavernas, guardiães e solidões, escapando e brilhando quando podia. Será que estava trancada em uma prisão como a dela? E será que escurecia quando a lâmpada ia embora? E qual seria o caminho para esse lugar? Com isso, primeiro ela começou a olhar para baixo, bem como para cima e ao redor; e notou as copas das árvores entre si e o solo. Havia palmas com as mãos de dedos vermelhos cheios de frutos; eucaliptos apinhados de caixinhas de pó de arroz; oleandros com suas rosas híbridas; e laranjeiras com suas nuvens de jovens estrelinhas de prata e suas esferas de ouro envelhecidas. Os olhos dela eram capazes de ver cores invisíveis aos nossos sob o luar, e tudo isso ela conseguia distinguir bem, embora a princípio as tenha interpretado como as formas e cores do tapete da grande sala. Ela ansiava por descer entre elas, agora que via que eram criaturas reais, mas não sabia como. Ela percorreu toda a extensão do muro até o fim que cruzava o rio, mas não soube como descer. Acima do rio, ela parou para olhar com admiração a água corrente. Não sabia nada sobre a água, exceto a que bebia e na qual se banhava; e, enquanto a lua brilhava na correnteza escura e veloz, cantando vigorosamente enquanto fluía, ela não tinha dúvidas de que o rio estava vivo, uma serpente veloz de vida – estaria indo embora? Para onde? Ela se perguntou se a água que era levada aos seus aposentos havia sido morta para que ela pudesse beber e se banhar.

Uma vez, quando ela pisou sobre o muro, foi no meio de uma ventania forte. Todas as árvores rugiam. Grandes nuvens corriam pelos céus e se embolavam sobre as pequenas lâmpadas: a grande lâmpada ainda não tinha chegado. Era tudo um tumulto. O vento agarrou suas roupas e cabelos e os sacudiu como se fosse arrancá-los. O que ela poderia ter feito para deixar aquela criatura gentil com tanta raiva? Ou essa seria outra criatura – do mesmo tipo, mas muito maior e de temperamento e comportamento muito diferentes? Mas o lugar todo estava com raiva! Ou será que as criaturas que moravam nele, o vento, as árvores, as nuvens e o rio, haviam brigado, cada uma com todo o resto? Acabaria tudo em confusão e desordem? Mas, enquanto ela observava maravilhada e inquieta, a lua, maior do que nunca, ergueu-se acima do horizonte para espiar, larga e vermelha, como se também estivesse inchada de raiva por ter sido despertada de seu descanso com aquele barulho e fora obrigada a vir depressa ver o que seus filhos andavam fazendo, bagunçando assim em sua ausência, para que não destruíssem toda a estrutura das coisas. E, quando a lua se levantou, o vento forte se aquietou e passou a fustigar com menos ferocidade, as árvores ficaram mais imóveis e suas lamúrias ficaram mais baixas, e as nuvens passaram a se caçar e se engalfinhar com menos violência pelos céus. E, como se estivesse satisfeita por seus filhos obedecerem à sua presença, a lua ficou menor enquanto subia a escada celestial;

suas bochechas inchadas afundaram, sua tez ficou mais clara e um doce sorriso se espalhou por seu semblante enquanto ela se elevava cada vez mais, em paz. No entanto, houve traição e rebelião em sua corte; pois, antes que ela alcançasse o topo de sua grande escadaria, as nuvens se reuniram, olvidando suas últimas batalhas, e puseram-se a conspirar muito quietas, com as cabeças unidas. Então, combinando-se e esperando silenciosamente até que ela se aproximasse, as nuvens se lançaram sobre a lua e a engoliram. Do telhado precipitaram manchas molhadas, cada vez mais rápidas, e molharam as bochechas de Nycteris; e o que poderiam ser senão as lágrimas da lua, chorando porque seus filhos a estavam sufocando? Nycteris também chorou e, sem saber o que pensar, voltou para seus aposentos, consternada.

Na vez seguinte, ela saiu temerosa e trêmula. A lua estava parada! Longe no oeste — pobre e velha, parecendo terrivelmente desgastada, como se todos os animais selvagens no céu a estivessem roendo —, mas, mesmo assim, lá estava ela, viva e capaz de brilhar!

XI. O PÔR DO SOL

Sem saber nada sobre a escuridão, as estrelas ou a lua, Fotógeno passava seus dias caçando. Em um grande cavalo branco, ele varria as planícies relvadas, glorificando-se ao sol, lutando contra o vento e matando os búfalos.

Certa manhã, quando por acaso estava de pé um pouco mais cedo do que o usual e antes de seus assistentes, ele avistou um animal desconhecido, saindo de um buraco onde os raios de sol ainda não haviam chegado. Como uma sombra furtiva, o animal disparou pela grama, esgueirando-se para o sul, na direção da floresta. Ele o perseguiu, descobriu o corpo de um búfalo que ele havia comido pela metade e o rastreou com ainda mais empenho. Mas, com grandes saltos, a criatura disparou mais e mais à frente dele e desapareceu. Virando-se, derrotado, ele encontrou Fargu, que o seguia o mais rápido que seu cavalo era capaz.

— Que animal era aquele, Fargu? — perguntou. — Como ele corria!

Fargu respondeu que podia ser um leopardo, mas, pelas passadas e pela aparência, achava que era um jovem leão.

— Deve ser muito medroso! — disse Fotógeno.

— Não tenha tanta certeza disso — respondeu Fargu. — Ele é uma das criaturas que o sol incomoda. Assim que o sol se pôr, ficará muito corajosa.

Mal disse isso e já havia se arrependido; e não se arrependeu menos quando viu que Fotógeno não respondeu. Que lástima, mas agora estava dito.

— Então — disse Fotógeno a si mesmo —, aquela besta desprezível é um dos terrores do pôr do sol de que falou Madame Watho!

Ele caçou o dia todo, mas não com seu espírito costumeiro. Não se esforçou na cavalgada e não matou um único búfalo. Fargu, para sua consternação, observou, também, que ele usava todos os pretextos para se aproximar mais do sul, perto da floresta. Mas, de repente, com o sol agora se pondo no oeste, ele pareceu mudar de ideia, pois virou a cabeça do cavalo e cavalgou para casa tão rápido que o restante não conseguiu mantê-lo à vista. Quando chegaram, encontraram seu cavalo no estábulo e concluíram que ele havia entrado no castelo. Mas, na verdade, ele havia saído de novo pelos fundos. Atravessando o rio bem acima no vale, ele subiu ao solo que eles haviam deixado e, pouco antes do pôr do sol, atingiu a orla da floresta.

A esfera solar brilhava baixo por entre as hastes nuas, e, dizendo a si mesmo que não podia deixar de encontrar o animal, ele correu floresta adentro. Porém, enquanto entrava, virou-se e olhou para o oeste. A borda vermelha tocava o horizonte, todo recortado de colinas.

— Agora — disse Fotógeno — veremos.

Mas disse isso em face de uma escuridão que nunca havia experimentado.

No momento em que o sol começou a afundar entre os espinhos e serrilhados, com uma espécie de batida repentina de seu coração, um medo inexplicável se apoderou do jovem; e, como ele nunca havia sentido nada parecido, o próprio medo o aterrorizou. Conforme o sol se punha, o medo se erguia como a sombra do mundo e ficava ainda mais escuro e profundo. Ele não conseguia nem pensar no que poderia ser, de modo que isso o enfraqueceu completamente. Quando a última cimitarra flamejante do sol se apagou como uma lâmpada, o horror dele pareceu desabrochar até a loucura. Como as pálpebras dos olhos se fechando — pois não havia crepúsculo, e nesta noite não havia lua —, o terror e a escuridão insurgiram juntos, e ele os reconheceu como um só. Ele não era mais o homem que conhecia, ou melhor, que pensava que era. A coragem que outrora tivera não estava mais em seu domínio — ele apenas tivera coragem, não fora corajoso; ela o havia deixado, e ele mal conseguia suportar — certamente não conseguia ficar em pé, pois nenhuma de suas juntas conseguia se firmar e evitar os tremores. Ele era apenas uma centelha do sol, não era nada em si mesmo.

O animal estava atrás dele — prestes a atacá-lo! Ele se virou. Estava tudo escuro na floresta, mas, em sua imaginação, a escuridão transformava-se, aqui e acolá, em pares de olhos verdes, e ele não tinha sequer forças para erguer a mão do arco. Com a força do desespero, ele se empenhou para despertar coragem suficiente — não para lutar, que ele nem mesmo desejava, mas para correr. Coragem para fugir para casa foi tudo o que ele pôde desejar, mas ela não compareceu. No entanto, o que ele não tinha lhe foi dado de forma desonrosa. Um grito na mata, que pareceu meio um guincho, meio um rosnado, o fez correr como um cão ferido por um javali. Nem mesmo foi ele quem se pôs a correr, foi o medo que ganhou vida em suas pernas; ele nem sabia que elas estavam se movendo. Mas, enquanto corria, por sua própria conta, ganhou coragem para pelo menos ser um covarde. As estrelas forneciam um pouco de luz. Ele acelerou sobre a relva, e nada o seguiu. "Tão mudado e tão acabado", em relação ao jovem que subira a colina enquanto o sol se punha! Um mero desprezo contra si mesmo, o eu que ele desprezava era um covarde assim como o eu que o estava desprezando! Lá estava a corcunda preta e informe de um búfalo na grama. Ele correu um amplo contorno e avançou como uma sombra levada pelo vento. Pois o vento aumentou e fez engrossar seu terror: soprava detrás dele. Ele alcançou a borda do vale e disparou pela descida íngreme como uma estrela cadente. Instantaneamente, toda a região superior atrás dele se levantou e o perseguiu! O vento veio uivando atrás dele, repleto de gritos, guinchos, berros, rugidos, risos e tagarelice, como se todos os animais da floresta viessem no bojo desse vento. Em seus ouvidos, havia sons de atropelo, o trovejar dos cascos do gado, avançando de todos os quadrantes do amplo planalto até o cume da colina acima dele. Fotógeno correu direto para o castelo quase sem fôlego suficiente para ofegar.

Quando alcançou o fundo do vale, a lua apareceu por cima de sua borda. Ele nunca tinha visto a lua – exceto durante o dia, quando a tomava por uma nuvem fina e clara. Ela era um novo terror para ele. Tão fantasmagórica! Tão medonha! Tão horrível! Tão astuta enquanto ele espreitava por cima do muro do jardim o mundo lá fora! Aquilo era a própria noite! A escuridão viva – e o estava perseguindo! O horror dos horrores descendo do céu para coalhar seu sangue e transformar seu cérebro em cinzas! Ele deu um soluço e foi direto para o rio, no lugar onde ele corria entre os dois muros, no fundo do jardim. Ele mergulhou, lutou para atravessar, escalou a margem e caiu sem sentidos na grama.

XII. O JARDIM

Embora Nycteris tomasse cuidado para não ficar fora por muito tempo e tomasse todas as precauções, ela dificilmente poderia ter escapado da descoberta se não fossem os ataques estranhos a que Watho estava sujeita e que andavam acontecendo com maior frequência ultimamente, até que por fim redundaram em uma doença que a manteve na cama. Fosse por excesso de cautela ou por desconfiança, Falca, que agora precisava fazer companhia à sua senhora dia e noite, decidiu fechar a porta sempre que passasse por seu lugar de saída habitual, de modo que, uma noite, quando Nycteris empurrou a parede, ela descobriu, para sua surpresa e consternação, que a parede a empurrara de volta, não a deixando passar. Por mais que procurasse o motivo, não conseguiu descobrir a causa da mudança. Então, primeiro ela sentiu a pressão das paredes de sua prisão e, virando-se, meio em desespero, tateou o caminho até o quadro onde uma vez vira Falca desaparecer. Ela logo encontrou o local e, quando o pressionou, a parede cedeu. Isso permitiu que entrasse em uma espécie de porão, onde havia o bruxulear das luzes de um céu cujo azul era empalidecido pela lua. Do porão, ela entrou em uma longa passagem, na qual a lua brilhava, e chegou a uma porta. Conseguiu abri-la e, para sua grande alegria, encontrou-se no *outro lugar*, não no topo do muro, mas no jardim em que ela tanto desejara entrar. Silenciosa como uma mariposa, ela fugiu para o esconderijo das árvores e arbustos, tendo os pés descalços acolhidos pelo mais macio dos tapetes, que, pelo simples toque, seus pés sabiam estar vivo, razão pela qual parecia tão doce e amigável com eles. Um vento suave soprava entre as árvores, correndo agora aqui, agora ali, como uma criança movida por suas vontades. Ela saiu dançando sobre a grama, olhando a sombra atrás de si enquanto seguia. A princípio, achou que fosse uma criaturinha escura que brincava com ela, mas, quando percebeu que era apenas um recorte onde ela mantinha a lua afastada e que cada árvore, por maior e mais imponente que fosse, também tinha um desses estranhos acompanhantes, logo aprendeu a não se importar com isso e, aos poucos, tornou-se fonte de tanta diversão para ela quanto a cauda é para qualquer gatinho. No entanto, demorou muito para que se sentisse à vontade com as árvores. Às vezes, elas pareciam desaprová-la; outras vezes, nem mesmo saber de sua presença, completamente ocupadas com seus próprios negócios. De repente, enquanto ela ia de uma para outra, observando com admiração o mistério sussurrante de seus galhos e folhas, avistou uma que estava um pouco mais longe e que era muito diferente de todas as outras. Era branca, escura e cintilante e se esparramava como uma palma – uma palma pequena e delgada, sem uma cabeça significativa; e que crescia muito rápido e cantava enquanto crescia. Mas nunca crescia demais, pois tão rápido quanto podia vê-la crescer, a árvore continuava caindo aos pedaços. Quando chegou perto, Nycteris descobriu que era uma árvore de água – feita exatamente da água com que ela se banhava –, só que estava viva, é claro, assim como o rio; um tipo de água diferente daquela, sem dúvida, visto que uma rastejava rapidamente pelo chão, e a outra esguichava para o alto, caía, engolia-se e erguia-se de novo. Ela colocou os pés na bacia de mármore, que era o vaso de flores em que ela crescia. Estava cheia de água de verdade, viva e fresca – e foi muito agradável, porque a noite estava quente!

Mas as flores! Ah, as flores! Tornou-se amiga delas desde o início. Que criaturas maravilhosas eram! Tão gentis e tão lindas – sempre aspergindo suas cores e aromas – perfume vermelho, perfume branco e perfume amarelo – sobre as outras criaturas! E aquela coisa invisível pegava uma grande quantidade desses aromas em toda parte e carregava consigo! Contudo, as flores pareciam não se importar. Essa era a conversa delas, para mostrar que estavam vivas, e não pintadas como aquelas nas paredes e tapetes de seus aposentos.

Nycteris vagou pelo jardim até chegar ao rio. Incapaz de ir mais longe – pois estava com um pouco de medo, e com razão, daquela serpente aquosa e veloz –, ela se deixou cair na grama à margem, mergulhou os pés na água e a sentiu correr e empurrá-los com sua força. Por muito tempo, ela ficou sentada assim, e sua felicidade parecia completa, enquanto contemplava o rio e observava a imagem fragmentada da grande lâmpada ao alto, que subia de um lado do teto para descer do outro.

XIII. ALGO MUITO INÉDITO

Uma linda mariposa passou roçando os grandes olhos azuis de Nycteris. Ela se pôs de pé para segui-la – não com o espírito de uma caçadora, mas de uma amante. Seu coração – como todo coração que tivesse suas partes deterioradas removidas – era uma fonte inesgotável de amor: ela amava tudo o que via. Contudo, ao seguir a mariposa, avistou algo caído na margem do rio e, ainda sem ter aprendido a temer coisa alguma, correu para ver o que era. Ao alcançá-la, ficou surpresa. Era outra garota como ela! Mas que garota de aparência estranha! E com vestes muito curiosas! E incapaz de se mover! Estaria morta? Tomada de repente pela compaixão, ela se sentou, levantou a cabeça de Fotógeno, colocou-a no colo e começou a acariciar seu rosto. Suas mãos quentes o trouxeram a si. Ele abriu os olhos negros, dos quais havia sumido todo o fogo, e olhou-a com um estranho som de medo, algo entre um gemido e um ofego. Mas, quando viu o rosto dela, ele respirou fundo e ficou imóvel, observando-a: aquelas duas maravilhas azuis acima dele, como um céu melhor, pareciam se alinhar à coragem e amenizar seu terror. Por fim, com uma voz trêmula, admirada e meio sussurrante, ele perguntou:

— Quem é você?

— Eu sou Nycteris — respondeu ela.

— Você é uma criatura das trevas e ama a noite — disse ele, com o medo começando a se agitar novamente.

— Posso ser uma criatura das trevas — respondeu ela. — Mal sei o que você quer dizer com isso. Mas não amo a noite. Eu amo o dia, com todo o meu coração; e durmo a noite toda.

— Como pode? — disse Fotógeno, erguendo-se sobre o cotovelo, mas baixando a cabeça no colo dela de novo no momento em que viu a lua. — Como pode — repetiu —, se estou vendo seus olhos aí, bem acordados?

Ela apenas sorriu e acariciou-o, pois não o entendia e pensava que ele não sabia o que estava dizendo.

— Foi um sonho, então? — retomou Fotógeno, esfregando os olhos. Mas, com isso, a memória dele clareou, e ele estremeceu e gritou: — Ah, que horror! Que coisa horrível! Ser transformado de repente em um covarde! Um covarde infame, desprezível e vergonhoso! Estou envergonhado! Envergonhado e muito assustado! É tudo tão assustador!

— O que é tão assustador? — perguntou Nycteris, com um sorriso como o de uma mãe para o filho que acordou de um pesadelo.

— Tudo, tudo — respondeu ele. — Todas essas trevas e rugidos.

— Meu amor — disse Nycteris —, não há nenhum rugido. Acho que você é sensível demais! O que você está ouvindo é a água caminhando e a corrida da mais doce de todas as criaturas. Ela é invisível, e eu a chamo de Todo Lugar, pois ela passa por todas as outras criaturas e as conforta. Agora ela está se divertindo e brincando com as outras coisas também, sacudindo-as, beijando-as e soprando em seus rostos. Ouça: você chama isso de rugido? Deveria ouvi-la quando ela está muito zangada! Não sei por que, mas às vezes ela fica furiosa e ruge um pouco.

— Está tão horrivelmente escuro! — disse Fotógeno, que, ao ouvir enquanto ela falava, ficou satisfeito porque não havia nenhum rugido.

— Escuro! — repetiu ela. — Você devia ter estado no meu quarto quando um terremoto matou minha lâmpada. Eu não entendo. *Como* você pode chamar isso de escuro? Deixe-me ver: sim, você tem olhos, e olhos grandes, maiores que os de Madame Watho ou de Falca, não tão grandes quanto os meus, imagino; só que eu nunca vi os meus. Mas, então... ah, sim! Agora sei qual é o problema! Você não consegue ver com eles, porque eles são muito pretos. A escuridão não pode ver, é claro. Não importa: eu serei seus olhos e o ensinarei a ver. Olhe aqui: essas adoráveis coisas brancas na grama, com pontas vermelhas afiadas todas dobradas e formando uma só. Ah, eu as amo tanto! Eu poderia ficar sentada olhando para elas o dia todo, minhas coisinhas queridas!

Fotógeno mirou as flores de perto e pensou ter visto algo parecido antes, mas não conseguiu decifrar o que via. Assim como Nycteris nunca tinha visto uma margarida aberta, ele nunca tinha visto uma fechada.

Dessa forma, instintivamente, Nycteris tentou afastá-lo do medo; e a conversa estranha e adorável da bela criatura o ajudou muito a esquecê-lo.

— Você chama isto de escuro! — repetiu ela, como se não conseguisse se livrar do absurdo da ideia. — Ora, eu poderia contar cada lâmina verde disso que suponho que seja o que os livros chamam de grama a dois metros de mim! E olhe só para a grande lâmpada! Está mais iluminada do que o normal hoje, e eu não consigo imaginar por que você deveria estar com medo ou dizendo que está escuro!

Enquanto falava, ela continuou acariciando as bochechas e os cabelos dele, tentando confortá-lo. Mas, oh, em que estado triste ele estava! E como isso transparecia claramente! Ele estava a ponto de dizer que a grande lâmpada dela lhe parecia terrível, que parecia uma bruxa e caminhava no sono da morte; mas ele não era tão ignorante quanto Nycteris e sabia, mesmo ao luar, que ela era uma mulher, embora nunca tivesse visto uma mulher tão jovem ou adorável; e, enquanto ela apaziguava seus temores, a presença dela o deixava ainda mais envergonhado por seu medo. Além do mais, desconhecendo o temperamento dela, ele poderia irritá-la e fazer com que o abandonasse ali, entregue à própria danação. Portanto, ele ficou imóvel e mal ousou se mover, e o pouco que exibia de vida parecia vir dela; se ele se movesse, ela se moveria; e se ela o deixasse, ele choraria como uma criança.

— Como você veio parar aqui? — perguntou Nycteris, segurando o rosto dele entre as mãos.

— Descendo a colina — respondeu ele.

— Onde você dorme? — perguntou ela.

Ele sinalizou na direção da casa. Ela deu uma risadinha de deleite.

— Quando aprender a não ter medo, você sempre terá vontade de vir aqui fora comigo — disse ela.

Nycteris pensou consigo mesma que ia perguntar àquela garota em breve, quando ela se recuperasse um pouco, como havia escapado, pois ela também devia, é claro, ter saído de uma caverna, onde Watho e Falca deviam mantê-la.

— Veja que cores lindas — continuou ela, apontando para uma roseira, na qual Fotógeno não conseguia enxergar uma única flor. — Não são muito mais lindas do que qualquer uma das cores nas paredes? E eis que estão vivas e têm um cheiro tão bom!

Ele desejou que ela não o fizesse ficar abrindo os olhos para observar coisas que ele não conseguia ver; mas esses momentos se apoderavam dela com força, enquanto uma nova pontada de terror o atingia.

— Venha, venha, querida! — disse Nycteris —, você não pode continuar assim. Precisa ser uma garota corajosa e...

— Uma garota! — gritou Fotógeno, e pôs-se de pé com raiva. — Se você fosse um homem, eu deveria matá-lo.

— Um homem? — repetiu Nycteris. — O que é isso? Como eu poderia ser isso? Somos duas meninas, não somos?

— Não, eu não sou uma menina — respondeu ele —, apesar — acrescentou, mudando de tom e jogando-se no chão aos pés dela — de eu ter dado uma razão muito boa para você me chamar de menina.

— Ah, entendi! — disse Nycteris. — Não, é claro. Você não pode ser uma garota porque as garotas não têm medo; não sem razão. Agora eu entendo: você está tão assustada porque não é uma menina.

Fotógeno se retorceu e se contorceu na grama.

— Não, não é isso — disse ele, mal-humorado. — É essa escuridão horrível que me invade, me atravessa todo o corpo, até a medula dos ossos; é isso que faz com que eu me comporte como uma menina. Se ao menos o sol nascesse!

— O sol! O que é isso? — gritou Nycteris, sentindo agora um vago medo.

Então, Fotógeno começou a entoar uma rapsódia, com a qual, em vão, procurava esquecer a sua própria.

— É a alma, a vida, o coração, a glória do universo — disse ele. — Os mundos dançam como poeira em seus raios. O coração do homem é forte e corajoso sob sua luz, e, quando ele parte, sua coragem se esvai. Vai embora com o sol e o deixa como você me vê agora.

— Então aquilo não é o sol? — indagou Nycteris, pensativa, apontando para a lua.

— Aquilo! — gritou Fotógeno, com desprezo absoluto. — Não sei nada sobre *aquilo*, exceto que é feio e horrível. Na melhor das hipóteses, pode ser só o fantasma de um sol morto. Sim, é isso! É isso que o torna tão assustador.

— Não — disse Nycteris, após uma pausa longa e pensativa. — Você deve estar errado. Acho que o sol é o fantasma de uma lua morta, e é por isso que ele é muito mais esplêndido, como você diz. Então, quer dizer que existe outro cômodo grande, onde o sol vive no teto?

— Não entendo o que você está querendo dizer — respondeu Fotógeno. — Mas sei que está tentando ser gentil, embora não se deva chamar um pobre sujeito na escuridão de menina. Se você me deixar ficar deitado aqui, com a cabeça em seu colo, eu gostaria de dormir. Você vai me vigiar e cuidar de mim?

— Vou, sim — respondeu Nycteris, esquecendo-se de sua própria parcela de perigo.

Então, Fotógeno adormeceu.

XIV. O SOL

Nycteris permaneceu sentada, e o jovem ficou a noite toda ali deitado, no coração da grande sombra cônica da Terra, como dois faraós em uma pirâmide. Fotógeno dormiu e dormiu mais um tanto; e Nycteris ficou imóvel para não o acordar e, assim, deixá-lo à mercê do medo.

A lua estava alta na eternidade azul; era um triunfo de noite gloriosa; o rio corria a balbuciar e murmurar sílabas suaves e profundas; a fonte seguia avançando em direção à lua e desabrochando momentaneamente em uma grande flor prateada, cujas pétalas estavam sempre caindo como neve, com um fragor musical contínuo, no leito abaixo onde se exauria; o vento acordou, correu por entre as árvores, adormeceu e tornou a acordar; as margaridas dormiam erguidas ao redor dos pés de Nycteris, mas ela não sabia que dormiam; as rosas podiam muito bem parecer acordadas, pois seu perfume preenchia os ares, mas na verdade também dormiam, e o perfume era dos seus sonhos; as laranjas pendiam como lâmpadas de ouro nas árvores, e suas flores prateadas eram as almas de seus filhos ainda incorpóreos; o cheiro das flores de acácia preenchia o ar como o aroma da própria lua.

Por fim, desacostumada ao ar vivo e cansada de ficar sentada tão imóvel e por tanto tempo, Nycteris começou a sentir sono. O ar começou a esfriar. Aproximava-se a hora em que ela também estava acostumada a dormir. Ela fechou os olhos por um momento e meneou a cabeça — abriu-os de repente, pois havia prometido ficar vigilante.

Naquele momento, ocorreu uma mudança. A lua tinha girado e agora estava à frente dela no oeste, e ela viu que sua face estava alterada, havia empalidecido, como se também estivesse lívida de medo e, de seu posto elevado, avistasse um terror que se aproximava. A luz parecia estar deixando-a; ela estava morrendo — estava indo embora! E, no entanto, tudo ao redor parecia estranhamente claro — mais claro do que qualquer coisa que ela vira antes; como a lâmpada poderia estar derramando ainda mais luz quando ela mesma tinha menos? Ah, era isso mesmo!

Veja como ela parecia débil! Ficou magra e pálida porque a luz a estava abandonando e se espalhando pelo cômodo! Ela estava abrindo mão de toda a luz! Estava derretendo do teto como uma pedra de açúcar na água.

Nycteris estava ficando com medo e buscou refúgio no rosto que jazia em seu colo. Como era linda aquela criatura!

Não conseguia nem imaginar como chamá-la, pois havia ficado zangada quando ela a chamara do mesmo jeito que Watho a chamava. E, maravilha das maravilhas! Agora, mesmo com a mudança fria que se desenrolava naquele grande cômodo, a cor de uma rosa vermelha se infundia na face pálida. Que lindo era o cabelo amarelo espalhado sobre seu colo! E que respiros grandes aquela criatura dava! O que eram essas coisas curiosas que carregava? Ela já as tinha visto em suas paredes, com certeza.

Assim, ela falava consigo mesma enquanto a lâmpada ficava cada vez mais pálida e tudo ficava cada vez mais claro. O que isso poderia significar? A lâmpada estava morrendo — indo embora para o outro lugar de que falara a criatura em seu colo, para ser um sol! Mas por que as coisas estavam ficando mais claras antes de ainda haver sol? Essa era a questão. Será que isso acontecia porque ela estava se transformando em um sol? Sim! Sim! Era a morte chegando! Sabia disso, pois também estava vindo sobre ela! Ela sentiu que estava chegando! No que ela estava prestes a se tornar? Algo lindo, como a criatura em seu colo? Podia ser que sim. De qualquer forma, devia ser a morte; pois todas as forças estavam escapando dela, enquanto tudo ao redor ficava tão claro que ela não conseguia suportar! Logo ficaria cega! Ficaria cega ou morreria primeiro?

Pois o sol estava nascendo atrás dela. Fotógeno acordou, ergueu a cabeça do colo dela e se pôs de pé. O rosto dele ganhou um sorriso radiante. Seu coração estava cheio de ousadia, como o de um caçador que rasteja para o covil do tigre. Nycteris deu um grito, cobriu o rosto com as mãos e fechou as pálpebras com força. Então, cegamente, ela estendeu os braços para Fotógeno, gritando:

— Ah, estou tão assustada! O que é isto? Deve ser a morte! Não quero morrer ainda. Amo este cômodo e a lâmpada velha. Não quero o outro lugar. Isto é horrível. Quero me esconder.

Quero estar nas mãos doces, suaves e escuras de todas as outras criaturas. Ai de mim!

— Qual é o problema com você, garota? — perguntou Fotógeno com a arrogância de todas as criaturas masculinas até que tenham sido ensinadas por outra espécie. Ele ficou olhando para ela por cima de seu arco, enquanto examinava a corda. — Não precisa ter medo de nada agora, criança! É dia. O sol está quase alto. Olhe! Ele estará acima do pico da colina daqui a pouco! Adeus. Obrigado pelo abrigo noturno. Estou indo. Não seja tola. Se algum dia eu puder fazer algo por você: e isso tudo, você sabe!

— Não me deixe; oh, não me deixe! — gritou Nycteris. — Estou morrendo! Estou morrendo! Não consigo me mover. A luz drena todas as minhas forças. Ah, estou tão assustada!

Mas Fotógeno já havia atravessado o rio, segurando o arco bem alto para que não molhasse. Ele correu pelo planalto e se pôs a subir a colina oposta. Não ouvindo resposta, Nycteris retirou as mãos dos olhos. Fotógeno havia chegado ao topo e, no mesmo momento, os raios do sol despontaram sobre ele; a glória do rei do dia resplandeceu sobre o jovem de cabelos dourados. Radiante como Apolo, deteve-se ali, no auge de suas forças, como uma forma cintilante em meio às chamas. Ele encaixou uma flecha brilhante em um arco reluzente. A flecha disparou com um som agudo e musical da corda do arco, e Fotógeno, zarpando atrás dela, desapareceu com um grito. Apolo disparou para o alto e, de sua aljava, espalhou espanto e júbilo. Mas o cérebro da pobre Nycteris foi completamente fulminado. Ela caiu na escuridão total.

Ao seu redor havia uma fornalha em chamas. Em meio ao desespero, à fraqueza e à agonia, ela se arrastou de volta, tateando o caminho com dúvida, dificuldade e persistência forçada até sua cela. Quando, por fim, a escuridão amigável de seu quarto a envolveu com seus braços refrescantes e consoladores, ela se jogou na cama e adormeceu profundamente. E ali ela dormiu, um ser vivo em uma tumba, enquanto Fotógeno, lá em cima, na glória do sol, perseguia os búfalos no planalto sem pensar uma única vez nela, onde jazia escura e abandonada, cuja presença fora seu refúgio e cujos olhos e mãos haviam sido seus guardiões durante a noite. Ele estava em sua glória e seu orgulho; a escuridão e sua desgraça haviam desaparecido por um tempo.

XV. O HERÓI COVARDE

Mas, assim que chegou o meio-dia, Fotógeno começou a se lembrar da noite anterior à sombra desse sol que agora estava no alto e a recordá-la com vergonha. Ele provou ser — e não apenas para si mesmo, mas também para uma garota — um covarde! Era corajoso à luz do dia, quando não havia nada a temer, mas estremecia ao anoitecer. Havia, tinha que haver, algo injusto nisso! Um feitiço que fora lançado sobre ele! Ele tinha comido ou bebido algo que não combinava com a coragem! De qualquer forma, fora pego de surpresa! Como ele poderia saber o que acontecia quando o sol se punha? Não era de se admirar que ele tivesse ficado surpreso com o terror, vendo que aquilo era o que era — tão terrível em sua própria natureza! Além disso, não se conseguia ver de onde o perigo poderia surgir! Poderia ser despedaçado, arrastado ou engolido, sem sequer saber onde desferir um golpe! Abraçou todas as desculpas possíveis, ansioso para aliviar seu desprezo por si mesmo. Naquele dia, ele surpreendeu os caçadores — aterrorizou-os com sua ousadia imprudente —, tudo para provar a si mesmo que não era covarde. Mas nada diminuía sua vergonha. Apenas uma coisa lhe dava esperança: a decisão de encontrar a escuridão com uma seriedade solene, agora que ele sabia um pouco do que era. Era mais nobre enfrentar um perigo reconhecido do que se precipitar desdenhosamente sobre o que não parecia nada

— e mais nobre ainda ir ao encontro de um horror sem nome. Ele poderia de um só golpe vencer o medo e acabar com sua desgraça. Para um arqueiro e espadachim como ele, disse a si mesmo, não havia perigo à altura de sua força e coragem. Não haveria derrota. Agora ele conhecia a escuridão e, quando ela viesse, ele iria enfrentá-la tão destemido e frio quanto se sentia agora. E disse novamente:

— Veremos!

Ele ficou sob os galhos de uma grande faia enquanto o sol se punha, ao longe, sobre as colinas recortadas. Antes que metade do sol se ocultasse, ele já tremia como as folhas atrás de si ao primeiro suspiro do vento noturno. No momento em que o resto do disco brilhante desapareceu, ele saltou aterrorizado para ganhar o vale, e seu medo crescia enquanto ele corria. Descendo a encosta da colina, uma criatura abjeta, ele saltou, rolou e correu; caiu em vez de mergulhar no rio e voltou a si, como antes, deitado na margem gramada do jardim.

Mas, quando abriu os olhos, não havia olhos de garota olhando para ele; havia apenas as estrelas no deserto da Noite sem sol — o terrível inimigo que ele ousou encontrar novamente, mas não conseguiu enfrentar. Talvez a garota ainda não tivesse saído da água! Tentaria dormir, pois não ousava se mexer, e talvez ao acordar encontrasse a cabeça no colo dela, e o lindo rosto escuro, com seus profundos olhos azuis, curvado sobre ele. No entanto, quando acordou, encontrou-se com a cabeça ainda na grama e, embora tenha se levantado com a coragem restaurada, tal como era, não saiu para caçar como no dia anterior; e, apesar da glória do sol no coração e nas veias, sua caçada naquele dia foi menos ardorosa; ele comeu pouco e desde o início se manteve pensativo ou até mesmo triste. Havia sido derrotado e desonrado pela segunda vez! Sua coragem não era mais nada além do jogo da luz do sol em seu cérebro? Será que ele era uma mera bola jogada entre a luz e a escuridão? Se assim fosse, que pobre criatura desprezível era! Porém, uma terceira chance estava diante dele. Se falhasse pela terceira vez, não ousou prever o que pensaria de si mesmo. Já era ruim o suficiente agora – mas então!

Que lástima! As coisas não se saíram nada melhor. No momento em que o sol se pôs, ele fugiu como se corresse de uma legião de demônios.

Sete vezes ao todo ele tentou enfrentar a noite que se aproximava com a força do dia anterior, e por sete vezes falhou – falhou com tal piora em seus fracassos, com um sentimento crescente de ignomínia que dominava todas as longas horas de sol e somava-se noite após noite, que, com tristeza, culpa e sem confiança própria, sua coragem diurna também começou a desvanecer e, por fim, por exaustão, por se molhar no rio e, em seguida, dormir ao relento durante toda a noite, noite após noite – e, pior de tudo, de tanto se deixar consumir pelo medo mortal e pela vergonha da própria vergonha, seu sono o abandonou e, na sétima manhã, em vez de ir caçar, ele rastejou para o castelo e foi direto para a cama. Sua generosa saúde, com a qual a bruxa tanto havia se importado, degringolou, e, dentro de uma hora ou duas, ele estava gemendo e gritando em delírio.

XVI. UMA ENFERMEIRA MÁ

Como contei, a própria Watho estava doente, e isso a deixava de péssimo humor; além disso, é uma peculiaridade das bruxas que o que funciona nos outros por atração, funciona nelas por repulsão. Além disso, a esta altura, tinha restado a Watho um fiapo muito pobre e rudimentar de consciência pesada, que era apenas bastante para deixá-la desconfortável e, portanto, mais perversa. Então, quando ela soube que Fotógeno estava doente, ficou furiosa. Doente, oras! Depois de tudo que ela fizera para fazê-lo transbordar com a vida do mundo, com a força do próprio sol? Era um infeliz fracasso, esse menino! E, porque esse fracasso era *dela*, ela ficou irritada com ele, começou a desgostá-lo e passou a odiá-lo. Ela olhava para ele como um pintor olha para um quadro ou um poeta para um poema que só conseguira transformar em uma catástrofe irrecuperável. No coração das bruxas, o amor e o ódio vivem muito próximos e frequentemente tropeçam um no outro.

E, fosse porque seu fracasso com Fotógeno também frustrou seus planos em relação a Nycteris ou porque sua doença a tornou ainda mais uma esposa do demônio, agora Watho também estava farta da garota e detestava saber que ela vivia no castelo.

Entretanto, ela não estava doente demais para deixar de ir ao quarto do pobre Fotógeno para atormentá-lo. Ela contou a ele que o odiava tanto quanto a uma serpente e sibilou igual a uma quando disse isso, com sua aparência bem afilada no nariz e no queixo e achatada na testa. Fotógeno pensou que ela pretendia matá-lo e mal se aventurava a tomar qualquer coisa que ela lhe trouxesse. Ela ordenou que todos os raios de luz fossem bloqueados do quarto dele; mas, com isso, ele se acostumou um pouco mais com a escuridão. Ela pegava uma de suas flechas e uma hora fazia cócegas nele com a ponta da pena, outra hora o picava com a ponta até o sangue escorrer. O que ela realmente pretendia, não sei dizer, mas ela rapidamente levou Fotógeno à decisão de escapar do castelo: o que ele faria depois seria pensado mais tarde. Quem sabe ele até encontrasse sua mãe em algum lugar além da floresta! Se não fosse pelos grandes trechos de escuridão que dividem os dias, ele não temeria nada!

Mas agora, enquanto jazia indefeso, de vez em quando surgia através da escuridão o rosto da adorável criatura que naquela primeira noite terrível cuidou dele com tanta doçura: será que ele nunca mais a veria? Se ela era, como ele havia concluído, uma ninfa do rio, por que não reapareceu? Ela poderia tê-lo ensinado a não temer a noite, pois, evidentemente, ela própria não a temia! No entanto, quando o dia raiou, ela pareceu assustada – por que isso, visto que não havia nada a temer naquele momento? Talvez alguém que se sentisse tão em casa na escuridão tivesse um medo correspondente da luz! Então, a alegria egoísta que ele sentira com o nascer do sol, cegando-o para a condição dela, o fizera se comportar com ela, em retribuição à sua bondade, com tanta crueldade quanto Watho se comportava com ele!

Como ela era doce, gentil e adorável! Se havia feras que saíam apenas à noite e tinham medo da luz, por que não haveria também garotas feitas da mesma maneira – que não suportavam a luz, como ele não suportava a escuridão? Se ao menos ele pudesse encontrá-la mais uma vez! Ah, como ele se comportaria de maneira diferente! Que lástima! Talvez o sol a tivesse matado, derretido, queimado, ressecado... e seria tarde demais, se ela fosse uma ninfa do rio!

XVII. O LOBO DE WATHO

Desde aquela manhã terrível, Nycteris nunca mais conseguiu ser ela mesma. A luz repentina tinha sido quase a morte para ela: e agora ela estava deitada no escuro com a memória de uma claridade terrível – algo que ela mal ousava recordar, para que o simples pensamento não a ferisse além do suportável. Mas isso não era nada em comparação com a dor que lhe causava a lembrança da rudeza da criatura brilhante de quem ela cuidara enquanto ele sentia medo; no momento em que o sofrimento dele passou para ela e ele se viu livre, o primeiro gesto que ele esboçou com o retorno de suas forças foi para desprezá-la! Ela ficou a imaginar e se indagar; tudo aquilo estava além de sua compreensão.

Em pouco tempo, Watho estava tramando o mal contra ela. A bruxa era como uma criança doente cansada de seu brinquedo: ela iria despedaçá-la para ver se gostava. Ela a colocaria ao sol e a veria morrer, como uma água-viva do oceano abandonada sobre uma rocha quente. Seria um espetáculo para acalmar a dor de seu lobo interior. Um dia, portanto, pouco antes do meio-dia, enquanto Nycteris estava em seu sono mais profundo, ela mandou levar uma liteira escura até a porta e fez com que dois de seus homens a carregassem para o planalto acima. Lá eles a tiraram da liteira, deitaram-na na grama e a deixaram.

Watho assistiu a tudo do topo de sua torre alta, através de seu telescópio; e Nycteris mal havia sido deixada lá quando a viu sentar-se e, no mesmo instante, deitar-se de novo com o rosto no chão.

— Ela terá uma insolação — disse Watho —, e esse será o seu fim.

Logo depois, atormentado por uma mosca, um búfalo de corcunda enorme, com uma grande crina desgrenhada, veio galopando direto para onde Nycteris estava deitada. Ao ver aquela coisa na grama, ele deu uma arrancada, desviou alguns metros para o lado, parou e se aproximou lentamente, parecendo mal-intencionado. Nycteris ficou imóvel e nem mesmo viu o animal.

— Agora ela será pisoteada até a morte! — disse Watho. — É assim que essas criaturas fazem.

Quando o búfalo a alcançou, ele a farejou inteira e foi embora; depois voltou e farejou de novo: então, de repente, fugiu como se um demônio o tivesse pego pela cauda.

Em seguida veio um gnu, um animal ainda mais perigoso, e fez quase o mesmo; e em seguida veio um javali esquálido. Mas nenhuma criatura a machucou, e Watho agora estava com raiva de toda a criação.

Por fim, à sombra de seus cabelos, os olhos azuis de Nycteris começaram a se recompor, e a primeira coisa que viram foi consoladora. Já contei como ela conhecia as margaridas noturnas, cada uma delas um pequeno cone pontiagudo com uma ponta vermelha; e uma vez ela abriu as pétalas de uma delas, com os dedos trêmulos, pois temia estar sendo terrivelmente rude e talvez a estivesse machucando; mas ela queria saber, segundo dissera a si mesma, que segredo a flor carregava escondido com tanto cuidado; e ela encontrou seu coração dourado. Mas agora, bem debaixo de seus olhos, dentro do véu de seus cabelos, no doce crepúsculo cuja escuridão ela conseguia ver perfeitamente, estava uma margarida com a ponta vermelha aberta em um anel carmim, exibindo seu coração dourado em uma bandeja de prata. A princípio, ela não a reconheceu como um daqueles cones despertos, mas uma percepção momentânea revelou o que era. Quem, então, poderia ter sido tão cruel com a adorável criaturinha a ponto de forçá-la a se abrir assim e estender-se de coração nu para a terrível lâmpada mortífera? Quem quer que fosse, devia ter sido a mesma pessoa que a jogara lá para queimar até a morte sob aquele fogo. Mas ela tinha seus cabelos e podia baixar a cabeça e improvisar uma pequena e doce noite ao seu redor! Ela tentou dobrar a margarida para baixo e para longe do sol e fazer suas pétalas penderem em volta dela do mesmo modo como seu cabelo, mas não conseguiu. Que tristeza! A flor já estava queimada e morta! Ela não sabia que a flor não era capaz de ceder à sua força gentil porque estava bebendo a vida, com toda avidez, daquilo que ela chamava de lâmpada mortífera. Oh, como a lâmpada a queimava!

Mas ela continuou pensando — não sabia como; e aos poucos começou a refletir que, como não havia teto nesse cômodo com exceção daquele de onde o grande fogo irradiava, a pequena flor de bico vermelho devia ter visto a lâmpada mil vezes e devia conhecê-la muito bem! E a lâmpada não a havia matado! Não, pensando um pouco mais, ela começou a se indagar se aquela condição, na qual ela agora a via, não seria a mais perfeita. Pois não apenas agora o todo parecia perfeito, como de fato parecia antes, mas cada parte mostrava sua própria perfeição individual, perfeição essa que a tornava capaz de se combinar com o restante na perfeição superior do todo. A própria flor era uma lâmpada! Seu coração dourado era a luz, e a borda de prata era o globo de alabastro, habilmente quebrado e esparramado para deixar sair a glória. Sim, a forma radiante era claramente sua forma perfeita! Portanto, se foi a lâmpada que a abriu naquele formato, a lâmpada não poderia ser hostil a ela, mas devia ser de sua própria espécie, visto que a tornava perfeita! E, de novo, quando ela pensava nisso, não via pouca semelhança entre elas. E se a flor fosse bisneta da lâmpada e a estivesse adorando o tempo todo? E se a lâmpada não tivesse a intenção de machucá-la, apenas não pudesse evitar? Aquelas pontas vermelhas pareciam um dano sofrido pela flor: e se a lâmpada estivesse tentando fazer o melhor que podia por Nycteris — abrindo-a, de alguma forma, como fizera com a flor? Ela suportaria pacientemente e veria. Mas como era grosseira a cor da grama! Porém, talvez, pelo fato de seus olhos não terem sido feitos para a lâmpada brilhante, ela não a via como realmente era!

Então, lembrou-se de como eram diferentes os olhos da criatura que não era uma garota e tinha medo da escuridão! Ah, se as trevas voltassem com seus braços amigáveis e suaves ao redor dela! Ela esperaria e esperaria um tanto mais, suportaria e seria paciente.

Nycteris ficou tão imóvel que Watho não duvidou que ela tivesse desmaiado. Tinha certeza de que ela estaria morta antes que a noite viesse reanimá-la.

XVIII. REFÚGIO

Fixando a mira do telescópio na forma imóvel, para que pudesse vê-la imediatamente ao amanhecer, Watho desceu da torre para o quarto de Fotógeno. Ele estava muito melhor a esta altura e, antes que ela o deixasse, ele já tinha resolvido deixar o castelo naquela mesma noite. A escuridão era verdadeiramente terrível, mas Watho era pior do que a escuridão, e ele não conseguiria escapar durante o dia. Portanto, assim que a casa pareceu tranquila, ele apertou o cinto, pendurou nele sua faca de caça, colocou um frasco com vinho e um pouco de pão no bolso e pegou o arco e as flechas. Ele saiu da casa e subiu imediatamente para o planalto. Mas, com sua doença, os terrores da noite e seu pavor dos animais selvagens, quando chegou ao planalto não conseguiu dar um passo adiante e sentou-se, pensando que era melhor morrer do que viver. Apesar de seus temores, no entanto, o sono conseguiu dominá-lo, e ele se deitou por completo na grama macia.

Não tinha dormido muito quando acordou com uma sensação tão estranha de conforto e segurança que pensou que finalmente o amanhecer deveria ter chegado. Mas era noite escura sobre ele. E o céu — não, não era o céu, mas os olhos azuis de sua náiade olhando para ele! Mais uma vez, ele se deitou com a cabeça no colo dela, e tudo estava bem, pois a garota evidentemente temia a escuridão tão pouco quanto ele o dia.

— Obrigado — disse ele. — Você é como uma armadura viva para o meu coração; mantém o medo longe de mim. Tenho estado muito doente desde que nos vimos. Você saiu do rio quando me viu atravessar?

— Eu não moro na água — respondeu ela. — Eu vivo sob uma lâmpada pálida e morro sob a lâmpada brilhante.

— Ah, sim! Eu entendo agora — respondeu ele. — Eu não teria me comportado como da última vez se tivesse entendido;

mas pensei que você estava zombando de mim. Quanto a mim, não posso deixar de ficar assustado com a escuridão. Peço perdão por tê-la deixado como fiz, pois, como eu disse, não entendi. Agora acredito que você estava realmente assustada. Não estava?

— Eu estava, sim — respondeu Nycteris —, e estarei novamente. Mas por que você deveria estar, eu não consigo entender. Você deve saber o quanto a escuridão é branda e doce, o quanto é gentil e amigável, suave e aveludada! Ela leva você para junto do peito e a ama. Há pouco tempo, eu estava desmaiada e morrendo debaixo da sua lâmpada quente. Como você chama aquilo?

— O sol — murmurou Fotógeno. — Como eu gostaria que ele se apressasse!

— Ah! Não deseje isso. Pelo meu bem, não deseje que ele se apresse. Posso proteger você na escuridão, mas não tenho ninguém para me proteger na luz. Como lhe contei, eu estava morrendo ao sol. De repente, respirei fundo. Um vento frio veio e passou pelo meu rosto. Eu olhei para o alto. A tortura tinha acabado, pois a própria lâmpada mortífera tinha ido embora. Espero que ela não morra e fique mais brilhante ainda. A dor de cabeça terrível que eu sentia sumiu, e minha visão voltou. Senti-me nova em folha. Mas não me levantei de imediato, pois ainda estava cansada. A grama ficou fria ao meu redor e ganhou uma cor suave. Algo molhado caiu sobre ela, e então ficou tão agradável aos meus pés que me levantei e comecei a correr. E, quando eu já estava correndo por um bom tempo, de repente encontrei você aqui deitado, assim como eu estava deitada um pouco antes. Então me sentei ao seu lado para cuidar de você, até que sua vida e minha morte voltassem.

— Como você é bondosa, linda criatura! Ora, você me perdoou antes mesmo de eu lhe pedir! — disse Fotógeno.

Assim, eles começaram a conversar, e ele contou a ela o que sabia de sua própria história, e ela contou o que sabia sobre a dela, e eles concordaram que deveriam se afastar de Watho e fugir para o mais longe que pudessem.

— Devemos partir imediatamente — disse Nycteris.

— No momento em que a manhã chegar — redarguiu Fotógeno.

— Não devemos esperar pela manhã — disse Nycteris —, pois então não poderei me mover, e o que você faria na noite seguinte? Além disso, Watho vê melhor durante o dia. Na verdade, você deve vir agora, Fotógeno. Você deve.

— Não posso; não ouso — disse Fotógeno. — Não consigo me mexer. Se eu levantar minha cabeça de seu colo, a doença do terror vai se apoderar de mim.

— Eu estarei com você — disse Nycteris, com suavidade. — Vou cuidar de você até que seu sol terrível chegue, e então você pode me deixar e ir embora o mais rápido que puder. Só, por favor, me coloque em um lugar escuro primeiro, se houver.

— Jamais vou deixar você de novo, Nycteris — gritou Fotógeno. — Apenas espere até o sol nascer e trazer as minhas forças de volta, e então vamos juntos e nunca, nunca mais nos separaremos.

— Não, não — insistiu Nycteris. — Precisamos ir agora. E você precisa aprender a ser forte no escuro assim como durante o dia, do contrário você sempre será só meio corajoso. Já comecei não a lutar contra o seu sol, mas a tentar ficar em paz com ele e entender o que ele realmente é e o que ele quer de mim, seja me machucar ou tirar o melhor de mim. Você deve fazer o mesmo com a minha escuridão.

— Mas você não sabe que animais malucos existem no sul — disse Fotógeno. — Eles têm olhos verdes enormes e comeriam você como um pedaço de aipo, bela criatura!

— Venha, venha! Você precisa vir — disse Nycteris — ou terei que fingir que o deixei, para fazer você vir atrás de mim. Eu já vi os olhos verdes de que você fala e vou protegê-lo deles.

— Você! Como poderia fazer isso? Se agora fosse dia, eu poderia defendê-la do pior deles. Mas do jeito como está, não consigo nem vê-los nesta escuridão abominável. Eu não conseguiria ver seus lindos olhos se não fosse pela luz neles; é essa luz que me permite enxergar diretamente o céu através do seu olhar. Eles são janelas para o próprio paraíso além do céu; creio que são o lugar onde as estrelas são feitas.

— Venha, então, ou eu os fecharei — disse Nycteris. — E você não os verá mais enquanto não se comportar. Venha. Se você não consegue enxergar as feras, eu consigo.

— Consegue! E ainda me pede para ir! — disse Fotógeno.

— Sim — respondeu Nycteris. — E, mais do que isso, eu as vejo muito antes que elas consigam me ver, de modo que sou capaz de cuidar de você.

— Mas como? — insistiu Fotógeno. — Você não sabe atirar com arco e flecha nem usar uma faca de caça.

— Não, mas sei ficar fora do caminho de todas as feras. Bem, quando encontrei você, eu estava brincando com duas ou três delas ao mesmo tempo. Eu vejo e também sinto o cheiro delas muito antes que estejam perto de mim, muito antes que consigam me ver ou me farejar.

— Você não está vendo nem cheirando nenhuma agora, não é? — perguntou Fotógeno, inquieto, erguendo-se sobre o cotovelo.

— Não, nenhuma no momento. Vou dar uma olhada — respondeu Nycteris e se levantou de um salto.

— Oh, não! Não me deixe, nem por um momento — gritou Fotógeno, forçando os olhos para manter o rosto dela à vista na escuridão.

— Fique quieto ou elas vão ver você — respondeu ela. — O vento está vindo do sul, e elas não conseguem nos farejar. Eu descobri tudo sobre isso. Desde que a querida escuridão chegou, tenho me divertido com elas, ficando de vez em quando apenas na borda do vento e deixando que uma delas me cheire.

— Ah, que horrível! — disse Fotógeno. — Espero que não insista mais em fazer isso. Qual foi o resultado?

— Sempre, no mesmo instante, ela se virava com olhos impetuosos e saltava na minha direção; só que não conseguia me ver, você deve se lembrar. Mas, com meus olhos tão melhores que os da fera, eu conseguia vê-la com perfeição e corria em torno dela até sentir seu cheiro, e então entendi que ela não conseguiria me encontrar de maneira alguma. Se o vento mudasse e corresse para o outro lado agora, poderia haver todo um exército delas caindo sobre nós e não haveria espaço para ficar fora do caminho. É melhor você vir.

Ela o pegou pela mão. Ele cedeu e se levantou, e ela o levou embora. Mas os passos dele eram débeis e, à medida que a noite avançava, ele parecia cada vez mais perto de cair.

— Oh, céus! Estou tão cansado e tão assustado! — dizia ele.

— Apoie-se em mim — respondia Nycteris, colocando o braço em volta dele ou dando tapinhas em sua bochecha. — Dê mais alguns passos. Cada passo para longe do castelo é um avanço. Apoie-se mais em mim. Agora me sinto bem e estou mais forte.

E assim eles continuaram. Os olhos noturnos e penetrantes de Nycteris divisaram não poucos pares de olhos verdes reluzindo como buracos na escuridão, e ela deu muitas voltas para se manter fora de seu caminho; mas nunca disse a Fotógeno que os viu. Com cuidado, ela o manteve longe dos lugares acidentados e na lisura macia da grama, falando com ele de forma gentil durante todo o caminho — sobre as flores adoráveis e as estrelas — como as flores pareciam confortáveis em suas camas verdes e como as estrelas estavam felizes em suas camas azuis!

Com a aproximação da manhã, ele começou a melhorar, mas estava terrivelmente cansado de andar em vez de dormir, ainda mais depois de passar tanto tempo doente. Nycteris também, um tanto por ajudá-lo a caminhar, um tanto pelo medo crescente da luz que começava a se infiltrar do leste, estava muito cansada. Por fim, ambos igualmente exaustos, nenhum foi capaz de ajudar o outro. Como que por anuência mútua, eles pararam. Abraçando-se, detiveram-se no meio do vasto campo relvado, nenhum deles capaz de dar um passo, cada um apoiando-se apenas na fraqueza do outro, cada um pronto para cair se o outro se mexesse. Mas, enquanto um ficava ainda mais fraco, o outro começava a ficar mais forte. Quando a maré da noite começou a baixar, a maré do dia começou a subir; e agora o sol despontava no horizonte, carregado por suas ondas espumantes. E, sempre que ele vinha, Fotógeno revivia. Por fim, o sol ergueu-se nos ares, como se fosse um pássaro saído das mãos do Pai das Luzes. Nycteris deu um grito de dor e escondeu o rosto entre as mãos.

– Ai de mim! – suspirou ela. – Estou com tanto medo! Essa luz terrível dói tanto!

Mas, no mesmo instante, através de sua cegueira, ela ouviu Fotógeno dar uma risada baixa e exultante, e no momento seguinte se sentiu ser erguida; ela, que durante toda a noite havia cuidado dele e o protegido como uma criança, estava agora em seus braços, carregada como um bebê, com a cabeça apoiada no ombro dele. Mas ela era a mais forte; por sofrer mais, não temia nada.

XIX. O LOBISOMEM

No exato momento em que Fotógeno pegou Nycteris no colo, o telescópio de Watho estava varrendo furiosamente o planalto.

Ela o empurrou com raiva e, correndo para o quarto, se trancou. Lá ela se ungiu da cabeça aos pés com certo unguento; soltou os longos cabelos ruivos e os amarrou na cintura; então começou a dançar, girando e girando cada vez mais rápido, ficando cada vez mais furiosa, até que estivesse espumando pela boca de tanta raiva. Quando Falca foi procurá-la, não a encontrou em lugar nenhum.

À medida que o sol nascia, o vento mudava lentamente e rodopiava, até que começou a soprar direto do norte. Fotógeno e Nycteris estavam se aproximando da borda da floresta, ele ainda carregando-a, quando ela se moveu um pouco em seu ombro, inquieta, e murmurou em seu ouvido.

— Sinto o cheiro de uma fera. Vem dali, do mesmo sentido do vento.

Fotógeno virou-se na direção do castelo e viu uma mancha escura no planalto. Enquanto ele olhava, a mancha ficava ainda maior: estava atravessando o campo relvado com a velocidade do vento. Estava cada vez mais perto. Parecia longa e baixa, mas talvez fosse porque estava correndo muito, rente ao solo. Ele colocou Nycteris embaixo de uma árvore, à sombra escura de seu tronco, esticou seu arco e pegou a flecha mais pesada, mais longa e mais afiada. Assim que ajustou o encaixe na corda, viu que a criatura era um tremendo de um lobo e que corria direto para ele. Ele afrouxou a faca na bainha, puxou outra flecha pela metade na aljava para o caso de a primeira falhar e mirou a uma boa distância, para dar tempo para uma segunda chance. Atirou. A flecha subiu, voou direto, desceu, atingiu a fera e pulou de novo no ar, dobrada como uma letra V. Fotógeno rapidamente agarrou a outra, atirou, largou seu arco e sacou a faca. Mas a flecha havia afundado no peito do animal até a pena; e ele tombou de ponta-cabeça, com um grande baque do dorso no chão; soltou um gemido, fez menção de lutar uma ou duas vezes e depois ficou estendido, imóvel.

— Eu o matei, Nycteris! — gritou Fotógeno. — É um enorme lobo vermelho.

— Ah, obrigada! — respondeu Nycteris debilmente de trás da árvore. — Eu tinha certeza de que você conseguiria. Não senti nem um pouco de medo.

Fotógeno foi até o lobo. Era um *monstro*! Mas ele estava aborrecido por sua primeira flecha ter se saído tão mal e não estava disposto a perder aquela que lhe prestara um serviço tão bom: com um longo e forte puxão, ele a arrancou do peito do animal. Deveria acreditar em seus olhos? Lá estava ela — não um lobo, mas Watho, com os cabelos amarrados na cintura! A bruxa tola tinha se tornado invulnerável, como ela supôs, mas havia se esquecido que, para atormentar Fotógeno, ela havia manuseado uma de suas flechas. Ele correu de volta para Nycteris e contou a ela.

Ela estremeceu e chorou, e não queria olhar.

XX. ESTÁ TUDO BEM

Agora não havia motivo para dar um passo adiante. Eles não temiam ninguém além de Watho. Deixaram-na lá e voltaram. Uma grande nuvem desceu sobre o sol, e a chuva começou a cair forte. Nycteris se sentiu bastante revigorada, conseguiu enxergar um pouco e, com a ajuda de Fotógeno, caminhou com leveza sobre a grama úmida e fria.

Eles não tinham ido muito longe quando encontraram Fargu e os outros caçadores. Fotógeno contou a eles que matara um grande lobo vermelho, e que ele era Madame Watho. Os caçadores pareciam sérios, mas a alegria transparecia.

— Então — disse Fargu —, vou até lá enterrar minha senhora.

Mas, quando chegaram ao local, descobriram que ela já estava enterrada — nas bocas de diversos pássaros e feras que a haviam comido como café da manhã.

Então Fargu, ao alcançá-los, pediu, muito sabiamente, que Fotógeno fosse até o rei e lhe contasse toda a história. Porém Fotógeno, ainda mais sábio que Fargu, não partiria antes de se casar com Nycteris.

— Pois, assim — disse ele —, o próprio rei não poderá nos separar; e, se alguma vez existiram duas pessoas que não podiam viver uma sem a outra, somos Nycteris e eu. Ela tem que me ensinar a ser um homem corajoso no escuro, e eu tenho que cuidar dela até que ela consiga suportar o calor do sol e que ele possa ajudá-la a enxergar, em vez de cegá-la.

Eles se casaram naquele mesmo dia. E, no dia seguinte, foram juntos até o rei e contaram-lhe toda a história. E quem encontraram na corte, senão o pai e a mãe de Fotógeno, ambos nas altas graças do rei e da rainha. Aurora quase morreu de alegria e contou a todos como Watho havia mentido e feito com que ela acreditasse que seu filho estava morto.

Ninguém sabia nada sobre o pai ou a mãe de Nycteris; mas, quando Aurora viu na linda garota seus próprios olhos azuis brilhando através da noite e das nuvens, isso a fez pensar coisas estranhas e se perguntar como até as pessoas malvadas conseguem ser um elo para unir as boas. Por meio de Watho, as mães, que nunca tinham se visto, trocaram os olhos por meio dos filhos.

O rei deu-lhes o castelo e as terras de Watho, onde viveram e ensinaram um ao outro por vários anos que não duraram muito. Mas nem um ano transcorreu antes que Nycteris passasse a amar mais o dia, porque ele era as vestes e a coroa de Fotógeno, e reconhecesse que o dia era maior que a noite, e que o sol era mais majestoso que a lua; enquanto Fotógeno passou a amar mais a noite, porque esta era a mãe e o lar de Nycteris.

— Mas quem sabe — diria Nycteris a Fotógeno — se, quando formos embora, não encontraremos um dia tão maior que o seu dia quanto o seu dia é maior que a minha noite?

O DEMÔNIO DE MÁRMORE

RABINDRANATH TAGORE, 1895

Srijut, um cobrador de impostos, é enviado para uma pequena cidade e é misteriosamente atraído todas as noites para um antigo palácio que dizem estar assombrado.

Após nossa viagem para fazer o *puja*[1], eu e meu parente estávamos voltando para Calcutá quando conhecemos um homem no trem. Por sua roupa e sua postura, achamos que se tratava de um maometano[2] do norte da Índia, mas ficamos intrigados quando ele começou a falar, pois discursava sobre todos os assuntos com tanta confiança que alguém até pensaria que o Criador de Todas as Coisas[3] o consultou a cada passo antes de fazer Suas criações. Até então, estávamos felizes, pois não sabíamos que forças secretas e inauditas estavam em ação, que os russos haviam se aproximado de nós, que os ingleses tinham políticas secretas e ocultas, nem que a confusão entre os líderes nativos havia chegado ao limite. No entanto, nosso novo amigo, com um sorriso astuto, disse:

---

1 Cerimônia ou ritual de devoção para uma ou mais divindades do hinduísmo. [N.T.]

2 Forma arcaica de se referir a um adepto do islã. [N.T.]

3 Alá, que na língua árabe significa Deus. [N.T.]

— Há mais coisas entre o céu e o inferno, Horácio, do que noticiam seus vãos jornais.

Como não viajávamos muito, a atitude do homem nos surpreendeu tanto que ficamos em silêncio. Mesmo quando os assuntos eram banais, ele falava sobre ciência, comentava sobre os Vedas[4] ou recitava as quadras de algum poeta persa. Não tínhamos conhecimento de ciência, dos Vedas e da língua persa, então nossa admiração por ele apenas aumentou. Meu parente, teosofista[5], estava convencido de que nosso companheiro de viagem fora influenciado de maneira sobrenatural por algum estranho "magnetismo" ou "poder oculto" vindo de um "corpo astral" ou coisa semelhante. Ele escutava, como um devoto, até a mais simples das frases ditas por nosso companheiro extraordinário e, em segredo, até anotou coisas. Imagino que o homem extraordinário tenha visto e ficado contente.

Quando o trem chegou ao cruzamento, nos reunimos na sala de espera enquanto aguardávamos pela conexão. Eram dez da noite, e como o trem, soubemos, provavelmente atrasaria muito por causa de algum problema nos trilhos, fiz a cama sobre a mesa e estava prestes a me deitar para tirar um cochilo confortável quando aquela pessoa extraordinária começou deliberadamente a contar uma história fantástica. É claro que não consegui dormir naquela noite.

Quando larguei meu cargo em Junagarh[6] em razão de algumas discordâncias sobre políticas administrativas e comecei

---

4 Conjunto de quatro livros sagrados para o hinduísmo. [N.T.]

5 Fundada no século XIX por Helena Blavatsky (1831-1891), a teosofia é uma doutrina influenciada por várias tradições religiosas e filosóficas. Os teosofistas acreditam que o conhecimento vem da união do indivíduo com as divindades. [N.T.]

6 Junagarh, ou Junagadh, era um estado principesco — hoje, um distrito — localizado em Guzerate. [N.T.]

a trabalhar para o nizã de Hiderabade[7], fui logo escolhido, por ser jovem e forte, para cobrar impostos sobre algodão em Barich.

Barich é um lugar adorável. O rio Susta "tagarela pelas vielas de pedras enquanto prega sobre elas"[8], saltitando, como uma dançarina habilidosa, pelo bosque abaixo das colinas isoladas. Do rio, surge uma escadaria com 150 degraus, e sobre ela, à beira do rio e na base da colina, há um solitário palácio de mármore. Ao redor dele não há habitações — a vila e o mercado de algodão ficam bem distantes.

Há 250 anos, o imperador Mahmud Shah II, para seu próprio prazer e luxo, construiu esse palácio solitário. Naquela época, jatos de água de rosas jorravam de suas fontes, e, sobre o frio piso de mármore de seus quartos frescos, sentavam-se donzelas persas. Elas, com seus cabelos desgrenhados antes do banho, brincavam com a água cristalina dos reservatórios usando os pés nus, enquanto recitavam gazais[9] sobre vinho ao som do *sitar*[10].

Agora, as fontes já não funcionam, as canções silenciaram e os pés brancos como a neve já não pisam graciosamente sobre o mármore pálido. O palácio tornou-se o aposento vasto e solitário de cobradores de impostos como nós — homens oprimidos pela solidão e privados da companhia das mulheres. Karim Khan,

---

7 Nizã era o título hereditário dado aos monarcas do estado principesco de Hiderabade. [N.T.]

8 Referência ao poema "The Brook", do poeta inglês Alfred Tennyson (1809-1892). [N.T.]

9 Gazal ou gazel é um poema lírico de origem árabe, persa, turca e urdu. O amor é normalmente o tema principal, mas, no contexto aqui apresentado, o autor refere-se a um gazel cujo tema é o vinho. O poeta persa Hafiz (1326-1390), por exemplo, evoca a imagem da embriaguez trazida pelo vinho como uma forma de se aproximar do amor divino. [N.T.]

10 Instrumento de cordas de origem indiana. [N.T.]

o antigo funcionário de meu escritório, avisou-me repetidas vezes para não me estabelecer ali.

— Passe o dia lá, se quiser — disse ele —, mas nunca passe a noite.

Respondi com uma leve risada. Os empregados disseram que trabalhariam até o escurecer, mas sairiam quando anoitecesse. Consenti rapidamente. O lugar tinha uma reputação tão ruim que, à noite, nem os ladrões chegavam perto dele.

No começo, a solidão do palácio deserto foi como um pesadelo. Eu ficava fora e trabalhava pesado até não aguentar mais, e então, à noite, voltava para casa exausto, deitava-me na cama e dormia.

Antes mesmo de eu completar uma semana no lugar, ele começou a exercer uma estranha fascinação sobre mim. É difícil descrever ou convencer alguém a acreditar, mas senti como se todo o palácio fosse como um organismo vivo que, lenta e imperceptivelmente, me digeria com algum tipo atordoante de suco gástrico.

Talvez o processo tenha começado assim que pisei lá, mas só me lembro com clareza do dia em que fiquei ciente dele.

Foi no começo do verão, e, como naquele dia o mercado estava parado, eu não tinha o que fazer. Um pouco antes do pôr do sol, sentei-me em uma poltrona próxima à beira do rio, abaixo dos degraus. O nível do rio Susta havia baixado, e, do outro lado dele, uma grande faixa de areia cintilava com os tons do entardecer; no lado de cá, as pedras brilhavam no fundo da água cristalina. Como não havia vento, o ar estava carregado do aroma pungente dos arbustos que cresciam nas colinas da região.

Quando o sol sumiu atrás das colinas, uma cortina longa e escura caiu sobre a cena, finalizando o espetáculo do dia. Os montes esconderam o momento em que luz e sombra misturam-se no céu. Eu estava prestes a me levantar para dar uma volta quando ouvi passos nos degraus atrás de mim. Olhei para trás, mas não havia ninguém.

Pensei ser só minha imaginação, então me sentei outra vez. De repente, ouvi muitos passos, como se várias pessoas estivessem descendo rapidamente pelos degraus. Uma estranha sensação de prazer com uma pitada de medo me atravessou, e, ainda que não houvesse ninguém diante de meus olhos, pensei ter visto um grupo de alegres donzelas descendo as escadas para tomar banho no rio Susta. Não havia um só ruído no vale, no rio e no palácio, mas ouvi com clareza suas risadas felizes, como o gorgolejo de centenas de cascatas, correndo atrás umas das outras em direção ao rio. Elas passaram por mim, brinca-lhonas, mas não notaram minha presença. Assim como eram invisíveis para mim, eu era, aparentemente, invisível para elas. O rio estava calmo, mas percebi que suas águas cristalinas e rasas foram agitadas, de repente, por braços com braceletes tilintando, que as garotas riam e corriam e jogavam água umas nas outras, e que os pés das belas nadadoras criavam pequenas ondas que pareciam uma chuva de pérolas.

Senti algo em meu peito — não sei dizer se era medo, desejo ou curiosidade. Queria muito vê-las direito, mas não enxergava nada. Pensei que poderia ouvir tudo o que diziam se apurasse os ouvidos, mas, não importava o quanto eu ten-tasse, só conseguia ouvir o ruído das cigarras no bosque. Era como se uma cortina negra de 250 anos estivesse pendurada na minha frente, e eu, ainda que trêmulo, levantasse com alegria um canto dela para espiar, mesmo que a reunião no outro lado estivesse completamente envolta em escuridão.

A atmosfera pesada da noite foi interrompida por uma rajada de vento inesperada, causando, na superfície calma do rio, ondas semelhantes aos cabelos de uma ninfa, e do mato surgiu, embalado pela penumbra, um murmúrio simultâneo — como se ambos estivessem acordando de um sonho sombrio.

Não sei se era real ou apenas uma fantasia, só sei que o vislumbre momentâneo daquela miragem invisível, refletida de um mundo que existiu há 250 anos, desapareceu em um instante. As silhuetas místicas que passaram por mim com seus passos intangíveis e risadas altas, ainda que mudas, e se jogaram no rio, não voltaram de lá amarrando suas vestes molhadas. Elas se dispersaram no ar assim como um aroma é levado pela brisa.

Depois disso, tive a sensação de que a Musa se aproveitou da minha solidão e me possuiu — ela veio perturbar logo um pobre diabo como eu, que ganha a vida coletando impostos sobre algodão. Decidi comer, pois um estômago vazio é alvo fácil de todos os tipos de doenças incuráveis. Pedi para meu cozinheiro um jantar *mughlai*[11] bem suculento e suntuoso com cheiro de especiarias e *ghee*.

Na manhã seguinte, toda a situação pareceu apenas um sonho esquisito. Contente, pus um chapéu igual ao dos *sahibs*[12] para me proteger do sol e saí para trabalhar. Naquele dia, eu deveria terminar meu relatório trimestral e voltar mais tarde, mas, antes mesmo de escurecer, percebi-me estranhamente atraído até o palácio — não sabia exatamente por que —, como se alguém estivesse esperando e eu não pudesse me atrasar nem mais um minuto. Deixei o relatório inacabado, levantei-me, peguei meu chapéu e, causando um imenso barulho pelo caminho escuro, sombrio e deserto com o balançar de minha carruagem, cheguei ao grande palácio silencioso ao pé das colinas.

No primeiro andar, as escadas levavam a um salão muito espaçoso. O teto expandia-se sobre arcos ornamentais apoiados

---

11 A comida mughlai chegou à Índia pela influência do Império Mogol, ou Mughal, que governou uma parte do país por centenas de anos. [N.T.]

12 Sahib, ou saheb, era o termo que os indianos usavam para se referirem aos europeus — no contexto, os ingleses — na época em que a Índia era uma colônia. Significa "senhor", "mestre" etc. [N.T.]

em três fileiras de colunas gigantescas, lamentando dia e noite o peso da solidão. O dia tinha terminado havia pouco tempo, então as luzes ainda não estavam acesas. Uma grande agitação se intensificou conforme abri a porta, como se uma multidão tivesse se assustado e começado a correr, numa fuga apressada, até as portas, e janelas, e corredores, e varandas.

Fiquei confuso quando não vi ninguém, arrepiado de medo e num deleite estático. Ao mesmo tempo, um aroma distante e envelhecido de unguento e essências florais grudou-se às minhas narinas. Parado naquele salão amplo e escuro, entre as fileiras daqueles pilares antigos, eu conseguia ouvir a água dos chafarizes respingando no chão de mármore, uma melodia desconhecida tocada por um *sitar*, o tilintar de braceletes e tornozeleiras, o ressoar de sinos anunciando as horas, as notas musicais distantes vindas de um *nahabat*[13], a brisa balançando os cristais pendurados em algum lustre, o canto dos *bulbuls*[14] presos nas gaiolas nos corredores e o grasnar das cegonhas nos jardins — todos criando uma música sobrenatural e enigmática ao meu redor.

Do nada, eu me vi sob um feitiço, e nele essa visão imaterial, inacessível e sublime parecia ser a única realidade existente — e todo o resto apenas um sonho. Pareceu tão ridículo e absurdo pensar que eu, Srijut de Tal, filho mais velho de Fulano de Tal que já descansa em paz, deveria estar sacando 450 rupias[15] por mês pelos serviços como cobrador de impostos sobre algodão e indo de carruagem para o trabalho todos os dias usando apenas

---

13 Num templo, torre onde os músicos tocam durante rituais e festivais. [N.T.]

14 Bulbul, ou bolbol, é o rouxinol sob uma visão europeia, por assim dizer, mas o nome bulbul inclui uma família de pássaros. Na literatura persa, principalmente quando combinados com rosas, são comumente entendidos como uma metáfora da beleza e da perfeição. [N.T.]

15 Moeda utilizada na Índia e em alguns outros países. [N.T.]

um casaco curto e um chapéu para me proteger do sol. Só de imaginar, comecei a gargalhar no meio do grande salão silencioso.

Naquele momento, meu empregado entrou no local com uma lâmpada de querosene numa das mãos. Não sei se ele achou que eu estava louco, mas de repente lembrei-me de que eu realmente era Srijut de Tal, filho de Fulano de Tal que já descansa em paz, e que, embora só nossos poetas, célebres ou desconhecidos, pudessem dizer se dentro ou fora da terra existia um lugar onde fontes jamais vistas eram perpétuas, e *sitars* feéricos, tocados por dedos invisíveis, criavam uma harmonia eterna, eu poderia dizer uma coisa: que cobrava impostos no mercado de algodão de Barich e ganhava 450 rupias mensais pelo meu trabalho. Ao debruçar-me sobre o jornal em minha mesa, iluminado pela lâmpada de querosene, gargalhei, achando graça da minha fantasia.

Após terminar o relatório e comer meu jantar *mughlai*, apaguei a lâmpada e fui dormir num quartinho ao lado. Deitei-me na cama e, pela janela, percebi que uma estrela brilhante — bem acima das montanhas Aravalli e rodeada pela escuridão de suas florestas — observava atentamente o sr. Cobrador deitado em sua humilde cama dobrável. Pensei nessa ideia e fiquei entretido com ela, e não sei quando adormeci nem quanto tempo passei dormindo, só sei que acordei de modo repentino, mas não ouvi nada e não vi nenhum invasor. A estrela brilhante e previamente estática havia sumido, e a luz fraca da lua nova entrava de modo sorrateiro pela janela aberta, como se estivesse com vergonha da própria intrusão.

Mesmo sem ver ninguém, senti como se alguém estivesse me empurrando com cuidado. Quando terminei de acordar, ela não disse nada, apenas sinalizou, com os dedos cobertos de anéis, para que eu a seguisse com cautela. Levantei-me sem fazer barulho, e, embora não tivesse uma alma viva, exceto por mim, dentro dos incontáveis aposentos daquele palácio deserto com ruídos sonolentos e ecos prolongados, a cada passo temi que alguém acordasse. A maior parte dos quartos do palácio estava sempre fechada, e eu nunca havia entrado em nenhum deles.

Segui minha guia invisível com a respiração presa e passos silenciosos — agora, não sei dizer para onde. Que caminhos estreitos e infinitos, que corredores longos, que salões de audiência taciturnos e solenes e celas secretas eu atravessei!

Embora eu não pudesse ver minha bela guia, sua silhueta não era invisível para minha imaginação. Era uma mulher árabe, com braços rígidos e lisos como mármore visíveis através de suas mangas soltas, e, vindo da ponta de seu gorro, um véu fino caía sobre o rosto. Para minha surpresa, havia também uma adaga curvada em sua cintura! Pensei que uma das *Mil e Uma Noites* viera até mim de lá do mundo dos romances e que no meio da noite eu estava, na verdade, andando pelos becos escuros da silenciosa Bagdá em direção a um encontro perigoso.

Finalmente, minha bela guia parou de maneira abrupta diante de uma cortina azul-marinho e apontou para baixo. Não havia nada lá, mas um medo repentino se apossou de mim e gelou-me o sangue, pois pensei ter visto um terrível eunuco negro vestido com belas roupas de brocado, sentado e cochilando com as pernas estendidas e uma espada desembainhada no colo. Minha bela guia passou levemente sobre as pernas do eunuco e ergueu a borda da cortina. Atrás dela, pude vislumbrar uma parte do quarto, que tinha um tapete persa estendido no chão e uma pessoa sentada numa cama — não a enxerguei por completo, vi apenas dois pés delicados calçando chinelos bordados a ouro, ambos saindo de calças folgadas cor de açafrão e apoiando-se com leveza no tapete de veludo laranja. Ao seu lado, havia, sobre uma bandeja azulada de cristal, algumas maçãs, peras, laranjas e uma grande quantidade de cachos de uva, dois copos pequenos e um decantador dourado que evidentemente aguardavam a chegada de alguém. Nesse meio-tempo, um vapor perfumado e inebriante emitido por algum tipo de incenso quase dominou meus sentidos.

Com o coração aos saltos, tentei passar por cima das pernas estendidas do eunuco — o que o fez acordar de repente, assustado, derrubando sua espada no chão com um tinido metálico. Um grito espantoso fez com que eu pulasse, e assim percebi que, de repente, eu estava sentado na minha cama dobrável, suando muito. A lua crescente, pálida à luz da manhã, parecia um enfermo abatido que passara a noite toda sem dormir; já o louco Meher Ali, como de costume, gritava enquanto caminhava pela estrada solitária:

— Afaste-se! Afaste-se!

Foi assim o término repentino da primeira noite, mas eu ainda tinha mil pela frente.

A partir daí, várias discordâncias ocorreram entre os dias e as noites. Durante o dia, eu ia para o trabalho exausto, xingando a noite encantadora e seus sonhos vazios, mas, quando a noite chegava, minha rotina diária cheia de obrigações e algemas parecia fútil, falsa e ridícula.

Ao anoitecer, eu era pego e dominado por uma armadilha inebriante. Nela, eu era transformado em um personagem desconhecido de uma era passada e fazia meu papel em uma história jamais escrita, onde meu casaco inglês e minhas calças justas não eram apropriados para mim. Com um gorro de veludo vermelho, calças folgadas, colete bordado, uma túnica de seda longa e esvoaçante e lenços coloridos perfumados com essências florais, eu completaria meu vestuário elaborado, me sentaria em uma cadeira almofadada e trocaria meu tabaco por um narguilé espiralado repleto de água de rosas, como se esperasse, ansioso, por um encontro peculiar com minha amada.

Não sou capaz de descrever a forma como os extraordinários acontecimentos se desdobraram conforme a noite escurecia. Senti como se, nos aposentos curiosos daquele vasto edifício, os fragmentos de uma bela história — que eu poderia seguir até certa distância, mas sem nunca descobrir o desfecho — voejavam com a repentina brisa vernal. Ainda assim, a noite inteira, eu vagava de quarto em quarto à procura dela.

Entre o turbilhão de fragmentos de sonhos, o cheiro de hena, a vibração do *sitar* e o ar carregado de perfume, conseguia ver, de relance, uma bela donzela. Ela era a que usava as calças cor de açafrão e tinha os pés alvos, corados e delicados, com os dedos curvados calçando chinelos bordados a ouro, um corpete justo também trabalhado em ouro e um gorro vermelho, de onde adornos dourados brotavam, pendurando-se na frente das sobrancelhas e faces pálidas.

Ela havia me enlouquecido. Para achá-la, fui de quarto em quarto, de corredor em corredor, seguindo um labirinto perturbador de becos naquela terra encantada dos sonhos, localizada nos confins do meu sono.

Às vezes, ao anoitecer, enquanto eu me arrumava como um príncipe de sangue azul em frente a um grande espelho, com uma vela acesa em cada lado dele, via rapidamente o reflexo da bela mulher persa ao meu lado. O pescoço estava levemente inclinado, o olhar ávido, que esbanjava paixão e dor intensas, brilhava em seus olhos escuros, os lábios vermelhos e delicados se entreabriam como se quisessem falar, sua silhueta, alva e esguia, exalava juventude como uma videira em flor, já completamente ereta ao chegar às suas feições graciosas com uma estonteante exibição de sofrimento, e desejo, e êxtase, e um sorriso, e um olhar, e um fulgor de joias e seda, e ela desvanecia. Uma brisa ligeira, carregada de todos os aromas das colinas e dos bosques, apagava as velas, então eu me despia de minhas vestes e me deitava na cama com os olhos fechados e o corpo palpitando de desejo. Ao meu redor, na brisa, em meio às fragrâncias das colinas e dos bosques, flutuavam pela escuridão silenciosa muitas carícias, e muitos beijos, e muitos toques macios das mãos, e sussurros suaves aos meus ouvidos, e sopros perfumados sobre minha fronte – ou, por vezes, apenas um lenço com essência adocicada acariciando meu rosto de novo e de novo. Em seguida, uma serpente misteriosa, com um aperto sufocante, envolvia meu corpo. Eu suspirava profundamente, me entregava à dormência, e, por fim, a um sono pesado.

Uma noite, decidi sair com meu cavalo – alguém, não sei quem, implorou para que eu ficasse, mas decidi não ouvir súplicas naquele dia. Meu chapéu e meu casaco estavam num cabide, e, quando eu estava prestes a tirá-los, um redemoinho, formado pelas areias do rio Susta e pelas folhas secas das montanhas Aravalli, apareceu do nada, pegou minhas roupas e começou a dar voltas e mais voltas com elas enquanto alguém gargalhava cada vez mais alto, alcançando todas as notas de alegria possíveis até morrer rumo ao pôr do sol.

Não consegui sair e, no dia seguinte, não quis mais saber de meu casaco e chapéu estranhos.

No meio da noite desse mesmo dia, ouvi o choro abafado e inconsolável de alguém – como se debaixo da cama, do chão, do alicerce pedregoso daquele palácio gigante, das profundezas de um túmulo escuro e úmido, uma voz comovente gritasse e implorasse para mim:

– Oh, salve-me! Quebre estas portas feitas de ilusões resistentes, sonos mortais e sonhos vãos, coloque-me em sua sela, abrace-me junto de seu peito, e, pelas colinas, e pelos bosques, e através do rio, leve-me para cima, para o calor de seus quartos ensolarados!

Quem sou eu? Oh, como posso te resgatar? Que beldade submersa, que paixão encarnada devo salvar deste turbilhão selvagem de sonhos e trazer à tona? Ó adorável e etérea aparição! Onde floresceste e quando? Em qual primavera fresca e à sombra de quais tamareiras? Que andarilha do deserto deu-te a vida? Que beduíno te roubou dos braços de tua mãe como um pequeno broto arrancado de uma videira selvagem, colocou-te em um corcel veloz como um raio, atravessou as areias escaldantes do deserto e te levou para o mercado de escravizados de qual cidade real? E lá, qual oficial do imperador, ao ver o esplendor de tua juventude ainda tímida, pagou teu valor em ouro, pôs-te em um palanquim dourado e te ofereceu de presente para o harém de seu mestre? E, oh, a história daquele lugar! A melodia dos *sarangi*[16], o tilintar das tornozeleiras, o vislumbre ocasional das adagas, o vinho cintilante das uvas Shiraz e, ah, os olhares penetrantes e reluzentes! Que grandeza infinita! Que servidão infinita!

As escravizadas à tua direita e à tua esquerda abanaram os enxota-moscas de pelo de iaque, balançando os diamantes brilhantes em seus braceletes; o imperador, rei dos reis, ajoelhou-se ante teus pés alvos calçados em sapatos adornados com joias; mais adiante, o terrível eunuco abissínio, semelhante a um mensageiro da morte, mas vestido como um anjo, vigiava com a espada desembainhada em mãos! Então, tu, flor do deserto, levada embora pelo deslumbrante oceano feito de grandeza e sangue, espumas de inveja, pedras e bancos de areia cheios de intriga, foste lançada em uma costa mortal ou em uma outra terra ainda mais esplêndida e cruel?

De repente, o louco Meher Ali gritou:

— Afaste-se! Afaste-se! É tudo falso! É tudo falso!

Abri os olhos e percebi que já havia clareado. Meu mensageiro entrou e me entregou minhas cartas, enquanto o cozinheiro esperava meu pedido, dizendo:

— *Salam.*

— Não, não posso ficar nem mais um minuto aqui — afirmei, e, naquele mesmo dia, fiz as malas e me mudei para o escritório.

Assim que me viu, o velho Karim Khan sorriu brevemente. Eu me ressenti, mas não disse nada — apenas voltei a trabalhar.

---

16 Instrumento de cordas utilizado na música clássica indiana. [N.T.]

Eu ficava mais distraído à medida que a noite chegava. Senti que já tinha um compromisso marcado e que o trabalho de analisar contas de algodão era completamente inútil. Nem mesmo a riqueza do nizã parecia ter tanto valor. Qualquer coisa pertencente ao presente, qualquer coisa que estivesse se movendo, e agindo, e trabalhando pelo pão de cada dia parecia banal, insignificante e desprezível.

Larguei a caneta, fechei o livro de registros, entrei na carruagem e fui embora. Percebi que ela parou sozinha em frente ao portão do palácio de mármore bem na hora do crepúsculo. Com passos rápidos, subi as escadas e entrei no quarto.

O silêncio reinava no local. Os quartos escuros pareciam estar de mau humor, como se estivessem ofendidos. Meu peito estava apertado, mas não havia ninguém para quem eu pudesse expor meus sentimentos ou pedir perdão. Vaguei pelos cômodos escuros com a mente vazia, desejando ter um *sitar* para que pudesse cantar para o desconhecido:

"Ó, fogo! A pobre mariposa, que fizera um vão esforço para fugir, voltou para ti! Perdoa-a, mas, desta vez, queima suas asas e consome-a com tua chama!"

De repente, duas lágrimas caíram sobre minha fronte. Naquele dia, nuvens na forma de massas negras cobriam o topo das montanhas Aravalli. O bosque sombrio e as águas escuras do Susta esperavam, ao mesmo tempo, com uma ansiedade terrível e uma calma assustadora. Subitamente, terra, água e céu tremeram, e uma tempestade violenta e implacável, correndo e uivando pelas áreas distantes da mata inexplorada, mostrou seus raios como um maníaco furioso mostra os dentes após quebrar suas algemas. Os corredores desertos do palácio bateram as portas e se lamentaram com uma amargura angustiante.

Todos os empregados estavam no escritório, então não havia ninguém para acender as lâmpadas. A noite estava nublada e sem lua, e, dentro de sua escuridão, pude perceber, com clareza, uma mulher deitada de bruços no tapete ao lado da cama; ela agarrava e arrancava, com dedos nervosos, seu cabelo longo e desgrenhado. Havia sangue escorrendo de sua testa, mas ela ria de maneira intensa, agressiva e desconsolada; depois, irrompeu em um choro violento e contorcido, rasgando seu corpete e começando a golpear o próprio peito nu enquanto o vento rugia e entrava pela janela aberta, e a chuva caía como uma enxurrada sobre todo o seu corpo.

Durante a noite, não houve pausa na tempestade nem no choro impetuoso. Perambulei no escuro, de quarto em quarto, carregando comigo uma aflição inútil. Quem eu poderia consolar se não havia ninguém? De quem era aquela tristeza agonizante? De onde surgira tal sofrimento inconsolável?

— Afaste-se! Afaste-se! É tudo falso! É tudo falso! — esbravejou o louco.

Percebi que já havia amanhecido. Meher Ali corria em círculos em volta do palácio com seus gritos típicos, ignorando o tempo horrível. De repente, comecei a pensar que ele já tinha morado naquele lugar e que, embora tenha enlouquecido, acabava voltando todos os dias e corria em círculos em torno dele, fascinado pelo estranho feitiço lançado pelo demônio de mármore.

Apesar da tempestade, corri até ele e perguntei:

— Ei, Meher Ali! O que é falso?

O homem não respondeu, apenas me empurrou e continuou a correr em círculos, gritando de modo frenético, como um pássaro em pleno voo deslumbrado com as presas de uma cobra, tentando desesperadamente avisar a si mesmo:

— Afaste-se! Afaste-se! É tudo falso! É tudo falso!

Corri pela chuva forte como um louco até meu escritório. Chegando lá, pedi para Karim Khan:

— Conte-me o que significa tudo isso!

— Uma vez, incontáveis paixões não correspondidas, desejos insaciados e chamas lúgubres de prazer ardente se alastraram pelo palácio. Assim, a maldição de todos os corações partidos e de todas as esperanças destruídas fez com que cada pedra do palácio se tornasse sedenta e faminta, ávida para engolir, como uma ogra voraz, qualquer homem que se aproximasse. Nenhum dos que viveram lá por três noites consecutivas conseguiu escapar dessas cruéis mandíbulas, exceto Meher Ali, que escapou, mas isso lhe custou o juízo — respondeu o velho.

— Então não há como me libertar? — questionei.

— Há um único modo, mas é difícil. Eu lhe direi o que fazer, mas, primeiro, você precisa ouvir a história de uma jovem persa que viveu naquele palácio de prazer. Em toda a história da terra, nunca se viu uma tragédia tão estranha e comovente quanto essa.

Nesse momento, os *cules*[17] anunciaram que o trem estava chegando. Mas já? Arrumamos nossas malas com rapidez enquanto ele parava. Um cavalheiro inglês, que aparentemente tinha acabado de acordar, espiava de dentro de um vagão da primeira classe, esforçando-se para ler o nome da estação.

— Olá! — gritou ele assim que viu nosso companheiro de viagem, levando-o até sua cabine.

Como entramos no vagão econômico, não descobrimos quem era o homem nem o final da história.

— Aquele homem claramente nos fez de bobos e nos enganou por diversão. A história era pura invenção desde o começo — reclamei, e o resultado foi uma discussão que encerrou para sempre as relações entre mim e meu parente teosofista.

---

17 Termo arcaico e pejorativo usado para se referir a trabalhadores/as braçais e mal remunerados/as. [N.T.]

BARTLEBY, O ESCRIVÃO

Uma história de Wall Street

HERMAN MELVILLE, 1853

Um advogado que comanda um confortável negócio, no qual ajuda homens ricos a lidar com hipotecas e títulos de propriedade, relata a história do homem mais estranho que já conheceu. Uma noveleta que gera interpretações.

Sou um homem um tanto velho. A natureza dos meus afazeres nos últimos trinta anos me levou a um contato maior do que o normal com o que pareceria um grupo interessante e um tanto peculiar de homens, sobre os quais nada foi escrito, que eu saiba — estou falando dos copistas, ou escrivães. Conheci muitos deles, profissional e pessoalmente, e, se quisesse, contaria diversas histórias, das quais cavalheiros gentis poderiam sorrir e almas sentimentais, chorar. Mas renuncio à biografia de todos os outros escrivães por algumas passagens da vida de Bartleby, o escrivão mais estranho que já vi ou ouvi falar. Enquanto poderia escrever sobre a vida inteira de outros copistas, nada assim pode ser feito sobre Bartleby.

Acredito que não há material para uma biografia completa e satisfatória desse homem. É uma perda irreparável para a literatura. Bartleby foi um desses indivíduos sobre quem nada pode ser confirmado, exceto pelas fontes originais, que neste caso são bem poucas. O que meus próprios olhos atônitos presenciaram é tudo o que sei de Bartleby, exceto, é claro, um vago relato que aparecerá na sequência.

Antes de apresentar o escrivão, da maneira como o vi pela primeira vez, é adequada uma menção a mim mesmo, meus *empregados*, meu negócio, meus escritórios e arredores; porque alguma descrição é indispensável para um entendimento adequado do personagem principal a ser apresentado.

Primeiramente: sou um homem que, a partir da juventude, foi tomado por uma profunda convicção de que a melhor maneira de viver é a mais fácil possível. Todavia, pertenço a uma profissão proverbialmente intensa e estressante, às vezes até mesmo ao ponto da turbulência, ainda que não tenha sofrido nada semelhante que ameaçasse minha paz. Sou um daqueles advogados sem ambição que nunca se dirigem a um júri ou que atraem qualquer forma de aclamação pública, mas que, na tranquilidade fria de um agradável refúgio, faz negócios bem arranjados, entre os quais, fianças de homens ricos, hipotecas e títulos de propriedades. Todos que me conhecem me consideram um homem eminentemente *seguro*. O falecido John Jacob Astor, um sujeito pouco dado ao entusiasmo poético, não hesitava em dizer que minha maior qualidade era a prudência; a segunda, o comedimento. Não digo isso por vaidade, mas apenas para registrar o fato de que eu não ficaria desempregado em minha profissão de acordo com o finado John Jacob Astor; um nome que, admito, amo repetir, pois tem um som arredondado e orbicular, e soa como ouro. Acrescento, ainda, que eu não era insensível à boa avaliação do falecido John Jacob Astor.

Algum tempo antes do período em que esta pequena história começa, meus afazeres haviam aumentado muito. O bom e velho escritório de um mestre de chancelaria[18], agora extinto no estado de Nova York, fora colocado sob meus cuidados. Não era um trabalho muito árduo, mas agradavelmente remunerado. É raro eu perder a paciência; é ainda mais raro me entregar à perigosa indignação por equívocos e ultrajes; mas devo ser autorizado a ser precipitado aqui e declarar que considero a súbita e violenta revogação do cargo de mestre de chancelaria, pela nova Constituição, como um ato prematuro, visto que eu estivera contando com benefícios vitalícios, no entanto só os recebi por apenas alguns anos. Mas essa é outra história.

Meus escritórios ficavam no andar de cima, no número... na Wall Street. De um lado, davam para a parede branca do interior de um amplo vão da claraboia, a qual penetrava o edifício de cima a baixo. Essa vista poderia ter sido considerada mais simples do que as demais, sem possuir o que os pintores de paisagens chamam de "vida". Mas, se assim fosse, a vista do outro lado dos meus escritórios oferecia, ao menos, um contraste, se não algo mais. Naquela direção, minhas janelas proporcionavam uma visão desobstruída de uma elevada parede de tijolos, enegrecida pelo tempo e pela sombra eterna; tal parede não requeria nenhuma luneta para mostrar suas belezas ocultas, mas, para o benefício de todos os espectadores míopes, fora aumentada para cerca de três metros das minhas vidraças. Graças à grande altura dos edifícios ao redor, e por meus escritórios estarem no segundo andar, a distância entre essa parede e a minha lembrava muito uma enorme cisterna quadrada.

---

18 No original, "master in chancery", um agora extinto tribunal de julgamento por equidade, com regras mais flexíveis para evitar a perpetuação de algumas desigualdades do direito consuetudinário, modalidade surgida dos costumes de dada sociedade na qual não há um processo formal de criação de leis, sendo estas a cargo de um poder legislativo. [N.T.]

No período que precedeu o advento de Bartleby, eu tinha duas pessoas como copistas empregadas e um rapaz promissor como *office-boy*. Primeiro, Peru; segundo, Alicate; terceiro, Bolinho de Gengibre. Estes podem parecer nomes do tipo que não são comumente encontrados nos registros. Na verdade, eram apelidos, mutuamente conferidos uns aos outros por meus três funcionários, e se revelaram expressivos de suas respectivas pessoas ou personagens. Peru era um inglês baixo e gordo, mais ou menos da minha idade, isto é, não muito distante dos sessenta anos. De manhã, pode-se dizer, seu rosto tinha uma bela tonalidade floral, mas, depois do meio-dia — a hora da refeição dele —, brilhava como uma lareira cheia de brasas de Natal, e continuava a brilhar — mas, por assim dizer, com uma diminuição gradual — até às seis horas da tarde, mais ou menos, quando eu não mais via o proprietário do rosto, que, assim como o sol, parecia se pôr com ele, nascer, culminar e se ocultar no dia seguinte com a mesma regularidade e a glória intacta. Há muitas coincidências singulares que presenciei no decorrer de minha vida, entre as quais se destacava o fato de que, exatamente quando Peru exibia os raios mais intensos de seu semblante vermelho e radiante, só então, também naquele momento crítico, começava o período diário quando eu considerava suas capacidades de trabalho seriamente perturbadas pelo restante das vinte e quatro horas. Não que ele ficasse absolutamente inerte ou averso ao trabalho, longe disso. O problema era que ele poderia ficar muito mais enérgico. Havia uma imprudência estranha, inflamada, agitada e volúvel nele. Ele se tornava descuidado ao mergulhar a caneta no tinteiro. E todas as manchas de tinta nos meus documentos apareciam depois do meio-dia. De fato, não apenas ele era imprudente e infelizmente dado a produzir borrões à tarde, mas em alguns dias ele ia além e era bastante barulhento. Em tais situações, também seu rosto se inflamava em brasas, como se carvão de esporos fosse despejado em antracite. Ele fazia um barulho irritante com a cadeira, bagunçava seu espaço, partia impacientemente as canetas em pedaços ao consertá-las e as atirava no chão com emoção repentina, se levantava e se inclinava sobre a mesa, guardando os papéis da maneira mais indecorosa, algo muito triste de se observar em um homem idoso como ele. No entanto, como ele era, de muitas maneiras, uma pessoa valiosa para mim, e como antes do meio-dia sempre era também a criatura mais rápida e constante, conseguindo fazer uma grande quantidade de trabalho em um estilo difícil de ser imitado — por esses motivos, eu estava disposto a fazer vista grossa a respeito de suas excentricidades, embora, de fato, ocasionalmente eu o advertisse. Eu o fazia com muito cuidado, no entanto, porque, embora ele fosse o mais civilizado, ou melhor, o mais brando e reverente dos homens pela manhã, à tarde ele estava disposto, se provocado, a ser ligeiramente imprudente com sua língua, na verdade, insolente. Agora, como eu valorizava seus serviços matinais e estava decidido a não os perder, porém ao mesmo tempo incomodado com seus modos inflamados após o meio-dia, e sendo um homem de paz, sem desejar, por minhas admoestações, suscitar respostas inadequadas dele, me decidi num sábado ao meio-dia (ele sempre ficava pior aos sábados) a sugerir-lhe, muito gentilmente, que talvez agora que estava envelhecendo seria bom abreviar seu trabalho; em resumo, ele não precisa vir aos meus escritórios depois do meio-dia, mas, terminado o almoço, era melhor que fosse para casa e descansasse até a hora do chá. Mas não, ele insistia em suas devoções vespertinas. Seu semblante tornou-se intoleravelmente fervoroso, enquanto ele me assegurava oralmente — gesticulando com uma longa régua do outro lado da sala — que se seus serviços da manhã eram úteis, o quão indispensáveis, então, seriam à tarde?

— Com todo o respeito, senhor — disse Peru nessa ocasião. — Eu me considero seu braço direito. De manhã, comando e mobilizo meus pilares; mas de tarde me coloco frente a frente para o inimigo e galantemente avanço contra ele, assim! — E ele fez um movimento violento com a régua.

— Mas e as manchas, Peru? — lembrei-o.

— Verdade... mas, com todo o respeito, senhor, veja meu cabelo! Estou ficando velho. Certamente, senhor, uma mancha ou duas em uma tarde quente não devem ser levadas de maneira tão severa diante destes cabelos grisalhos. A idade, e até mesmo a mancha na página, é honrosa. Com todo o respeito, senhor, estamos *os dois* envelhecendo.

Eu dificilmente poderia resistir a esse apelo à minha camaradagem. Em todo caso, vi que ele não cederia. Resolvi então deixá-lo ficar, decidindo, no entanto, fazer com que durante a tarde se ocupasse dos meus papéis menos importantes.

Alicate, o segundo na minha lista, era um jovem bigodudo, pálido e, no geral, com uma cara meio de pirata, de cerca de vinte e cinco anos. Sempre o considerei vítima de dois poderes malignos — ambição e indigestão. A ambição era evidenciada por uma certa impaciência em relação aos deveres de um simples copista, uma usurpação injustificável de assuntos estritamente profissionais, como a produção original de documentos legais. A indigestão parecia levar a uma ocasional irritabilidade nervosa e risonha, fazendo os dentes rangerem de forma audível por causa de erros cometidos na cópia; palavrões desnecessários, sibilados em vez de falados, no calor do ofício, e especialmente um descontentamento contínuo com a altura da mesa onde trabalhava. Embora possuidor de uma inclinação bastante engenhosa à mecânica, Alicate nunca conseguiu que a mesa se adequasse a ele. Colocou batatinhas debaixo dela, blocos dos mais variados tipos, pedaços de papelão, e por fim tentou um ajuste primoroso com pedaços de mata-borrão dobrado. Mas nenhuma invenção serviu. Se, para aliviar as costas, ele inclinasse a tampa da mesa em um ângulo bem agudo em direção ao queixo, e escrevesse ali como um homem usando o telhado íngreme de uma casa holandesa como mesa, por fim declarava que isso parava a circulação em seus braços. Agora, se abaixasse a mesa na altura da cintura e se curvasse sobre ela para escrever, uma dor lancinante tomava conta de suas costas. Para resumir, a verdade é que Alicate não sabia o que queria. Ou, se queria algo, era se livrar da mesa de copista de vez. Entre as manifestações de sua ambição doentia havia a satisfação que sentia ao receber visitas de certos camaradas de aparência duvidosa, vestindo casacos sujos, a quem chamava de clientes. De fato, eu estava ciente de que não apenas ele era, às vezes, considerado um representante político da região, como ocasionalmente fazia pequenos negócios nos tribunais de justiça e não era desconhecido nas escadarias da cadeia. Tenho bons motivos para acreditar, porém, que um sujeito que o chamou nos meus escritórios e que, com ar grandioso, Alicate insistiu ser seu cliente, era nada mais que um cobrador, e a suposta escritura de propriedade, uma conta. Mas mesmo com todas suas falhas e a irritação que me causava, Alicate, assim como seu compatriota Peru, era muito útil para mim: escrevia com uma caligrafia clara e rápida e, quando queria, não era carente de nenhum tipo de comportamento cordial. Além disso, estava sempre vestido de maneira cavalheiresca, e assim, acidental-mente, conferia credibilidade aos meus escritórios. Ao passo que, já no caso de Peru, era difícil impedi-lo de ser um problema para mim. As roupas de Peru pareciam oleosas e costumavam cheirar a restaurantes. Ele usava pantalonas muito frouxas e largas no verão. Seus casacos eram execráveis, e era melhor seu chapéu não ser tocado. Mas, embora o chapéu fosse indiferente para mim, visto que sua civilidade e deferência naturais, como um bom inglês, sempre o levavam a tirá-lo assim que entrava na sala, seu casaco era outro assunto. Sobre seus casacos, tentei argumentar com ele, mas não adiantava. A verdade era, suponho, que um homem com rendimentos tão baixos não podia se dar ao luxo de portar um rosto e um casaco tão lustrosos ao mesmo tempo. Como Alicate observou uma vez, o dinheiro de Peru era principalmente para comprar tinta vermelha. Em um dia de inverno, presenteei Peru com um casaco meu, muito respeitável, cinza acolchoado, bastante quente e confortável, cujos botões iam do joelho ao pescoço. Pensei que Peru apreciaria o favor e diminuiria sua imprudência e desordens das tardes. Mas não. Eu realmente acredito que se vestir com um casaco tão macio e semelhante a um cobertor teve um efeito danoso sobre ele, sob o mesmo princípio de que aveia em excesso faz mal aos cavalos. Na verdade, exatamente como dizem que um cavalo irrequieto e rebelde se torna relaxado com sua aveia, Peru assim se tornou com seu casaco. Isso o deixou insolente. Ele era um homem a quem a prosperidade era prejudicial.

Embora eu tivesse minhas próprias suposições parti- culares a respeito dos hábitos autoindulgentes de Peru, com relação a Alicate, no entanto, estava bem convencido de que, quaisquer que fossem seus defeitos em outros aspectos, ele era, pelo menos, um jovem de temperamento moderado. Mas, de fato, a própria natureza parecia ter sido sua vinicultora, nutrindo-o tão completamente no nascimento com uma dis- posição irritável e alcoólica que todas as doses subsequentes foram desnecessárias. Quando considero em como, em meio à imobilidade de meus escritórios, Alicate às vezes se levantava de forma impaciente de sua cadeira e, curvando-se sobre a mesa, estendia os braços, segurava toda a mesa e a movia e chacoalhava com um sorriso, arrastando-a pelo chão, como se esta fosse um perverso agente voluntário com a intenção de frustrá-lo e irritá-lo, percebo perfeitamente que, para Alicate, conhaque e água eram inteiramente redundantes.

Foi bom para mim que, devido à sua causa peculiar — indigestão —, a irritabilidade e o consequente nervosismo de Alicate pudessem ser observados principalmente pela ma- nhã, enquanto à tarde ele estava relativamente calmo. Dessa maneira, como os acessos de Peru só aconteciam por volta do meio-dia, eu nunca tive que lidar com as excentricidades dos dois ao mesmo tempo. Os ataques deles substituíam uns aos outros como uma salvaguarda. Quando Alicate estava ligado, Peru estava desligado, e vice-versa. Dadas as circunstâncias, este era um bom arranjo natural.

Bolinho de Gengibre, o terceiro na minha lista, era um rapaz de vinte e poucos anos. O pai dele era um cocheiro, com a ambição de ver o filho sentado em uma cadeira em vez de numa carroça antes de morrer. Então ele enviou o rapaz para o meu escritório como um estudante de direito, garoto de recados e faxineiro, recebendo um dólar por semana. Ele tinha uma mesinha, mas não a usava muito. Quando olhada de perto, via-se que a gaveta exibia uma grande variedade de cascas de vários tipos de nozes. De fato, para esse jovem perspicaz, toda a nobre ciência da lei estava contida em uma casca de noz. Não menos importante, entre as funções de Bolinho de Gengibre, uma das que ele cumpria com o maior entusiasmo, estava o seu dever como fornecedor de bolos e maçãs para Peru e Alicate. Já que copiar papéis jurídicos era supostamente desinteressante, um tipo de trabalho difícil, meus dois escrivães tinham prazer em umedecer a boca com frequência com maçãs que podiam ser encontradas nas numerosas barracas perto da Alfândega e dos Correios. Além disso, eles quase sempre enviavam Bolinho de Gengibre para buscar aquele bolo peculiar – pequeno, achatado, redondo e muito picante – que lhe rendera o apelido. Em uma manhã fria, quando os negócios estavam fracos, Peru engolia dezenas desses bolos como se fossem meras bolachas – de fato, eles vendem seis ou oito unidades por um centavo –, o movimento de sua caneta se misturando com a trituração das partículas crocantes em sua boca. De todos os inflamados erros da tarde e a enxurrada de trapalhadas de Peru, a pior foi quando ele, certa vez, umedeceu um bolo de gengibre entre os lábios e o aplicou a uma hipoteca como selo. Cheguei quase ao ponto de dispensá-lo naquela ocasião. Mas ele me acalmou, fazendo uma reverência oriental e dizendo: "Com todo o respeito, senhor, foi generoso de minha parte encontrar um artigo de papelaria por minha conta".

Meus afazeres originais — o de levar e trazer escrituras, e o de desengavetar documentos recônditos de todos os tipos — aumentaram consideravelmente ao ser incumbido também do escritório do mestre. Agora havia muito trabalho para os escrivães. Não só deveria liderar os funcionários que já estavam comigo, como também precisava de ajuda adicional. Em resposta ao meu anúncio, certa manhã, um jovem quieto parou na soleira do meu escritório; a porta estava aberta, já que era verão. Lembro-me com clareza dele: palidamente engomado, lamentavelmente respeitável, incuravelmente desamparado! Era Bartleby.

Depois de poucas palavras a respeito de suas qualificações, eu o contratei, feliz de ter em meu time de copistas um homem de aspecto tão singularmente sóbrio, que imaginei poder funcionar em benefício do temperamento inconstante de Peru e o impetuoso de Alicate.

Eu deveria ter informado antes que portas dobráveis de vidro dividiam o ambiente em duas partes, uma ocupada por meus escrivães e outra por mim mesmo. De acordo com o meu humor, eu abria ou fechava essas portas. Decidi dar a Bartleby um canto perto das portas, mas ao meu lado, assim poderia chamar o calmo homem facilmente, caso algo trivial precisasse ser feito. Coloquei a mesa dele perto de uma pequena janela naquela parte da sala, uma que originalmente proporcionava a visão lateral de alguns pátios e tijolos encardidos, mas que, devido às construções subsequentes, não permitia mais qualquer vista, embora fornecesse um pouco de luz. A menos de um metro das vidraças havia uma parede, e a luz vinha bem do alto, do meio de dois edifícios elevados, tal qual uma pequeniníssima abertura em um domo. Para um arranjo

BARTLEBY, O ESCRIVÃO **115**

ainda mais satisfatório, comprei uma divisória dobrável verde e alta, que poderia isolar Bartleby completamente da minha visão, embora não o removesse do alcance da minha voz. E então, de certa maneira, privacidade e parceria foram unidas.

A princípio, Bartleby produziu uma extraordinária quantidade de escrita. Como se há muito estivesse ávido por algo a copiar, ele parecia devorar meus documentos. Não havia pausa para digestão. Ele trabalhava dia e noite, copiando à luz do sol e à luz de velas. Eu deveria estar bastante satisfeito com sua dedicação, se ele estivesse alegre. Mas ele escrevia em silêncio, pálida e mecanicamente.

É óbvio que é parte indispensável dos afazeres de um escrivão verificar a precisão de sua cópia, palavra por palavra. Quando há dois ou mais escrivães no escritório, eles se ajudam nessa conferência, um lendo a cópia e o outro segurando o original. É uma tarefa bastante enfadonha, cansativa e letárgica. Posso facilmente imaginar que para alguns temperamentos impulsivos seria completamente intolerável. Por exemplo, não posso imaginar que o vibrante poeta Byron teria se sentado com satisfação ao lado de Bartleby para examinar um documento jurídico de, digamos, quinhentas páginas, escrito com letra minúscula.

Vez ou outra, na pressa dos negócios, era um hábito meu ajudar a comparar algum breve documento, chamando Peru ou Alicate para esse fim. Um objetivo que tive ao colocar Bartleby tão acessível para mim atrás da divisória foi aproveitar de seus serviços em tais ocasiões triviais. Foi no terceiro dia, creio eu, de sua presença comigo, e antes que surgisse a necessidade de que seus próprios escritos fossem examinados, que, com muita pressa para concluir um pequeno caso que tinha em mãos, chamei Bartleby abruptamente. Na minha afobação e expectativa natural de cumprimento imediato, me sentei com a cabeça inclinada sobre o original em minha mesa, com a mão direita estendida para o lado com a cópia, um tanto impaciente, de modo que imediatamente ao sair de seu retiro, Bartleby pudesse agarrá-la e prosseguisse com o trabalho sem o menor atraso.

Era nessa posição que estava quando o chamei, rapidamente dizendo o que queria que fizesse — isto é, examinar um pequeno documento comigo. Imagine minha surpresa, não, minha consternação, quando, sem deixar seu lugar, Bartleby, em uma voz suave, mas firme, respondeu:

— Prefiro não fazer.

Fiquei sentado por algum tempo em perfeito silêncio, reunindo minhas faculdades atordoadas. Imediatamente me ocorreu que meus ouvidos haviam me enganado ou que Bartleby não entendera o que eu quis dizer. Repeti meu pedido no tom mais claro que pude. Mas com a mesma clareza veio a resposta anterior:

— Prefiro não fazer.

— Prefere não fazer — repeti, minha agitação aumentando, cruzando a sala a passos largos. — O que você quer dizer? Enlouqueceu? Quero que você me ajude a comparar este papel aqui... pegue. — E o empurrei na direção dele.

— Prefiro não fazer — disse ele.

Olhei para ele com firmeza. Seu rosto estava rigidamente composto, os olhos cinzentos vagamente calmos. Nem um sinal de agitação o perturbou. Se houvesse algum mal-estar, raiva, impaciência ou impertinência em suas maneiras, em outras palavras, se houvesse algo simplesmente humano nele, sem dúvida eu o teria expulsado violentamente do local. Mas, do jeito que estava, seria o mesmo que pensar em colocar meu busto de gesso de Cícero na rua. Fiquei olhando para ele por algum tempo, enquanto Bartleby continuava escrevendo, e então me sentei novamente em minha mesa. *Isso é muito estranho*, pensei. *O que devo fazer?* Mas meu dever me apressou. Achei melhor esquecer o assunto por ora, reservando-o para consideração futura. Assim, chamando Alicate da outra sala, o papel foi examinado rapidamente.

Alguns dias depois disso, Bartleby concluiu quatro documentos extensos, sendo estes reproduções de um mesmo testemunho de uma semana relatado em minha presença em meu Supremo Tribunal de Chancelaria. Precisava examiná-los. Era uma tarefa importante, e grande precisão era fundamental. Com tudo pronto, chamei Peru, Alicate e Bolinho de Gengibre da sala ao lado, com a intenção de colocar as quatro cópias nas mãos de meus quatro funcionários enquanto eu lia o original. Assim, Peru, Alicate e Bolinho de Gengibre se sentaram em fila, cada um segurando um documento, quando chamei Bartleby para se juntar a esse interessante grupo.

— Bartleby! Rápido, estou esperando.

Ouvi um lento arranhar das pernas da cadeira no chão sem carpete, e logo ele apareceu na entrada de seu cubículo.

— O que deseja? — perguntou suavemente.

— As cópias, as cópias — falei apressado. — Vamos examiná-las. Aqui. — E estendi para ele a quarta cópia.

— Prefiro não fazer — disse ele, e com sutileza desapareceu atrás da divisória.

Por um instante, me transformei em um pilar de sal, de pé na cabeceira dos meus funcionários enfileirados. Recobrando-me, avancei até a divisória e exigi o motivo para tal extraordinária conduta.

— *Por que* você se recusa?

— Prefiro não fazer.

Com qualquer outro homem, eu teria me entregue por completo a uma fúria terrível, desprezado quaisquer outras das suas palavras e o removido para longe de minha presença. Mas havia algo em Bartleby que estranhamente não apenas me desarmou, mas de uma maneira maravilhosa me tocou e desconcertou. Comecei a argumentar com ele.

— São as suas cópias que estamos prestes a examinar. É trabalho a menos para você, pois uma conferência responderá por quatro documentos. É uma prática comum. Todo copista deve ajudar a examinar sua cópia. Não é? Você não vai falar? Responda!

— Prefiro não fazer — respondeu ele em um assovio.

Pareceu a mim que, enquanto eu lhe falava, ele cuidadosamente processava tudo o que eu dizia, compreendendo totalmente o significado, sem poder contradizer as conclusões irresistíveis, mas, ao mesmo tempo, alguma consideração suprema prevaleceu para que ele respondesse daquela forma.

— Então você está decidido a não atender ao meu pedido, um pedido feito de acordo com a prática e o bom senso?

Ele rapidamente me deu a entender que, nesse ponto, meu julgamento era correto. Sim: sua decisão era irreversível.

Não é raro um homem intimidado de tal forma sem precedentes e de maneira tão violentamente irracional começar a vacilar em sua fé em si próprio. Ele começa, por assim dizer, a vagamente supor que, por mais extraordinário que seja, toda a justiça e toda a razão estão do outro lado. Dessa forma, se alguma pessoa neutra estiver presente, ele se voltará para ela em busca de alguma ajuda para a própria mente vacilante.

— Peru — chamei —, o que você pensa de tudo isso? Eu por um acaso não estou certo?

— Com todo o respeito, senhor — disse Peru em seu tom mais suave —, acho que o senhor está.

— Alicate — chamei —, o que *você* acha?

— Acho que eu deveria chutá-lo para fora do escritório.

(O leitor de percepção aguçada perceberá aqui que, sendo manhã, a resposta de Peru é formulada com educação e termos tranquilos, mas as respostas de Alicate são de pavio curto. Ou, para repetir uma sentença anterior, o humor horroroso de Alicate estava ligado, e o de Peru, desligado.)

— Bolinho de Gengibre — chamei, disposto a convocar qualquer apoio em minha defesa —, o que você acha?

— Acho, senhor, que ele é um tanto *doidinho* — respondeu Bolinho de Gengibre com um sorriso.

— Você ouviu o que eles disseram — falei, me virando em direção à divisória —, venha e faça seu trabalho.

Mas Bartleby não concedeu resposta. Ponderei por um momento, perplexo. Mas, mais uma vez, os negócios me apressaram. De novo, resolvi adiar a resolução desse dilema para o meu futuro tempo livre. Com um pouco de dificuldade, conseguimos examinar os documentos sem Bartleby, embora a cada uma ou duas páginas Peru comentasse respeitosamente que esse procedimento era bastante fora do comum, enquanto Alicate, se remexendo na cadeira com um nervosismo indigesto, soltava entre os dentes cerrados ocasionais palavrões sibilantes contra o idiota teimoso atrás da divisória. E seria a primeira e última vez que Alicate faria o trabalho de outro homem sem pagamento.

Enquanto isso, Bartleby estava sentado em seu isolamento, alheio a tudo que não fosse sua ocupação peculiar lá.

Alguns dias se passaram, com o escrivão ocupado com outro trabalho longo. Sua recente conduta marcante levou-me a observar seus hábitos rigorosamente. Observei que ele nunca saía para comer; na verdade, ele nunca ia a lugar algum. Até então, eu nunca tivera conhecimento de sua presença fora do meu escritório. Ele era uma sentinela perpétua no canto. Por volta das onze horas da manhã, porém, percebi que Bolinho de Gengibre avançava em direção à abertura na divisória de Bartleby, como se silenciosamente atraído para lá por um gesto invisível para mim de onde eu me sentava. O garoto então saía do escritório tilintando alguns centavos e reaparecia com um punhado de bolinhos de gengibre que entregava no isolamento, recebendo dois deles por seu trabalho.

Então ele sobrevive à base de bolinhos de gengibre, pensei; *nunca faz uma refeição tradicional; deve ser vegetariano, então, mas não, ele nunca come vegetais, tudo o que come são bolinhos de gengibre.* Minha mente então devaneou sobre os prováveis efeitos no corpo humano por viver inteiramente de bolinhos de gengibre. Bolinhos de gengibre são chamados assim por conter gengibre como um de seus ingredientes peculiares e aquele que dá sabor. Agora, o que era gengibre? Uma coisa quente, picante. Bartleby era quente e picante? De jeito nenhum. Então gengibre não tinha efeito sobre ele. Provavelmente ele preferia que não tivesse.

Nada irrita tanto uma pessoa séria quanto uma resistência passiva. Se o indivíduo que sofre resistência é dono de um temperamento compassivo, e o que resiste é perfeitamente inofensivo em sua passividade, então, no melhor humor do primeiro, ele se empenhará caridosamente em interpretar o que se prova impossível de ser resolvido por seu julgamento. Mesmo assim, na maior parte do tempo, levei em consideração Bartleby e seus costumes. *Pobre sujeito!*, pensei, *ele não faz por mal, é claro que não quer ser insolente, seu jeito evidencia que suas excentricidades são involuntárias. Ele é útil para mim. Posso me dar bem com ele. Se o rejeitar, é provável que ele seja contratado por um empregador menos indulgente e, então, será tratado rudemente e talvez levado a morrer de fome. Sim. Aqui posso me valer de uma deliciosa validação do meu ego. Fazer amizade com Bartleby, deixá-lo para lá com sua estranha obstinação, me custará pouco ou nada, enquanto minha consciência permanecerá tranquila.* Mas esse meu humor não era invariável. A passividade de Bartleby às vezes me irritava. Me senti estranhamente instigado a enfrentá-lo em um novo confronto, a extrair alguma faísca da sua raiva que correspondesse à minha. Mas, na verdade, era como tentar acender fogo com os nós dos dedos usando um pedaço de sabonete Windsor. Entretanto, uma tarde, o meu impulso do mal me dominou, e aconteceu a pequena cena a seguir:

— Bartleby — comecei —, quando todos esses documentos estiverem prontos, eu irei conferi-los com você.

— Prefiro não fazer.

— Como assim? Certamente você não quer dizer que persistirá nesse capricho teimoso?

Silêncio.

Escancarei as portas dobráveis mais próximas e, me dirigindo a Peru e Alicate, exclamei de maneira agitada:

— Ele disse de novo que não examinará seus documentos. O que você acha disso, Peru?

Era de tarde, vale lembrar. Peru estava sentado, brilhante como uma caldeira de latão, a cabeça careca fumegando, as mãos se movendo por entre os papéis manchados.

— O que acho? — rugiu Peru. — Acho que vou me enfiar na divisória dele e dar-lhe um soco no olho.

Dito isso, Peru ficou de pé e posicionou os braços tal qual um pugilista. Ele estava se adiantando para cumprir sua promessa quando o segurei, alarmado pelo efeito de provocar Peru de maneira tão imprudente depois do almoço.

— Sente-se, Peru — disse —, e escute o que Alicate tem a dizer. O que você acha, Alicate? Não seria justificável a dispensa imediata de Bartleby?

— Desculpe, mas isso é uma decisão sua, senhor. Acho que a conduta dele é pouco comum e de fato injusta para mim e Peru. Mas pode ser apenas um capricho passageiro.

— Ah — exclamei —, então você estranhamente mudou de ideia... Você fala com muita gentileza sobre ele agora.

— É a cerveja — disse Peru —, gentileza é efeito de cerveja. Alicate e eu almoçamos juntos hoje. Você vê quão gentil *eu* sou, senhor. Posso ir e dar um soco nele?

— Você se refere a Bartleby, suponho. Não, hoje não, Peru — respondi —, por favor, abaixe os punhos.

Fechei as portas e mais uma vez avancei na direção de Bartleby. Senti incentivos extras me instigando. Eu desejava ser provocado de novo. Lembrei que Bartleby nunca saía do escritório.

— Bartleby — chamei —, Bolinho de Gengibre saiu. Dê uma passadinha no Correio, fazendo o favor — (seria uma caminhada de três minutos) —, e veja se tem algo lá para mim.

— Prefiro não fazer.

— Você não *vai*?

— *Prefiro* não.

Cambaleei até a minha mesa e me sentei lá, bastante concentrado. Minha obstinação cega tinha retornado. Haveria outra coisa que poderia me levar a sentir uma repulsa vergonhosa por aquele homem magro e sem um tostão, meu copista contratado? Que outra tarefa perfeitamente razoável ele com certeza se recusaria a fazer?

— Bartleby!

Silêncio.

— Bartleby! — mais alto agora.

Silêncio.

— Bartleby! — rugi.

Tal qual um fantasma, fazendo jus às leis de conjuração mágica, na terceira invocação ele apareceu na entrada da divisória.

— Vá até o outro cômodo e diga a Alicate para vir até aqui.

— Prefiro não fazer — respondeu ele, respeitosa e lentamente, e desapareceu com sutileza.

— Muito bem, Bartleby — falei, em um tom calmo, com serenidade severa e autocontrole, sugerindo a intenção de alguma vingança terrível bem próxima. Naquele momento, eu meio que pretendia fazer algo do tipo. Mas, depois, como se aproximava a hora do jantar, achei melhor colocar o chapéu e ir para a casa, sofrendo muito de perplexidade e angústia mental.

Deveria aceitar isso? A conclusão de todo este assunto foi que logo se tornou rotina nos meus escritórios que um pálido e jovem escrivão, que atendia pelo nome de Bartleby, copiava para mim pela taxa usual de quatro centavos por fólio (cem palavras), mas que permanentemente se recusava a examinar o próprio trabalho, de forma que essa tarefa foi transferida para Peru e Alicate, sem dúvida merecedor de elogios por sua superior perspicácia; além disso, Bartleby nunca estava disponível para ser enviado para qualquer tarefa trivial e, mesmo que fosse solicitado, era de conhecimento geral que preferia não fazer — em outras palavras, ele recusaria de imediato.

Com o passar dos dias, me reconciliei consideravelmente com Bartleby. Sua firmeza, sua autonomia de qualquer distração, sua produção incessante (exceto quando escolhia se jogar em um permanente devaneio atrás de sua divisória), sua enorme tranquilidade, seu comportamento inalterável em todas as circunstâncias, fizeram dele uma aquisição valiosa. Uma coisa importante era esta: *ele estava sempre lá*; o primeiro a chegar pela manhã, presente continuamente durante o dia e o último a sair à noite. Eu tinha uma confiança singular em sua honestidade. Sentia que meus documentos mais preciosos estavam perfeitamente seguros em suas mãos. Às vezes, tinha certeza de que não poderia evitar súbitos ataques de raiva por causa dele. Pois era extremamente difícil ter em mente o tempo todo aquelas estranhas peculiaridades, privilégios e exceções inéditas, formando o conjunto de condições tácitas da parte de Bartleby para permanecer no meu escritório. De vez em quando, na ânsia de despachar negócios urgentes, eu inadvertidamente convocava Bartleby, em um tom curto e rápido, para colocar o dedo, digamos, no incipiente pedaço de fita com o qual eu estava prestes a unir alguns papéis. É claro que, por trás da divisória, a

124 SOCIEDADE DAS RELÍQUIAS LITERÁRIAS

resposta de costume – "Prefiro não fazer" – com certeza viria, e então como poderia um ser humano com as mazelas comuns de nossa natureza, abster-se de reclamar amargamente sobre tal perversidade – tal irracionalidade? No entanto, cada recusa desse tipo que recebia apenas tendia a diminuir a probabilidade de eu repetir o descuido.

Aqui deve ser dito que, de acordo com o costume da maioria dos cavalheiros ocupando os escritórios dos abarrotados prédios jurídicos, havia várias chaves para a minha porta. Uma era guardada por uma mulher que residia no sótão, a qual esfregava toda semana e varria e tirava o pó diariamente das minhas dependências. Outra, por conveniência, era mantida com Peru. A terceira, eu às vezes carregava em meu próprio bolso. A quarta, não sabia quem a possuía.

Em um domingo de manhã fui até a Trinity Church, para ouvir um célebre pregador, e ao chegar consideravelmente cedo, pensei em ir matar o tempo em meus escritórios. Por sorte, tinha minha chave comigo, mas, ao usá-la na fechadura, encontrei resistência em algo inserido pelo lado de dentro. Bastante surpreso, chamei alguém quando, para a minha consternação, uma chave foi girada por dentro; virando seu rosto magro para mim e segurando a porta entreaberta, Bartleby apareceu, em mangas de camisa e estranhamente vestido com uma roupa parcialmente esfarrapada, dizendo baixinho que sentia muito, mas estava profundamente ocupado naquele momento e preferia não me atender no momento. Em uma ou duas palavras breves, acrescentou que talvez fosse melhor eu dar a volta no quarteirão duas ou três vezes, e a essa altura ele provavelmente teria concluído suas atividades.

Agora, a aparência totalmente inimaginável de Bartleby, ocupando meu escritório de advocacia em uma manhã de domingo, com sua indiferença cavalheiresca cadavérica, mas ao mesmo tempo firme e controlada, teve um efeito tão estranho sobre mim que imediatamente me afastei de minha própria porta e fiz como ele queria. Mas não sem várias pontadas de impotente revolta contra a afronta branda desse escrivão inexplicável. Na verdade, foi sobretudo sua formidável brandura que não apenas me desarmou, mas me desestabilizou, por assim dizer. Pois considero que alguém, por ora, está desestabilizado quando tranquilamente permite que seu funcionário lhe dê ordens e o mande sair de suas próprias instalações. Além disso, eu estava muito preocupado com o que Bartleby poderia estar fazendo em meu escritório apenas de camisa e tão desarrumado em uma manhã de domingo. Havia algo errado acontecendo? Não, isso estava fora de questão. Nem por um momento deveria pensar que Bartleby era uma pessoa imoral. Mas o que ele poderia estar fazendo lá? Copiando? Não, de novo; quaisquer que fossem suas excentricidades, Bartleby era uma pessoa eminentemente decorosa. Ele seria o último homem a se sentar em sua mesa em qualquer estado próximo à nudez. Além disso, era domingo, e havia algo em Bartleby que proibia a suposição de que ele, por qualquer ocupação secular, violaria as regras daquele dia.

No entanto, minha mente não estava apaziguada, e cheio de uma curiosidade inquieta, finalmente voltei para a porta. Sem impedimentos, inseri minha chave, abri e entrei. Bartleby não estava à vista. Olhei em volta ansiosamente, espiei atrás de sua divisória, mas estava muito claro que ele havia partido. Ao examinar mais de perto o lugar, concluí que, por um período indefinido, Bartleby deveria ter comido, se vestido e dormido em meu escritório, e isso sem prato, espelho ou cama. O assento acolchoado de um sofá velho e em más condições a um canto exibia a marca de uma forma magra e reclinada. Encontrei embaixo de sua mesa um cobertor enrolado; sob a lareira vazia, uma caixa e um pincel de engraxate; em uma cadeira, uma bacia de lata, com sabonete e uma toalha esfarrapada; em um jornal, algumas migalhas de bolinhos de gengibre e um pedaço de queijo. *Sim*, pensei, *é bastante evidente que Bartleby tem usado este lugar como sua casa, mantendo-o todo para si.* Imediatamente, então, um pensamento me atingiu: *Que miserável falta de amigos e solidão são aqui reveladas! Sua pobreza é grande, mas sua solidão... que horrível! Imagine só. Aos domingos, Wall Street é tão deserta quanto Petra, e todos os dias à noite é um vazio. Este prédio também, que nos dias de semana ferve com atividade e vida, mas ao anoitecer ecoa com o vazio absoluto e durante todo o domingo fica abandonado. E aqui Bartleby se faz em casa, o único espectador de uma solidão que ele contemplou toda populosa – uma espécie de Mário inocente e transformado, meditando entre as ruínas de Cartago[19]!*

Pela primeira vez na vida, uma sensação de melancolia pungente e avassaladora se apoderou de mim. Antes, eu nunca tinha experimentado nada além de uma tristeza não tão desagradável. O vínculo de uma humanidade em comum agora me atraía irresistivelmente para o desalento. Uma melancolia fraterna! Pois tanto eu quanto Bartleby éramos filhos de Adão. Lembrei-me das sedas brilhantes e dos rostos cintilantes que vira naquele dia, em artigos de gala, como cisnes navegando pelo Mississippi da Broadway, e os comparei com o copista pálido, pensando comigo: *Ah, a felicidade procura a luz, então consideramos que o mundo é alegre; mas a miséria se esconde, por isso consideramos que ela não existe.* Essas tristes fantasias – quimeras, sem dúvida, de um cérebro doente e tolo – levaram a outros pensamentos mais específicos a respeito das excentricidades de Bartleby. Pressentimentos de descobertas estranhas pairavam ao meu redor. A forma pálida do escrivão

---

19 Referência à pintura "Caio Mário entre as ruínas de Cartago" (1807), do holandês John Vanderlyn, retratando o famoso imperador romano com um olhar perdido após a derrota. [N.T.]

me apareceu, em meio a estranhos indiferentes, deitado em seu lençol esvoaçante e trêmulo.

De repente, fui atraído pela mesa trancada de Bartleby, a chave deixada à vista na fechadura.

Não pretendo fazer mal, não busco a gratificação de nenhuma curiosidade cruel, pensei; *além disso, a mesa é minha, e seu conteúdo também, portanto, ousarei olhar dentro dela*. Tudo fora organizado metodicamente, os papéis bem arranjados. As gavetas eram profundas, e, removendo as pastas de documentos, tateei em suas reentrâncias. Em seguida, senti algo ali e arrastei-o para fora. Era uma bandana velha, pesada e cheia de nós. Eu abri e vi que era um depósito de economias.

Então me lembrei de todos os mistérios silenciosos que havia notado no homem. Lembrei que ele nunca falava a não ser para responder; que embora aos intervalos tivesse um tempo considerável para si mesmo, eu nunca o tinha visto lendo – não, nem mesmo um jornal; que por longos períodos ele ficava olhando, através da sua janela opaca atrás da divisória, para a parede de tijolos desgastados. Eu tinha certeza de que ele nunca visitara qualquer refeitório ou restaurante; seu rosto pálido indicava claramente que ele nunca bebera cerveja como Peru, ou mesmo chá e café, como outros homens; que ele nunca fora a nenhum lugar em particular, que eu soubesse; nunca saíra para dar um passeio, a menos que realmente fosse o caso; que ele se recusara a dizer quem era, de onde vinha ou se tinha parentes em algum lugar; que, embora tão magro e pálido, nunca se queixara de problemas de saúde. E acima de tudo, me lembrei de um certo ar inconsciente de indiferença – como devo dizer? – de arrogância indiferente, digamos, ou melhor, de uma reserva austera nele, que positivamente me impressionou em minha submissa obediência a suas excentricidades, quando receara pedir-lhe que fizesse a menor coisa por mim, embora eu devesse saber, por sua imobilidade constante, que atrás de sua divisória ele devia estar parado em um de seus devaneios.

Remoendo todas essas coisas, e juntando-as ao fato recentemente descoberto de que ele fazia de meu escritório sua constante residência e lar, e não me esquecendo de seu mórbido mau humor; remoendo todas essas coisas, um sentimento de prudência começou a se apossar de mim. Minhas primeiras emoções foram de pura melancolia e piedade sincera, mas, na mesma proporção em que o desespero de Bartleby cresceu e se avolumou em minha imaginação, essa mesma melancolia se transformou em medo, e aquela pena, em repulsa. É fato, e terrível também, que até certo ponto o pensamento ou vislumbre da miséria suscite nossos melhores sentimentos; mas, em certos casos específicos, além desse ponto, isso não acontece. Errados estão aqueles que afirmam que isso invariavelmente se deve ao egoísmo inerente ao coração humano. Na verdade, procede de uma certa desesperança em remediar uma doença incurável. Para um ser sensível, a pena não raramente é dor. E quando finalmente nota-se que tal pena não pode levar a um socorro eficaz, o bom senso ordena que a alma se livre dela. O que vi naquela manhã me convenceu de que o escrivão era vítima de um problema inato e irremediável. Eu poderia dar esmolas ao seu corpo, mas não era seu corpo que doía, era sua alma que sofria, e sua alma estava fora do meu alcance.

Não cumpri o propósito de ir à Trinity Church naquela manhã. De alguma forma, as coisas que vi me impediram, naquele momento, de ir à igreja. Voltei para casa pensando no que faria com Bartleby. Finalmente, tomei esta decisão: eu faria algumas perguntas seguras a ele na manhã seguinte, a respeito de sua história etc., e se ele se recusasse a respondê-las abertamente e sem reservas (e eu suponho que ele preferiria não fazer), então daria a ele uma nota de vinte dólares além do que quer que lhe devesse e diria que seus serviços não eram mais necessários, mas que se eu pudesse ajudá-lo de alguma outra forma, ficaria feliz em fazê-lo, especialmente se desejasse retornar à sua terra natal, onde quer que fosse, de boa vontade eu ajudaria a custear as despesas. Além disso, se, depois de chegar em casa, a qualquer momento ele se encontrasse precisando de ajuda, uma carta sua certamente seria respondida.

A manhã seguinte chegou.

— Bartleby — chamei-o gentilmente por trás de sua divisória. Silêncio.

— Bartleby — repeti, ainda gentil —, venha até aqui. Não pedirei que faça qualquer coisa que prefira não fazer. Simplesmente quero falar com você.

Assim, ele silenciosamente apareceu.

— Poderia me dizer, Bartleby, onde nasceu?

— Prefiro não fazer.

— Poderia me contar *qualquer coisa* sobre você?

— Prefiro não fazer.

— Mas que objeção razoável você tem para não falar comigo? Sou amistoso com você.

Ele não olhou para mim enquanto eu falava, mas manteve o olhar fixo no meu busto de Cícero, diretamente atrás de mim, uns quinze centímetros acima da minha cabeça.

— Qual é a sua resposta, Bartleby? — perguntei, depois de esperar um tempo considerável por uma resposta, tempo no qual sua expressão continuou imóvel, apenas com o mais leve tremor possível da boca branca e fina.

— No presente momento, prefiro não responder — disse ele, e voltou para seu isolamento.

Foi bastante fraqueza minha, confesso, mas o comportamento dele naquela ocasião me irritou. Não apenas parecia haver uma certa calma desdenhosa, mas sua contrariedade parecia mal-agradecida, considerando o inegável bem e indulgência que recebera de mim.

De novo, me sentei para ponderar o que fazer. Mortificado por seu comportamento e resolvido a dispensá-lo quando entrasse em meus escritórios, mesmo assim estranhamente senti algo irracional pulsando em meu coração, me proibindo de continuar com meu objetivo e me denunciando como um vilão se ousasse murmurar qualquer palavra amarga contra o ser mais desamparado da humanidade. Por fim, arrastando minha cadeira como de costume por trás da divisória dele, me sentei e disse:

— Bartleby, não precisa me contar sua história, mas me permita lhe suplicar, como amigo, a seguir, o quanto for possível, os hábitos deste escritório. Prometa que ajudará a examinar os papéis amanhã ou no dia seguinte: em resumo, garanta que daqui um dia ou dois você começará a ser um pouco mais sensato. Vamos, Bartleby.

— No momento, prefiro não ser um pouco mais sensato — foi sua resposta suavemente cadavérica.

Foi então que as portas dobráveis se abriram e Alicate entrou. Ele parecia estar sofrendo os efeitos de uma noite mal dormida, induzida por uma indigestão mais severa que o normal. Ele ouvira as últimas palavras de Bartleby.

— *Prefere não ser*, hein? — rangeu Alicate. — Eu *preferiria* ele, se fosse você, senhor — falando comigo —, *preferiria* ele, eu daria preferência a essa mula teimosa! O que é, senhor, diga, que ele *prefere* não fazer agora?

Bartleby não moveu um músculo sequer.

— Sr. Alicate — falei —, eu prefiro que se retire neste momento.

De alguma forma, eu começara a usar involuntariamente o verbo "preferir" em todas as ocasiões inapropriadas. E tremo ao pensar que meu contato com o escrivão já havia afetado seriamente a minha cabeça. E que outra anomalia mais profunda ainda iria causar? Essa preocupação foi suficiente para me fazer decidir por meios bem mais diretos.

Enquanto Alicate, parecendo bem amargo e aborrecido, estava saindo, Peru se aproximou.

— Com todo o respeito, senhor — disse ele —, ontem eu estava pensando sobre nosso Bartleby aqui, e acho que ele preferiria tomar um gole de uma boa cerveja todos os dias, seria útil para fazê-lo melhorar e o tornaria apto a ajudar na conferência dos documentos.

— Então você também contraiu a palavra — falei, um pouco irritado.

— Com todo o respeito, qual palavra, senhor? — perguntou Peru, respeitosamente se amontoando no pouco espaço atrás da divisória e, com isso, me fazendo empurrar o escrivão. — Qual palavra, senhor?

— Eu prefiro ser deixado sozinho aqui — disse Bartleby, como se ofendido por essa multidão em seu local privado.

— *Esta* é a palavra, Peru — falei. — É esta.

— Ah, *preferir*? Ah, sim... palavra estranha. Eu mesmo nunca a uso. Mas, senhor, como eu estava dizendo, se ele prefere...

— Peru — interrompi —, poderia, por favor, se retirar.

— Ah, certamente, senhor, se prefere assim.

Quando ele abriu a porta para se retirar, Alicate, em sua escrivaninha, me avistou e perguntou se eu preferia que um determinado documento fosse copiado em papel azul ou branco. Ele não deu o menor destaque à palavra "preferir". Estava claro que escapara involuntariamente de sua língua. Pensei comigo mesmo: *Com certeza devo me livrar de um homem demente, que em algum grau já virou as línguas, se não as cabeças, minha e dos copistas.* Mas achei prudente não recorrer à demissão de uma vez.

No dia seguinte, percebi que Bartleby não fez nada além de ficar parado em frente à janela, em seu devaneio diante da parede desgastada. Ao perguntar por que ele não escrevia, ele disse que havia decidido não escrever mais.

— Por que isso agora? O que virá depois? — exclamei. — Não vai escrever mais?

— Não mais.

— E qual é o motivo?

— Não consegue ver o motivo? — respondeu ele com indiferença.

Olhei para ele firmemente e percebi que seus olhos pareciam opacos e vidrados. De imediato, ocorreu-me que sua diligência sem precedentes em copiar diante de sua janela escura durante as primeiras semanas de sua estada comigo poderia ter prejudicado temporariamente sua visão.

Fiquei tocado. Eu disse algo em solidariedade a ele. Sugeri que era óbvio que ele agira sabiamente ao se abster de escrever por um tempo e o incentivei a aproveitar a oportunidade para fazer exercícios ao ar livre. Isso, entretanto, ele não o fez. Poucos dias depois, estando meus outros funcionários ausentes e com muita pressa de despachar algumas cartas pelo correio, pensei que, não tendo mais nada para fazer, Bartleby seria com certeza menos inflexível do que de costume e levaria as cartas ao correio. Mas ele se recusou inexpressivamente. Então, para minha grande inconveniência, fui eu mesmo.

Ainda mais dias se passaram. Não sei dizer se os olhos de Bartleby melhoraram ou não. Ao que parecia, achava que sim. Mas quando perguntei, ele não respondeu. Em todo caso, ele não copiava mais. Por fim, em resposta às minhas solicitações, ele me contou que havia desistido definitivamente de copiar.

— O quê? — exclamei. — Suponha que seus olhos se recuperem totalmente, melhores do que nunca, mesmo assim você não copiaria?

— Desisti de copiar — respondeu ele, e se retirou.

Ele permaneceu, como sempre, um acessório em meu escritório. Não — se é que era possível —, ele se tornou ainda mais um acessório do que antes. O que havia a se fazer? Ele não faria mais nada no escritório, por que deveria ficar lá? Na verdade, ele agora se tornara uma pedra de moinho para mim, não apenas inútil como um colar, mas difícil de carregar. Mesmo assim, eu estava com pena dele. O que posso dizer é que ele mesmo me causou mal-estar. Se ele ao menos tivesse nomeado um único parente ou amigo, eu teria escrito imediatamente, insistindo que levassem o pobre sujeito para algum bom lugar. Mas ele parecia sozinho, absolutamente sozinho no universo, como um náufrago no meio do Atlântico. Por fim, as necessidades relacionadas ao meu negócio reinaram sobre todas as outras considerações. O mais suavemente que pude, disse a Bartleby que em seis dias ele deveria deixar o escritório em definitivo. Eu o avisei para tomar medidas, no intervalo, para encontrar alguma outra morada. Ofereci-me para ajudá-lo nessa empreitada, se ele mesmo desse o primeiro passo para a remoção.

— E quando você finalmente se for, Bartleby — acrescentei —, garantirei que não vá embora totalmente sem amparo. Seis dias a partir de agora, lembre-se.

Ao término desse período, espiei atrás da divisória, e eis! Bartleby estava lá.

Abotoei meu casaco, respirei fundo, avancei lentamente em sua direção, toquei seu ombro e disse:

— A hora chegou, você deve ir embora. Sinto muito por você. Aqui está o seu dinheiro, mas você deve partir.

— Prefiro não fazer — respondeu ele, ainda de costas para mim.

— Você *deve*.

Ele permaneceu em silêncio.

Acontece que eu tinha uma confiança ilimitada na honestidade deste homem. Com frequência, ele me devolvia seis centavos e xelins largados descuidadamente no chão, pois sou muito desatento com questões tão pequenas. O que se seguiu não será considerado extraordinário.

— Bartleby — falei —, eu lhe devo doze dólares ao todo; aqui há trinta e dois, vinte são seus. Você vai aceitar? — E estendi-lhe as notas.

Mas ele não se mexeu.

— Vou deixá-las aqui então. — Coloquei-as debaixo de um peso na mesa. Então, pegando meu chapéu e bengala e indo em direção à porta, calmamente me virei e disse: — Depois que você recolher suas coisas deste escritório, Bartleby, deve trancar a porta, pois todos já saíram, exceto você; e por favor, deixe sua chave debaixo do tapete, para que eu possa pegá-la de manhã. Eu não devo tornar a vê-lo, então adeus. Se depois, em sua nova morada, eu puder ajudá-lo, não deixe de me informar por carta. Adeus, Bartleby, e fique bem.

Ele não respondeu uma palavra sequer. Como a última coluna de algum templo em ruínas, ele continuou calado e solitário no meio da sala vazia.

Enquanto caminhava para casa pensativo, minha vaidade venceu minha pena. Não pude deixar de me vangloriar por minha gestão magistral para me livrar de Bartleby. Magistral é como a chamo, e assim deve parecer a qualquer observador pragmático. A beleza do meu procedimento parecia residir em sua perfeita quietude. Não houve qualquer intimidação vulgar, nem bravata ou intimidação colérica, nem andei de um lado para outro pelo lugar, disparando ordens veementes para Bartleby cair fora com suas armadilhas miseráveis. Nada dessa forma. Sem pedir em voz alta a Bartleby que partisse — como um gênio inferior poderia ter feito —, *assumi* o fundamento de que ele deveria partir, e com base nessa suposição, construí tudo o que tinha a dizer. Quanto mais pensava sobre meu procedimento, mais encantado ficava. No entanto, na manhã seguinte, ao acordar, tive minhas dúvidas – de alguma forma, dormi para aliviar os efeitos da vaidade. Uma das mais claras e sábias horas que um homem tem é logo depois que acorda pela manhã. Meu método parecia tão sagaz como sempre – mas apenas em teoria. Como se provaria na prática, havia um problema. Foi realmente um belo pensamento ter assumido que Bartleby partiria, mas, no final das contas, essa suposição era simplesmente minha e não de Bartleby. A grande questão não era se eu havia presumido que ele me deixaria, mas se ele preferiria fazê-lo. Ele era um homem de preferências mais do que de suposições.

Depois do café da manhã, caminhei até o centro, revendo os prós e os contras. Em um momento, pensei que aquilo se revelaria uma falha miserável, e Bartleby seria encontrado em carne e osso em meu escritório como sempre; no momento seguinte, parecia certo que encontraria sua cadeira vazia. Então continuei a divagar. Na esquina da Broadway com a Canal Street, vi um grupo animado de pessoas em uma conversa séria.

– Aposto que ele não vai – disse uma voz enquanto eu passava.

– Não vai? Pronto – falei –, vamos apostar.

Eu estava instintivamente levando a mão ao bolso para pegar meu dinheiro quando me lembrei que era dia de eleição. As palavras que ouvi por acaso não faziam referência a Bartleby, mas ao sucesso ou insucesso de algum candidato à prefeitura. Em meu estado de espírito, eu tinha, por assim dizer, imaginado que toda a Broadway compartilhava de minha agitação e estava debatendo a mesma coisa que eu. Continuei andando, muito grato pelo tumulto da rua esconder meu delírio momentâneo.

Como pretendia, cheguei mais cedo do que de costume na porta do meu escritório. Fiquei escutando por um momento. Tudo estava quieto. Ele deveria ter ido embora. Girei a maçaneta. A porta estava trancada. Sim, meu procedimento funcionara como mágica; ele realmente deveria ter ido embora. No entanto, uma certa melancolia se misturou a isso, e quase lamentei meu brilhante sucesso. Eu estava remexendo embaixo do tapete da porta em busca da chave, que Bartleby deveria ter deixado lá para mim, quando acidentalmente meu joelho bateu contra um painel, produzindo um som de chamado, e em resposta, uma voz veio lá de dentro:

— Ainda não. Estou ocupado.

Era Bartleby.

Fiquei estupefato. Por um instante, fiquei como o homem que, com o cachimbo na boca, foi morto por um raio numa tarde de verão sem nuvens havia muito tempo na Virgínia; ele morreu em sua própria janela aberta, e lá permaneceu, inclinado, em uma bela tarde, até que alguém o tocou e ele caiu.

— Ele não foi embora! — murmurei finalmente.

Mas outra vez obedecendo àquele incrível domínio que o misterioso escrivão tinha sobre mim, e de qual domínio, apesar de toda a minha irritação, não pude escapar completamente, desci devagar as escadas e saí para a rua, e enquanto caminhava pelo quarteirão, considerei o que deveria fazer diante desta confusão inédita. Botar o homem para fora com a minhas próprias mãos não seria possível; afastá-lo ao som de palavrões não bastaria; chamar a polícia era uma ideia desagradável; e, no entanto, permitir que ele desfrutasse de seu triunfo cadavérico sobre mim — isso também eu não conseguia imaginar. O que deveria ser feito? Ou, se nada pudesse ser feito, havia algo mais que eu pudesse *supor* sobre o assunto? Sim, como antes eu havia presumido que Bartleby partiria, então agora podia presumir que ele havia partido. Na execução dessa suposição, eu poderia entrar no escritório com muita pressa e, fingindo não ver Bartleby, andar diretamente contra ele como se ele fosse invisível. Tal procedimento se assemelharia a um golpe de misericórdia. Era quase impossível que Bartleby pudesse resistir a tal aplicação dessa hipótese. Mas, pensando bem, o sucesso do plano parecia bastante duvidoso. Resolvi argumentar com ele novamente.

– Bartleby – chamei, entrando no escritório, com uma expressão calmamente severa. – Estou seriamente desapontado. Estou triste, Bartleby. Eu o tinha em alta estima. Pensei que era tão cavalheiro que, em face de um dilema delicado, uma leve sugestão seria suficiente; para resumir, uma suposição. Mas parece que me enganei. Porque – continuei, firme – você sequer tocou o dinheiro ainda. – Apontei para as notas, onde as havia deixado na noite anterior.

Ele nada respondeu.

– Você vai ou não vai embora? – exigi de repente, tomado de emoção, me aproximando dele.

– Prefiro *não* ir – respondeu ele, gentilmente enfatizando o *não*.

– Que direito você tem de continuar aqui? Você paga algum aluguel? Você paga meus impostos? Esta propriedade é sua?

Ele nada respondeu.

– Você está pronto para continuar a copiar agora? Seus olhos estão recuperados? Você poderia copiar um pequeno documento para mim esta manhã? Ou ajudar a examinar algumas linhas? Ou ir até o correio? Em uma palavra, você fará alguma coisa para dar sentido à sua recusa de sair daqui?

Em silêncio, ele se retirou para a divisória.

Eu estava agora em tal estado de mágoa febril naquele momento que achei prudente me controlar para evitar novas demonstrações. Bartleby e eu estávamos sozinhos. Lembrei-me da tragédia do infeliz Adams e do ainda mais infeliz Colt no escritório solitário deste último; e como o pobre Colt, estando terrivelmente furioso com Adams, e imprudentemente permitindo que suas emoções saíssem do controle, de repente se precipitou em um ato fatal – um ato que certamente nenhum homem poderia lamentar mais do que o próprio autor. Muitas vezes me ocorreu, em minhas ponderações sobre o assunto, que se aquela discussão tivesse ocorrido na via pública ou em uma residência particular, não teria terminado daquela forma. Era a circunstância de estar sozinho em um escritório solitário, no alto de um prédio inteiramente desprovido de associações domésticas humanizadoras – um escritório sem carpete, sem dúvida, de uma aparência empoeirada e abatida –, deve ter sido isso o que contribuiu muito no aumento do desespero irascível do infeliz Colt[20].

Mas quando esse velho ressentimento cresceu em mim e me tentou em relação a Bartleby, eu o agarrei e o atirei longe. Como? Ora, simplesmente por lembrar a ordem divina: "Um novo mandamento vos dou: que vos ameis uns aos outros". Sim, foi isso que me salvou. Além de outras causas mais elevadas, a caridade frequentemente opera como um princípio ampla-mente sábio e prudente – um grande salva-vidas para quem a possui. Homens cometem assassinatos por causa de ciúme, raiva, ódio, por egoísmo e orgulho; mas nenhum homem, que eu tenha ouvido falar, jamais cometera um assassinato diabólico por amor à gentil caridade. Mero interesse próprio deveria conduzir, então – se nenhum motivo melhor possa ser mencionado, em especial com relação a homens de cabeça quente –, todos os seres à caridade e à filantropia. De qualquer forma, nessa ocasião em questão, me esforcei para controlar meus sentimentos coléricos em relação ao escrivão, interpre-tando benevolentemente sua conduta. *Pobre camarada, pobre camarada!*, pensei, *ele não representa nenhum mal; além disso, passou por tempos difíceis e deve ser tolerado.*

---

20 Referência ao assassinato de Samuel Adams, cometido em 1841 por John C. Colt – irmão do famoso inventor Samuel Colt, dono da fábrica de armas de fogo de mesmo nome –, que lhe devia dinheiro. Depois de um julgamento sensacionalista devido principalmente à fama da família, Colt foi sentenciado à forca em 1842, mas cometeu suicídio na manhã de seu enforcamento. [N.T.]

Imediatamente esforcei-me também para me ocupar e, ao mesmo tempo, me consolar. Tentei imaginar que, no decorrer da manhã, no momento que fosse melhor para ele, Bartleby, por vontade própria, emergiria de seu isolamento e marcharia decididamente em direção à porta. Mas não. Passou o meio-dia, e o rosto de Peru começou a brilhar; ele remexeu seu tinteiro e tornou-se mal-humorado e barulhento como de costume; Alicate ficou quieto e cortês; Bolinho de Gengibre mastigou sua maçã do meio-dia; e Bartleby permaneceu de pé ao lado de sua janela em um de seus mais profundos devaneios diante da parede desgastada. Aquilo deveria ser levado em conta? Cabia a mim fazer isso? Naquela tarde, saí do escritório sem dizer mais uma palavra sequer a ele.

Alguns dias se passaram, durante os quais, em intervalos preguiçosos, dei uma espiada nos escritos de Edwards sobre a Vontade e os de Priestley sobre a Necessidade[21]. Diante das circunstâncias, esses livros me induziram a um sentimento positivo. Gradualmente, me convenci de que todos esses meus problemas com o escrivão haviam sido predestinados desde sempre, e Bartleby fora enviado a mim por algum misterioso propósito de uma Providência onisciente, um propósito que não cabia a um mero mortal como eu sondar. *Sim, Bartleby, fique atrás de sua divisória*, pensei. *Não o perseguirei mais, você é tão inofensivo e silencioso quanto qualquer uma dessas cadeiras velhas; em suma, nunca me sinto tão sozinho como quando sei que está aqui. Enfim eu entendo, sinto e aceito o propósito predestinado da minha vida. Estou contente. Outros podem ter papéis mais elevados na vida, mas minha missão neste mundo, Bartleby, é fornecer-lhe um escritório pelo período que julgar adequado.*

---

21 *The Freedom of the Will* (1754), de Jonathan Edwards e *The Doctrine of Philosophical Necessity* (1777), de Joseph Priestley, respectivamente. [N.T.]

Acredito que esse pensamento sábio e abençoado teria continuado comigo, não fosse pelas observações não solicitadas e pouco caridosas que meus colegas de profissão fizeram. Mas é frequentemente assim que a fricção constante de mentes intolerantes enfraquece as melhores resoluções de outras mais generosas. Embora, para ter certeza, quando refleti sobre isso, não era estranho que as pessoas que entravam em meu escritório ficassem impressionadas com o aspecto peculiar do inexplicável Bartleby e, portanto, ficassem tentadas a fazer algumas observações sinistras a respeito dele. Às vezes, um advogado que fazia negócios comigo, ao chegar em meu escritório e não encontrar ninguém além do escrivão ali, assumia que obteria dele algum tipo de informação sobre meu paradeiro; mas, sem dar atenção à conversa fiada, Bartleby permaneceria imóvel no meio da sala. Então, depois de contemplá-lo naquela posição por um tempo, o advogado ia embora, sem mais informações do que aquelas com as quais chegara.

Além disso, quando uma audiência estava acontecendo, e a sala cheia de advogados, testemunhas e negócios estava a todo vapor, algum advogado presente, profundamente ocupado, vendo Bartleby totalmente ocioso, pedia que ele corresse até seu escritório (o do advogado) e pegasse alguns papéis. Bartleby se recusava tranquilamente, e ainda assim permanecia desocupado como antes. Então o advogado me olhava fixamente e se virava para mim. E o que eu poderia dizer? Por fim, fiquei sabendo que, em todo o meu círculo de conhecidos profissionais, corria um murmúrio de espanto em relação à estranha criatura que eu mantinha em meu escritório. Isso me preocupou muito. E quando me ocorreu a ideia de que ele possivelmente viveria muito e continuaria ocupando meus escritórios, negando minha autoridade e deixando meus visitantes perplexos, escandalizando minha reputação profissional, lançando uma tristeza geral no ambiente, mantendo-se até o fim com suas economias (pois sem dúvida ele gastava apenas meio centavo por dia), e no final talvez vivesse mais do que eu e reivindicasse a posse do meu escritório por direito de sua ocupação perpétua: como todas essas antecipações sombrias tomavam conta de mim cada vez mais, e meus amigos continuavam a fazer suas implacáveis observações sobre a aparição na minha sala, uma grande mudança foi operada em mim. Resolvi reunir toda a minha astúcia e me livrar para sempre desse demônio intolerável.

Antes de me envolver em qualquer projeto complicado e, no entanto, certo da minha decisão, a princípio apenas sugeri a Bartleby que partisse permanentemente. Em um tom calmo e sério, recomendei a ideia à sua consideração cuidadosa e madura. Mas depois de três dias meditando sobre a questão, ele me informou que sua determinação original permanecia a mesma; em suma, ele ainda preferia ficar comigo.

O que farei?, eu me perguntava agora, abotoando até o último botão do meu casaco. *O que farei? O que devo fazer? O que a consciência diz que devo fazer com esse homem, ou melhor, fantasma? Me livrar dele, é claro, ele precisa ir embora. Mas como? Você não o colocará, este pobre, pálido e passivo mortal — você não colocará uma criatura tão indefesa porta afora? Você não se desonrará com tal crueldade? Não, não irei, não posso fazer isso. Prefiro deixá-lo viver e morrer aqui, e então concretar seus restos mortais na parede. O que fará então? Por mais que reclame, ele não cederá. Ele deixa subornos sob seu peso de papel na mesa; para resumir, é bem claro que ele prefere se agarrar a você.*

Então algo extremo, algo pouco comum, deve ser feito. O quê? Certamente você não o fará ser algemado por um policial, e condenar esse inocente frágil à cadeia comum? E sob qual argumento você poderia fazer tal coisa? Um vadio, é o que ele é? O quê? Ele é um vadio, um vagabundo que se recusa a ceder? É justamente porque ele não é um vadio que você procura julgá-lo como um. Isso é muito absurdo. Nenhum meio visível para se manter: aí eu o pego. Errado de novo: pois indubitavelmente ele se mantém, e essa é a única prova irrefutável que qualquer homem pode mostrar que possui os meios para fazê-lo. Chega, então. Já que ele não vai me deixar, devo deixá-lo. Vou mudar meus escritórios, mudar para outro lugar, e dar a ele um aviso justo, que se eu o encontrar em minhas novas instalações, irei então processá-lo como um invasor comum.

Agindo de acordo, no dia seguinte me dirigi a ele:

— Acho estes escritórios muito distantes da prefeitura; o ar é insalubre. Em suma, devo mudar meus escritórios de lugar na semana que vem e não mais precisarei dos seus serviços. Estou dizendo isso agora para que possa buscar outro lugar.

Ele não respondeu, e nada mais foi dito.

No dia marcado, empreguei carrinhos e homens em meu escritório, e havendo pouca mobília, tudo foi removido em algumas horas. Durante todo esse tempo, o escrivão permaneceu de pé, atrás da divisória, que ordenei ser removida por último. Assim foi, e ao ser dobrada como um grande fólio, deixou-o como um ocupante imóvel de uma sala vazia. Fiquei na entrada, observando-o por um momento, enquanto algo dentro de mim me repreendia.

Tornei a entrar, com a mão no bolso... e... com meu coração na boca.

— Adeus, Bartleby, já vou indo... adeus, e que Deus te abençoe. Pegue isto. — Coloquei algo em sua mão. Porém, caiu no chão, e então, é estranho dizer, me afastei daquele de quem eu tanto desejava me livrar.

Estabelecido em meu novo endereço, por um ou dois dias mantive a porta trancada, e me assustava a cada som de passos no corredor. Quando voltava para os escritórios após qualquer pequena ausência, parava na soleira por um instante e ouvia atentamente antes de usar minha chave. Mas esses temores eram desnecessários. Bartleby nunca veio até mim.

Achei que tudo estava indo bem quando um estranho de aparência perturbada me visitou, perguntando se eu era a pessoa que ocupara recentemente os escritórios no número... na Wall Street.

Com um pressentimento, respondi que sim.

— Então, senhor — disse o estranho, que era um advogado —, você é responsável pelo homem que deixou lá. Ele se recusa a fazer qualquer cópia, se recusa a fazer qualquer coisa. Ele diz que prefere não fazer, e se recusa a sair de lá.

— Sinto muito, senhor — respondi, exteriormente calmo, mas tremendo por dentro —, mas, de verdade, o homem a quem se refere não me evoca nada; ele não é meu aprendiz para que me considere responsável por ele.

— Pelo amor de Deus, quem é ele?

— Certamente não posso informá-lo. Nada sei sobre ele. Antes eu o empreguei como copista, mas agora ele não tem nenhuma relação comigo.

— Eu o acomodarei, então. Bom dia, senhor.

Vários dias se passaram e não ouvi mais nada. E, embora muitas vezes sentisse um impulso caridoso de visitar o local e ver o pobre Bartleby, ainda assim, um certo escrúpulo desconhecido me impediu.

A essa altura, tudo terminou para ele, pensei finalmente, quando ao longo de mais uma semana nenhuma outra informação chegou a mim. Mas, ao entrar no escritório no dia seguinte, encontrei várias pessoas esperando na minha porta em um alto estado de agitação nervosa.

— Aquele é o homem, aí vem ele — disse o da frente, que reconheci como o advogado que havia falado comigo.

— Você deve levá-lo embora de uma vez, senhor — implorou uma pessoa corpulenta, se aproximando de mim, e que eu sabia ser o senhorio do número... na Wall Street. — Estes senhores, meus inquilinos, não podem mais suportar. O sr.

B... — apontando para o advogado — o removeu da sala, e agora ele insiste em assombrar o prédio inteiro, sentado no corrimão da escada durante o dia e dormindo na entrada à noite. Todos estão preocupados, os clientes estão deixando os escritórios, alguns temem uma rebelião; você deve fazer algo, e depressa.

Horrorizado com essa multidão, recuei diante dela e, de bom grado, teria me trancado em meus novos escritórios. Em vão insisti que Bartleby não era nada meu — não mais do que qualquer outra pessoa. Em vão: eu era a última pessoa conhecida que tinha alguma coisa a ver com ele, e eles me responsabilizaram. Com medo de ser exposto nos jornais (como uma pessoa ali presente ameaçou sombriamente), considerei a questão e, por fim, disse que se o advogado me concedesse um encontro confidencial com o escrivão, em seu próprio escritório (do advogado), naquela mesma tarde eu me esforçaria ao máximo para livrá-los do incômodo de que reclamavam.

Subindo as escadas para meu antigo refúgio, encontrei Bartleby sentado em silêncio no corrimão no andar térreo.

— O que você está fazendo aqui, Bartleby? — perguntei.

— Estou sentado no corrimão — ele respondeu suavemente.

Eu o conduzi para a sala do advogado, que então nos deixou.

— Bartleby — falei —, você está ciente de que é um grande problema para mim ao persistir em ocupar a entrada depois de ser dispensado do escritório?

Silêncio.

— Agora, das duas, uma: ou você faz alguma coisa, ou algo deve ser feito com você. Que tipo de trabalho você gosta de fazer? Você gostaria de tornar a copiar para alguém?

— Não. Eu prefiro não fazer nenhuma mudança.

— Você gostaria de ser balconista em uma mercearia?

— Isso seria muito isolado. Não, eu não gostaria de ser balconista, mas não tenho preferência.

— Muito isolado — resmunguei —, ora, você se mantém isolado o tempo todo!

— Prefiro não ser balconista — ele continuou, como se para deixar a questão de lado.

— O que você acha de ser barman? Não há dificuldade nisso.

— Eu não gostaria nem um pouco disso; embora, como disse antes, não tenha preferência.

Sua fala tão longa, algo incomum, me inspirou. Insisti:

— Bem, então você gostaria de viajar pelo país cobrando dívidas para os comerciantes? Isso seria bom para sua saúde.

— Não, eu prefiro fazer outra coisa.

— Que tal então ir como acompanhante para a Europa, para divertir alguns jovens cavalheiros com sua conversa? Que tal?

— De jeito nenhum. Não me parece algo muito fixo. Gosto de ficar parado. Mas não tenho preferência.

— Parado você continuará, então — gritei, agora perdendo toda a paciência e, pela primeira vez em todo o nosso relacionamento irritante, quase me exaltando. — Se você não sair destas instalações antes que anoiteça, eu me sentirei obrigado, na verdade, sou obrigado a... a... a sair das instalações eu mesmo! — concluí de maneira um tanto absurda, sem saber qual ameaça poderia tentar usar para transformar sua imobilidade em obediência. Perdendo as esperanças a respeito de quaisquer esforços futuros, eu quase o estava deixando quando um pensamento final me ocorreu, um que não havia sido totalmente deixado de lado antes.

— Bartleby — falei, no tom mais amável que poderia assumir sob tais circunstâncias dramáticas —, que tal você ir para casa comigo agora, não para o meu escritório, mas minha casa, e permanecer lá até que possamos chegar a algum arranjo conveniente para você? Venha, vamos agora mesmo.

— Não. No momento, prefiro não fazer nenhuma mudança.

Não respondi, mas esquivando-me eficazmente de todos pela urgência e rapidez de minha fuga, saí correndo do prédio, subi a Wall Street em direção à Broadway e, saltando no primeiro ônibus, logo escapei da perseguição. Assim que a tranquilidade voltou, percebi claramente que tinha feito tudo o que podia, tanto em relação às demandas do senhorio e seus inquilinos quanto em relação ao meu próprio desejo e senso de dever para ajudar Bartleby e o proteger da perseguição rude. Então me esforcei para relaxar e parar de me preocupar por completo, e minha consciência me apoiava naquele propósito, embora, de fato, não tenha sido tão bem-sucedido quanto desejava. Temia tanto ser novamente caçado pelo senhorio enfurecido e seus inquilinos exasperados que, colocando meus negócios sob o comando de Alicate, por alguns dias perambulei pela parte nobre da cidade e pelos subúrbios, pela península; cruzei Jersey e Hoboken, e fiz visitas rápidas a Manhattanville e Astoria. Na verdade, quase vivi na península naquele tempo.

Quando voltei ao meu escritório, havia um bilhete do senhorio sobre a mesa. Abri com mãos trêmulas. Informava que ele mandara chamar a polícia e ordenou que Bartleby fosse removido para a cadeia municipal como um vadio. Além disso, como eu sabia mais sobre ele do que qualquer outra pessoa, esperava que eu aparecesse e fizesse um depoimento adequado sobre os fatos. Essas notícias tiveram um efeito conflitante sobre mim. A princípio fiquei indignado, mas, no final, quase aceitei. O caráter enérgico e sumário do senhorio o levara a adotar um procedimento que eu não escolheria sozinho; e, no entanto, como último recurso, sob tais circunstâncias peculiares, parecia o único plano.

Como soube mais tarde, o pobre escrivão, quando informado de que deveria ser conduzido à cadeia, não ofereceu a menor resistência, mas, em seu jeito suave e imóvel, silenciosamente aquiesceu.

Alguns dos espectadores compassivos e curiosos juntaram-se ao grupo. E, encabeçada por um dos policiais, de braço dado com Bartleby, a procissão silenciosa abriu caminho em meio a todo o barulho, calor e alegria das ruidosas vias públicas ao meio-dia.

No mesmo dia em que recebi o bilhete, fui à cadeia, ou para ser mais específico, aos Salões de Justiça. Ao procurar o oficial em questão, declarei o propósito da minha presença e fui informado de que o indivíduo que descrevi realmente estava lá. Em seguida, assegurei ao funcionário que Bartleby era um homem perfeitamente honesto e extremamente compassivo, embora inexplicavelmente excêntrico. Narrei tudo o que sabia e encerrei sugerindo deixá-lo permanecer em um confinamento tão indulgente quanto possível até que algo menos severo pudesse ser feito — embora na verdade eu mal soubesse o quê. Em todo caso, se nada mais pudesse ser decidido, a casa de caridade deveria recebê-lo. Então implorei para vê-lo.

Por não estar sob nenhuma acusação vergonhosa, e bastante sereno e inofensivo em suas maneiras, eles permitiram que Bartleby vagasse livremente pela prisão, especialmente no pátio com o gramado. Então o encontrei lá, parado, sozinho no mais silencioso dos pátios, seu rosto voltado para um muro alto, enquanto, ao redor das estreitas fendas das janelas da prisão, achei ter visto os olhos de assassinos e ladrões o espiando.

— Bartleby!

— Conheço você — disse ele, sem olhar em volta —, e não tenho nada a lhe dizer.

— Não fui eu quem o colocou aqui, Bartleby — falei, entristecido com sua suspeita implícita. — E para você, este não deve ser um lugar tão ruim. Não é nenhuma desonra você estar aqui. E veja, não é um lugar tão triste quanto dizem. Olha só o céu e a grama também.

148   SOCIEDADE DAS RELÍQUIAS LITERÁRIAS

— Sei onde estou — respondeu ele, mas nada mais disse, então o deixei.

Quando tornei a entrar no corredor, um homem corpulento, vestindo um avental, se juntou a mim e, gesticulando por sobre o ombro, disse:

— Aquele é um amigo seu?

— Sim.

— Ele quer morrer de fome? Se sim, deixe-o comer apenas o que é servido na prisão, e só.

— Quem é você? — perguntei, sem saber o que fazer com uma pessoa de fala tão casual em um lugar como aquele.

— Sou o cara da boia. Alguns cavalheiros que têm amigos aqui me contrataram para preparar algo bom para eles comerem.

— É mesmo? — perguntei, me virando para o carcereiro. Ele disse que era.

— Muito bem — falei, colocando algumas moedas na mão do cara da boia (já que era assim que o chamavam). — Quero que dê atenção especial ao meu amigo; providencie a melhor refeição que puder. E seja o mais educado possível com ele.

— Me apresente a ele, pode ser? — disse o cara da boia, me olhando com uma expressão que parecia dizer que ele estava ansioso por uma oportunidade para dar uma amostra de seus pratos.

Pensando que aquilo seria benéfico para o escrivão, concordei. E depois de perguntar o nome do cara da boia, fomos até Bartleby.

— Bartleby, este é o sr. Costeletas. Ele será muito útil para você.

— Ao seu dispor, senhor, ao seu dispor — disse o cara da boia, fazendo uma pequena reverência. — Espero que goste daqui, senhor; espaços amplos, salas ventiladas, senhor; espero que fique conosco por um tempo, tente ficar à vontade. A sra.

Costeletas e eu podemos ter o prazer da sua companhia para a refeição, senhor, na sala privada da sra. Costeletas?

— Prefiro não comer hoje — disse Bartleby, virando-se. — Não seria adequado para mim, não sou dado a essas coisas. — Assim dizendo, ele foi para o outro lado devagar e passou a encarar a parede.

— Como é? — disse o cara da boia, me encarando com surpresa. — Ele é estranho, não é?

— Acho que ele é um pouco desequilibrado — falei tristemente.

— Desequilibrado? Desequilibrado, hein? Bem, cá entre nós, pensei que seu amigo fosse um falsificador; eles sempre são calmos e gentis, esses falsificadores. Não consigo ter pena deles, não consigo, senhor. Você conheceu Monroe Edwards[22]? — ele adicionou de forma perturbada, e fez uma pausa. — Ele morreu de tuberculose em Sing Sing[23]. Então, você não conhecia Monroe?

— Não, nunca conheci nenhum falsificador. Mas não posso mais ficar aqui. Cuide do meu amigo. Eu verei você de novo.

Alguns dias depois disso, novamente consegui permissão para entrar na cadeia, e passei pelos corredores em busca de Bartleby, mas não o encontrei.

— Eu o vi na cela não faz muito tempo — disse um dos carcereiros —, talvez ele tenha ido para o pátio.

Então fui naquela direção.

— Está procurando o homem silencioso? — disse outro carcereiro, passando por mim. — Lá está ele, deitado, dormindo no pátio. Não faz nem vinte minutos desde que o vi se deitar.

---

22 Edwards foi um notável comerciante de escravos e falsificador, cujo julgamento e condenação foram amplamente divulgados em 1842. [N.T.]

23 Famosa prisão de segurança máxima no estado de Nova York. [N.T.]

O pátio estava completamente silencioso. Ele não era acessível para prisioneiros comuns. As paredes ao redor, de uma grossura incrível, isolavam todo o som. O estilo egípcio da alvenaria pesava sobre mim com sua desolação. Mas uma suave relva aprisionada crescia no chão. O coração das pirâmides eternas, ao que parecia, onde, por alguma magia estranha, através das fendas, sementes de grama lançadas por pássaros haviam brotado.

Estranhamente encolhido na base da parede, com os joelhos dobrados e deitado de lado, a cabeça tocando as pedras frias, vi o arrasado Bartleby. Mas não se mexia. Eu parei, e então me aproximei dele. Inclinei-me e vi que seus olhos embaçados estavam abertos; do contrário, parecia profundamente adormecido. Algo me levou a tocá-lo. Senti sua mão, e foi quando um arrepio percorreu meu braço e desceu pela minha espinha até os pés.

O rosto redondo do cara da boia apareceu.

— A comida dele está pronta. Hoje ele também não vai comer? Ou ele vive sem comer?

— Vive assim — falei, fechando os olhos dele.

— Ah! Ele está dormindo, não está?

— Com os anjos — murmurei.

Parece haver pouca necessidade de prosseguir nesta história. A imaginação fornecerá prontamente a parca descrição do enterro do pobre Bartleby. Mas, antes de deixar o leitor, deixe-me dizer que se esta pequena narrativa o interessou o bastante para despertar a curiosidade sobre quem era Bartleby e que tipo de vida ele levava antes de o presente narrador o conhecer, só posso responder que compartilho plenamente de tal curiosidade, mas sou totalmente incapaz de satisfazê-la.

No entanto, nem sei se devo divulgar um pequeno boato, que me chegou aos ouvidos alguns meses depois da morte do escrivão. Em que fato se apoiava, eu nunca poderia determinar e, portanto, não posso dizer o quão verdadeiro é. Mas, visto que esse vago relato não deixou de causar certo sugestivo e estranho interesse em mim, por mais triste que seja, pode ter o mesmo efeito em alguns outros, e por isso vou mencioná-lo brevemente. O boato era o seguinte: que Bartleby fora um escrivão subordinado ao departamento de cartas extraviadas em Washington, de onde fora repentinamente afastado por uma mudança na administração. Quando penso sobre esse rumor, não consigo expressar adequadamente as emoções que me dominam. Cartas extraviadas, perdidas para sempre! Isso não lembra um homem perdido para sempre? Pense em um homem que por sua própria natureza e infortúnio era propenso a uma calma desesperança; poderia algum cargo parecer mais adequado para aumentá-la do que lidar continuamente com essas cartas extraviadas e separá-las para as chamas? Pois elas são queimadas anualmente. Às vezes, do papel dobrado, o desamparado funcionário tira um anel: o dedo para o qual foi feito, talvez, se encontre no fundo de um túmulo; uma carta de banco enviada para uma caridade urgente — aquele a quem aliviaria agora nem come nem tem fome mais; perdão para aqueles que morreram em desespero; esperança para aqueles que morreram sem esperança; boas novas para aqueles que morreram sufocados por calamidades sem alívio. Em missões para salvar vidas, essas cartas se encaminharam para a morte.

Ah, Bartleby! Ah, humanidade!

SRA. SPRING FRAGRANCE

SUI SIN FAR, 1912

Um interessante conto que discute a natureza do amor e do casamento, além das diferenças culturais entre americanos e chineses – e como é ser um estrangeiro em uma terra de cultura completamente diferente.

PARTE I

Quando a sra. Spring Fragrance[24] chegou a Seattle, ela não sabia falar nem uma palavra da língua americana. Cinco anos depois, seu marido, o sr. Spring Fragrance, ao falar sobre ela, disse:

— Não há mais palavras americanas para ela aprender.

E todo mundo que conhecia a sra. Spring Fragrance concordou com o sr. Spring Fragrance.

O sr. Spring Fragrance, cujo nome profissional era Sing Yook, era um jovem comerciante de curiosidades. Embora fosse um chinês conservador em muitos aspectos, ele era, ao mesmo tempo, o que os ocidentais chamam de americanizado, e a sra. Spring Fragrance era ainda mais americanizada.

---

24 Fragrância de Verão [N.E.]

Ao lado dos Spring Fragrance viviam os Chin Yuen. A sra. Chin Yuen era muito mais velha que a sra. Spring Fragrance, mas tinha uma filha de dezoito anos, com quem a sra. Spring Fragrance fizera uma boa amizade. Ela era uma linda jovem – seu nome chinês era Mai Gwi Far, isto é, rosa; e seu nome americano era Laura, e quase todo mundo a chamava assim, incluindo os pais, amigos e amigas chineses. Laura também tinha um namorado, o americano Kai Tzu, que era tão corado e robusto como qualquer outro jovem do Ocidente; dentre os jogadores de beisebol, ele era conhecido como um dos melhores arremessadores de toda a Costa; também cantava, enquanto Laura o acompanhava ao piano, a música "Drink to me Only with Thine Eyes"[25].

A sra. Spring Fragrance era a única que sabia do amor de Kai Tzu por Laura e do amor de Laura por Kai Tzu. Isso porque, embora os Chin Yuen vivessem numa casa com móveis americanos e vestissem roupas americanas, seguiam religiosamente várias tradições chinesas, e seus ideais de vida eram os mesmos de seus antepassados. Assim, os Chin Yuen haviam prometido Laura, na época com quinze anos, ao filho mais velho de um professor da escola do governo chinês[26] em São Francisco – e a data do noivado já se aproximava.

Laura estava com a sra. Spring Fragrance, que tentava animá-la.

– Vi coisas lindas em meu passeio hoje – disse. – Percorri a orla da praia e retornei pela longa estrada. Sobre a grama verde, o vento soprava os narcisos; nos jardins dos bangalôs, as groselheiras floresciam; e no ar, havia o perfume do goiveiro. Nessa hora, desejei que você estivesse comigo, Laura.

---

25 Música inglesa cuja letra foi tirada do poema *To Celia* (1616), do dramaturgo Ben Jonson (1572-1637). [N.T.]

26 A autora provavelmente está se referindo à *Chinese-Western School*, estabelecida na Chinatown de São Francisco em 1888, sob a direção do cônsul-geral chinês.

Laura começou a chorar.

— É o caminho — falou, entre soluços — que eu e Kai Tzu tanto amamos, mas nunca, ah, nunca poderemos segui-lo novamente.

— Ora, irmãzinha — disse a sra. Spring Fragrance, consolando-a —, não fique se lamentando. Não há um belo poema americano, escrito por um nobre americano chamado Tennyson[27], que diz:

"É melhor ter amado e perdido esse amor
Do que nem mesmo ter amado"[28]?

A sra. Spring Fragrance não sabia que o sr. Spring Fragrance, após ter voltado da cidade cansado do trabalho, tinha se jogado no sofá de bambu na varanda e, embora seus olhos estivessem grudados nas páginas da *Chinese World*[29], ele não pôde deixar de ouvir as palavras levadas até ele por meio da janela aberta:

"É melhor ter amado e perdido esse amor
Do que nem mesmo ter amado",

repetiu o sr. Spring Fragrance. Sem querer ouvir mais a conversa secreta das mulheres, levantou-se e vagueou pela varanda até chegar ao outro lado da casa. Dois pombos rodearam sua cabeça, então o sr. Spring Fragrance procurou no bolso alguma lichia, que ele normalmente guardava para os pássaros. Seus dedos tocaram uma caixinha. Nela, havia um pingente de jade que havia chamado a atenção da sra. Spring Fragrance

---

27 Alfred Tennyson foi um poeta inglês. [N. T.]

28 *"Tis better to have loved and lost / Than never to have loved at all"* são versos famosos do réquiem *In Memoriam A.H.H*, escrito por Tennyson em homenagem ao amigo Arthur Henry Hallam. [N. T.]

29 *Mong Hing Bo* era uma revista semanal chinesa cuja publicação começou em 1892. Em 1898, passou a se chamar *The Chinese World*, tornando-se diária a partir de 1901. [N. T.]

da última vez em que ela estivera no centro da cidade. Era o quinto aniversário de casamento dos dois.

O sr. Spring Fragrance empurrou a caixinha para o fundo do bolso.

Um jovem saiu da porta dos fundos da casa à esquerda do sr. Spring Fragrance. A casa dos Chin Yuen ficava à sua direita.

— Boa tarde — cumprimentou o jovem.

— Boa tarde — respondeu o sr. Spring Fragrance. Ele, então, saiu da varanda, caminhou até a cerca que separava seu quintal daquele em que o jovem estava e se inclinou sobre ela. — Poderia me dizer, por favor, o significado de dois versos de um poema americano que ouvi?

— Claro — disse o jovem, sorrindo de modo cordial. Era um estudante exemplar na Universidade de Washington e não havia dúvidas de que seria capaz de explicar o significado de todas as coisas do universo.

— Bem — começou o sr. Spring Fragrance —, é este:
"É melhor ter amado e perdido esse amor
Do que nem mesmo ter amado"

— Ah! — exclamou o jovem, com um ar de enorme sabedoria. — Significa, sr. Spring Fragrance, que é bom amar de qualquer forma, mesmo que não possamos obter aquilo que amamos, ou, como nos diz o poeta, percamos o que amamos. É claro que é preciso ter experiência para de fato sentir a verdade desse ensinamento.

O jovem sorriu, pensando e relembrando: dezenas de moças "amadas e perdidas" passavam por sua cabeça.

— A verdade do ensinamento! — esbravejou o sr. Spring Fragrance, levemente irritado. — Não há nenhuma verdade nisso. É ilógico. Não é melhor ter o que você não ama do que amar o que você não tem?

— Depende do temperamento da pessoa — respondeu o jovem.

— Agradeço-lhe. Boa tarde — disse o sr. Spring Fragrance, afastando-se para refletir sobre o modo americano e insensato de ver as coisas.

Enquanto isso, dentro da casa, Laura se recusava a ser consolada.

— Ah, não! Não! — protestou ela. — Se eu não tivesse frequentado a mesma escola de Kai Tzu, nem falado ou passeado com ele, nem tocado os acompanhamentos de suas músicas, talvez eu pudesse ser complacente, em vez de ficar aterrorizada com o casamento iminente com o filho de Man You. Mas, diante de tudo isso... ah, diante de tudo isso...

Com uma tristeza profunda, a garota se balançava para lá e para cá.

A sra. Spring Fragrance, solidária à jovem, ajoelhou-se em frente a ela e, envolvendo seu pescoço com os braços, rogou:

— Irmãzinha, oh, irmãzinha! Seque as lágrimas, não se desespere. Ainda falta uma lua[30] para o dia do casamento e quem sabe o que as estrelas conversarão entre si até lá? Um passarinho me disse...

Durante muito tempo, a sra. Spring Fragrance falou, e, durante muito tempo, Laura escutou. Quando a jovem se levantou para ir embora, havia um brilho em seus olhos.

PARTE II

A sra. Spring Fragrance, que foi a São Francisco visitar a prima, esposa do herborista da rua Clay, estava se divertindo. Ela foi convidada para todos os lugares a que a esposa de um respeitável comerciante chinês poderia ir. Havia muito para ver e ouvir, incluindo mais de uma dúzia de bebês que nasceram nas famílias de seus amigos e amigas desde que

---

30 Um mês.

ela havia visitado a cidade da Golden Gate pela última vez. A sra. Spring Fragrance adorava bebês. Tivera dois, mas ambos foram levados para a terra dos espíritos antes mesmo de completarem uma lua. Muitos jantares e espetáculos teatrais também foram realizados em sua homenagem, e foi em um desses espetáculos que a sra. Spring Fragrance conheceu Ah Oi, uma jovem vista como a garota chinesa mais bonita de São Francisco — e a mais atrevida. Apesar das fofocas, a sra. Spring Fragrance se afeiçoou a Ah Oi e a convidou para um *tête-à-tête* num piquenique no dia seguinte. Ah Oi aceitou o convite com alegria; ela era uma espécie de passarinho e ficava mais feliz no parque ou no bosque do que em qualquer outro lugar.

Um dia após o piquenique, a sra. Spring Fragrance escreveu para Laura Chin Yuen:

"MINHA PRECIOSA LAURA,

Que os bambus sempre prosperem! Na semana que vem, acompanharei Ah Oi até a belíssima cidade de São José. Lá nos encontraremos com o filho do Ilustre Professor, e, em uma missão conduzida por um benevolente padre americano, a pequena Ah Oi e o filho do Ilustre Professor serão unidos em amor e harmonia, como duas peças musicais feitas uma para a outra.

Ele, por ter frequentado uma instituição de aprendizado americana, é perfeitamente capaz de sustentar a noiva órfã e não teme a desaprovação dos pais, pois sabe que sua tristeza não será inconsolável. Mando, a pedido dele e da pequena Ah Oi, milhares de felicitações para você e Kai Tzu.

Meus cumprimentos aos seus respeitáveis pais e, para você, todo o amor de sua amiga que muito a estima,

Jade Spring Fragrance"

Para o sr. Spring Fragrance, ela também compôs uma carta:

"GRANDE E RESPEITÁVEL HOMEM,

Saudações de sua flor de ameixa[31], que deseja se esconder da luz de sua presença por mais uma semana. Minha honrada prima está se preparando para o Festival Duanwu[32] e quer que eu prepare para a ocasião um *fudge* americano, cujo sabor delicioso e doce já lhe causou um leve desprezo quando fiz com minhas desajeitadas mãos. Estou tendo uma excelente viagem, e os amigos e amigas americanos, assim como os nossos amigos e amigas chineses, empenham toda a sua boa vontade em me proporcionar bons momentos. A sra. Samuel Smith, uma americana conhecida da minha prima, convidou-me, numa tarde, para uma palestra magníloqua, cujo tema era "América, a Protetora da China!". Foi muito emocionante, e os efeitos de tanta benevolência me levam a implorar a você para esquecer que o barbeiro lhe cobra um dólar, enquanto pede apenas quinze centavos para um americano, e não reclamar mais por seu honrado irmão mais velho, em uma visita a este país, estar detido sob o teto deste grande governo em vez de em seu humilde lar[33]. Console-o dizendo que ele está protegido sob as asas da águia, o símbolo da liberdade. O que é a perda de mil

---

31 A flor de ameixa é a flor da virtude na cultura chinesa. Foi adotada pelos japoneses junto com a flor nacional dos chineses, o crisântemo. [N.A.]

32 O Festival Duanwu (ou Festival do Barco do Dragão) acontece no quinto dia do quinto mês do calendário lunar chinês. Existem várias versões do que realmente ocorre, mas a mais conhecida hoje é que o festival homenageia Qu Yuan (340-278 d.C.), um ministro e poeta chinês conhecido por sua luta contra a corrupção. Após ser exilado da corte do imperador Huai durante o Período dos Estados Combatentes (475-221 d.C.), ele viajou e escreveu diversos poemas; no entanto, depois que a Dinastia Qin conquistou seu estado natal, Chu, ele teria se suicidado no rio Miluo como forma de protesto. [N.T.]

33 A Estação de Imigração da Ilha Angel, na Baía de São Francisco, funcionou de 1910 a 1940 como um centro de detenção de imigrantes. Devido à Lei de Exclusão Chinesa de 1882 e outras leis discriminatórias, muitos imigrantes da China e de outros países asiáticos eram obrigados a permanecer na ilha por um longo período. [N. T.]

anos ou dez mil vezes dez dólares comparada à felicidade em saber que está tão bem protegido? Aprendi tudo isso com a sra. Samuel Smith, que é tão genial e magnânima quanto um dos seus, os do sexo forte.

Para mim, é suficiente saber que o Parque Golden Gate é muito encantador, e que as focas nas pedras da Cliff House são extremamente divertidas e amigáveis. Sob os lampiões, há um banquete e muitos festejos em homenagem à sua esposa.

Comprei para você um cachimbo com a boquilha feita de âmbar. Dizem que é suave nos lábios e emite uma nuvem de fumaça que até os deuses inalariam.

Aguardo, através do maravilhoso sistema dos telégrafos, sua generosa permissão para permanecer aqui, pois desejo celebrar o Festival Duanwu e fazer o *fudge* americano. Permaneço, por dez mil vezes em dez mil anos,

Sua mulher eternamente amorosa e obediente,
JADE"

P.S.: Não se esqueça de cuidar do gato, dos pássaros e das plantas. Não coma rápido demais nem se abane com muita força agora que o tempo está esquentando.

A sra. Spring Fragrance sorriu enquanto dobrava a última epístola. Embora antiquado, não havia um marido mais bondoso e gentil que o dela. Em apenas uma ocasião, o sr. Spring Fragrance não atendera a um pedido seu: no último aniversário de casamento, ela evidenciara seu desejo de um pingente de jade, e ele havia falhado em satisfazer esse desejo.

A sra. Spring Fragrance, contudo, dona de uma natureza feliz e disposta a olhar o lado bom das situações, não quis se deter no pingente de jade. Em vez disso, contemplou os dedos adornados com joias e dobrou, junto da carta para o sr. Spring Fragrance, um belo pedaço de amor condensado.

PARTE III

O sr. Spring Fragrance sentou-se na entrada de sua casa. Ele havia lido duas cartas: uma da sra. Spring Fragrance e outra de um velho primo solteiro em São Francisco. A do velho primo tratava de negócios, mas continha o seguinte pós-escrito:

"Tsen Hing, o filho do mestre que leciona na escola do governo, parece fazer muita companhia à sua jovem esposa. Ele é um rapaz bem-apessoado, então, perdoe-me, primo, mas se as mulheres saírem de baixo do teto dos maridos a seu bel-prazer, o que as impedirá de se tornarem levianas?"

— Sing Foon é um velho cínico — disse de si para si. — Por que eu deveria prestar atenção nele? Aqui é a América, onde um homem pode falar com uma mulher e ela pode ouvi-lo sem malícia.

Ele destruiu a carta do primo e releu a da esposa, refletindo. Fazer *fudge* seria motivo suficiente para uma mulher querer ficar mais uma semana numa cidade em que seu marido não está?

O jovem que morava ao lado saiu para regar o gramado.

— Boa tarde — disse ele. — Alguma notícia da sra. Spring Fragrance?

— Ela está se divertindo muito — respondeu o sr. Spring Fragrance.

— Fico feliz em saber. Creio que o senhor me disse que ela voltaria ao final desta semana.

— Mudei de ideia — informou o sr. Spring Fragrance. — Pedi para que ela ficasse mais uma semana, pois quero organizar uma festa só para homens. Espero ter o prazer de sua companhia.

— Ficarei feliz em ir, sr. Spring Fragrance, mas não convide outros brancos. Se o fizer, não conseguirei um furo; eu sou uma espécie de jornalista honorário do *Gleaner*, sabe?

— Tudo bem — respondeu o sr. Spring Fragrance, distraído.

— E é claro que seu amigo cônsul estará presente. Chamarei esse encontro de "despedida de solteiro chinesa de elite"!

Apesar de melancólico, o sr. Spring Fragrance sorriu.

— Tudo é "de elite" na América — comentou.

— Claro! — o jovem concordou alegremente. — O senhor nunca ouviu dizer que todos os americanos e americanas são príncipes e princesas, e que quando uma pessoa estrangeira chega às nossas costas, também se torna ela parte da nobreza, quero dizer, da família real?

— E meu irmão que está no centro de detenção? — inquiriu, seco.

— Agora o senhor me pegou — falou o jovem, coçando a cabeça. — Bem, é uma pena, ou, como diria um inglês, "uma grande pena". Mas veja, companheiro, nós, os verdadeiros americanos, somos contra isso, até mais do que vocês. Vai contra os nossos princípios.

— Ofereço meu consolo aos verdadeiros americanos por serem forçados a fazer algo que é contra seus princípios.

— Oh, bem, um dia tudo se acertará. Não somos más pessoas, sabe? Pense na indenização que o Tio Sam devolveu ao Dragão[34].

O sr. Spring Fragrance fumou o cachimbo em silêncio por alguns momentos. Não era apenas a política que o incomodava. Por fim, ele falou, lenta e distintamente:

— Neste país, o amor vem antes do casamento, não é?

— Sim, sem dúvida.

O jovem Carman conhecia o sr. Spring Fragrance bem o suficiente para ouvir com calma as dúvidas mais inusitadas.

---

34 Referência ao dinheiro que a China teve que pagar à Aliança das Oito Nações (Áustria-Hungria, França, Império Alemão, Itália, Japão, Rússia, Reino Unido e Estados Unidos) após a Guerra dos Boxers (1899-1901). Os Estados Unidos, então, decidiram usar o dinheiro da indenização para criar bolsas de estudo para estudantes de origem chinesa nos Estados Unidos. [N. T.]

— Suponha que um amigo do seu pai, habitante, diga-mos, da Inglaterra, tenha uma filha e combine com seu pai um casamento entre vocês dois — continuou. — Suponha que você nunca a tenha visto, mas se case com ela sem conhecê-la, e suponha que ela se case com você sem conhecê-lo. Depois de se casar e conhecê-lo, essa mulher vai amá-lo?

— Definitivamente, não — respondeu o jovem.

— Seria assim na América? Uma mulher que se case com um homem nessas circunstâncias não o amará?

— Sim, é assim na América. Amor, neste país, precisa ser sincero, ou não é amor.

— Na China é diferente — refletiu o sr. Spring Fragrance.

— Oh, sim, não duvido que seja diferente na China.

— Mas, mesmo assim, o amor existe no coração.

— Sim, mesmo assim. Todo mundo se apaixona eventual-mente. Alguns — pensou — muitas vezes.

O sr. Spring Fragrance levantou-se.

— Preciso ir ao centro da cidade.

Enquanto andava pela rua, ele se lembrou do comentário de um colega de trabalho que havia conhecido sua esposa e conversado com ela: *Ela é igual a uma mulher americana.*

Ele ficara um tanto lisonjeado com o comentário, con-siderando-o um elogio à esperteza da esposa, mas, ao entrar na empresa de telégrafos, a observação começou a irritá-lo. Se sua esposa estava se tornando uma mulher americana, ela não amaria, como as americanas, no caso, um homem com quem não era casada? Também ecoava em sua cabeça o verso que ela havia citado para a filha dos Chin Yuen. Quando o funcionário lhe entregou um papel em branco, ele escreveu:

"Permaneça o quanto quiser, mas não se esqueça de que 'é melhor ter amado e perdido esse amor do que nem mesmo ter amado'."

Quando a sra. Spring Fragrance recebeu a mensagem, sua risada tiniu como uma cascata. Que inusitado! Que encantador! Eis o sr. Spring Fragrance citando poesia americana num telegrama. Talvez ele estivesse lendo os livros dela de poesia americana desde que ficara só! Ela esperava que sim, pois eles os ajudariam a entender a compaixão que ela sentia por sua querida Laura e Kai Tzu. Ela não precisaria mais esconder aquele segredo. Que maravilha! Tinha sido tão difícil evitar lhe fazer confidências, ainda que muito necessário, pois o sr. Spring Fragrance tinha as mesmas noções antiquadas de casamento que os Chin Yuen. Ainda assim era estranho, pois ele havia se apaixonado por sua foto *antes mesmo* de vê-la pessoalmente, assim como ela havia se apaixonado por ele! E quando o véu matrimonial fora erguido e ambos se contemplaram pela primeira vez, não tinha havido desencanto tampouco diminuição do respeito ou do afeto que os responsáveis pelo casamento incutiram no coração do jovem par.

A sra. Spring Fragrance desejou poder dormir e acordar no fim de semana, quando já estaria em casa servindo chá para o sr. Spring Fragrance.

PARTE IV

O sr. Spring Fragrance caminhava rumo ao trabalho com o sr. Chin Yuen, conversando ao longo do trajeto.

— Sim — disse o sr. Chin Yuen —, a velha ordem está morrendo e a nova ordem está tomando o seu lugar, inclusive entre nós, chineses. Finalmente consenti em desposar minha filha com o jovem Kai Tzu.

O sr. Spring Fragrance se surpreendeu. Achava que o casamento entre a filha de seu vizinho e o filho do professor da escola em São Francisco já estava arranjado.

— Pois estava — respondeu o sr. Chin Yuen. — Mas o jovem rebelde, sem qualquer aviso, entregou seu afeto a uma mulher indigna de confiança e está tão enfeitiçado por ela que se recusa a cumprir a promessa que os pais fizeram a mim.

— Oh! — exclamou o sr. Spring Fragrance. A sombra em seu olhar se intensificou.

— Mas tudo é comandado pelo Céu — disse o sr. Chin Yuen, conformado e afável. — Nossa filha, como esposa de Kai Tzu, por quem há muito tempo nutre um sentimento amoroso, não será mais compelida a residir com uma sogra num lugar onde a própria mãe não está. Por isso estamos gratos, pois ela é nossa única filha e as condições de vida neste país ocidental não são como na China. Ademais, Kai Tzu, embora não seja um intelectual como o filho do professor, tem tino para os negócios, e isso, na América, vale mais do que estudo. O que você acha?

— Hã? O quê? — perguntou o sr. Spring Fragrance. A última parte das considerações do sr. Chin Yuen havia passado despercebida.

Naquele dia, a sombra que vinha seguindo o sr. Spring Fragrance desde que havia ouvido sua esposa dizer "é melhor ter amado..." se tornou tão pesada e profunda que ele se perdeu dentro dela.

Ao final da tarde, já em casa, ele alimentou o gato, o pássaro e as flores. Depois, sentado em uma cadeira preta com entalhes — presente da esposa em seu último aniversário —, pegou o cachimbo e fumou. O gato pulou em seu colo. Ele o afagou de modo suave e terno. A sra. Spring Fragrance o acariciava com frequência, e o sr. Spring Fragrance teve a impressão de que ele sentia falta dela.

— Pobrezinho — disse. — Imagino que a queira de volta. — Ao se levantar para ir para a cama, deixou-o delicadamente no chão, dirigindo-lhe as seguintes palavras: — Ó, Ser Sábio e

Silencioso, sua senhora volta para você, mas deixa o coração com os gatos de São Francisco.

O Ser Sábio e Silencioso não respondeu. Não era um gato ciumento.

O sr. Spring Fragrance não dormiu naquela noite e não comeu na manhã seguinte. Por três dias e três noites, ele não dormiu nem comeu.

No dia em que a sra. Spring Fragrance retornou, havia um frescor primaveril no ar. O céu acima estava tão azul quanto o estuário de Puget, que estendia suas águas cintilantes em direção ao poderoso Pacífico, e todo o belíssimo mundo verde parecia palpitar de vida.

A sra. Spring Fragrance nunca estivera tão radiante.

— Oh! — exclamou, entusiasmada. — Não é encantador ver o sol tão brilhante e tudo tão vívido para me receber?

O sr. Spring Fragrance não respondeu. Era a manhã seguinte à sua quarta noite insone.

Ela percebeu o silêncio e a expressão severa dele.

— Tudo, todo mundo está feliz em me ver, menos você — disse ela, meio séria, meio brincalhona.

O sr. Spring Fragrance colocou a maleta dela no chão. Os dois tinham acabado de entrar na casa.

— Se minha esposa está feliz em me ver — respondeu ele, calmamente —, então estou feliz em vê-la.

Após convocar o criado, o sr. Spring Fragrance pediu para que ele cuidasse do conforto da sra. Spring Fragrance.

— Preciso estar na loja daqui a meia hora — falou, olhando para o relógio. — Há um assunto importante que requer minha atenção.

— Qual é o assunto? — inquiriu a sra. Spring Fragrance, os lábios tremendo de frustração.

— Por ora, não posso explicá-lo para você — respondeu o sr. Spring Fragrance.

Ela olhou para o rosto do marido com uma expressão sincera e zelosa. Havia algo nos trejeitos e no tom de voz dele que a sensibilizou.

— Yen — disse ela —, você não parece estar bem. Você não está bem. O que aconteceu?

Algo subiu pela garganta do sr. Spring Fragrance, impedindo-o de responder.

— Oh, querida! — uma garota bradou alegremente. Laura Chin Yuen entrou correndo na sala e jogou os braços ao redor do pescoço da sra. Spring Fragrance. — Eu a vi pela janela e não poderia descansar até lhe contar. Kai Tzu e eu nos casaremos na semana que vem. E foi tudo por sua causa, tudo por sua causa, a joia de jade mais preciosa do mundo!

O sr. Spring Fragrance saiu do cômodo.

— O filho do professor e a srta. Amorzinho já estão casados — Laura continuou, libertando a sra. Spring Fragrance de seu manto, chapéu e leque. O sr. Spring Fragrance parou à porta.

— Sente-se, irmãzinha, e eu contarei tudo — falou a sra. Spring Fragrance, esquecendo-se do marido por um momento.

Depois que Laura Chin Yuen já havia ido embora, o sr. Spring Fragrance entrou, tirando o chapéu e pendurando-o.

— Você voltou cedo — disse a sra. Spring Fragrance, limpando de maneira discreta as lágrimas que haviam começado a cair assim que ela imaginara estar sozinha.

— Eu não fui — respondeu ele. — Estive ouvindo sua conversa com Laura.

— Mas, se o assunto é muito importante, não acha que deveria ir? — questionou ela, ansiosa.

— Agora não me importa mais. Preferiria ouvir de novo sobre Ah Oi e Man You, e Laura e Kai Tzu.

— Que gentil da sua parte dizer isso! — exclamou a sra. Spring Fragrance, que se alegrava com facilidade. E, assim, ela começou a conversar com ele da forma mais amigável e apropriada possível para uma esposa. Quando terminou, perguntou a ele se não estava feliz por aqueles que se amavam, assim como pelos jovens cujos segredos ela havia guardado e que ficariam juntos. Ele respondeu que sim e que gostaria de que todos os homens fossem felizes com as esposas assim como ele sempre fora e sempre seria com ela.

— Você não falava assim — disse a sra. Spring Fragrance, astuta. — Deve estar lendo meus livros de poesia americana!

— Poesia americana! — exclamou ele com um tom quase feroz. — A poesia americana é detestável, *abominável*!

— Por quê? Por quê? — interrogou ela, cada vez mais surpresa.

A única explicação concedida pelo sr. Spring Fragrance, porém, foi um pingente de jade.

DEPOIS

EDITH WHARTON, 1910

Eles só queriam a casa se fosse assombrada, mas após o desaparecimento do marido, Mary Boyne entra numa sombria jornada para encontrá-lo.

PARTE I

—Ah, *existe* um, mas você nunca o saberá.

A afirmação, feita de modo jocoso seis meses antes em um jardim ensolarado, em junho, voltou à mente de Mary Boyne com uma percepção clara de seu sentido latente enquanto ela estava ali, ao anoitecer de dezembro, esperando que as luminárias fossem levadas para a biblioteca.

As palavras tinham sido ditas por sua amiga Alida Stair, quando eles se sentaram para beber chá no jardim da casa dela em Pangbourne, em referência à própria casa da qual a biblioteca em questão era o centro, a principal "atração". Mary Boyne e seu marido, em busca de uma casa de campo em um dos condados do sul ou do sudoeste, tinham, logo após sua chegada à Inglaterra, levado seu problema diretamente a Alida Stair, que o havia resolvido com sucesso à sua maneira; mas apenas quando eles rejeitaram, quase de modo impulsivo, diversas sugestões práticas e ponderadas, ela disse:

— Bem, há Lyng, em Dorsetshire. Pertence aos primos de Hugo, e o preço é baixo.

Os motivos que ela deu para explicar o preço — a distância da casa até uma estação de trem, a ausência de energia elétrica e de água quente, e outros problemas simples — eram exatamente aqueles desejados pelos dois americanos românticos em busca dos baixos valores relacionados, em sua tradição, a bênçãos arquitetônicas incomuns.

— Eu nunca acreditaria estar vivendo em uma casa antiga a menos que estivesse totalmente desconfortável — Ned Boyne, o mais extravagante dos dois, havia insistido em tom de brincadeira. — O menor sinal de "conveniência" me faria pensar que ela tinha sido uma obra de exposição, com peças numeradas, e montada de novo.

Como eles tinham enumerado, com precisão bem-humorada, suas diversas suspeitas e pretensões, negaram-se a acreditar que a casa que a prima recomendara era *mesmo* em estilo Tudor, até saberem que não tinha sistema de aquecimento, ou que a igreja do vilarejo ficava literalmente no terreno da casa, até ela lhes dar garantia a respeito da lamentável incerteza do fornecimento de água.

— É desconfortável demais para ser verdade! — Edward Boyne continuou a exultar enquanto a confissão sobre cada desvantagem era tirada de Alida, uma atrás da outra; mas interrompeu a exaltação para perguntar, com uma repentina recaída à desconfiança: — E o fantasma? Você tem escondido de nós o fato de que não existe fantasma!

Mary, naquele momento, estava rindo com o marido, mas quase ao mesmo tempo, tomada por variados cenários de percepções independentes, notou o tom desanimado na hilária resposta de Alida:

— Ah, Dorsetshire é repleta de fantasmas, você sabe.

— Sim, sim; mas isso não basta. Não quero ter que dirigir dez quilômetros para ver um fantasma. Quero ter o meu próprio fantasma aqui. *Há* um fantasma em Lyng?

Sua réplica havia feito Alida rir de novo, e foi então que ela respondeu de maneira provocativa:

— Ah, existe um, claro, mas não dá para saber.

— Não dá para saber que é um fantasma? — Boyne retrucou. — Mas para que serve um fantasma que não pode ser visto como tal?

— Não sei. Mas é essa a história.

— De que ele existe, mas que ninguém sabe que é?

— Bem, só depois, de qualquer modo.

— Só depois?

— Só muito, muito depois.

— Mas se já foi identificado como um visitante sobrenatural, por que seu indício não foi apontado pela família? Como conseguiu se manter incógnito?

Alida só conseguiu balançar a cabeça.

— Não me pergunte. Mas conseguiu.

— E então, de repente... — Mary falou como se mergulhada em uma grande força de adivinhação. — De repente, muito tempo depois, alguém diz a si mesmo: *Só isso?*

Ela se sentiu estranhamente assustada pelo som sepulcral com o qual sua pergunta interrompeu a conversa dos outros dois, e viu a sombra da mesma surpresa tomar as pupilas claras de Alida.

— Acredito que sim. É preciso esperar.

— Oh, esperar! — Ned interrompeu. — A vida é curta demais para um fantasma que só pode ser abordado em retrospectiva. Podemos fazer melhor do que isso, Mary?

Mas naquele momento eles não estavam destinados a isso, e três meses depois da conversa com a sra. Stair, foram acomodados em Lyng, tendo finalmente começado a levar a vida que desejaram – a ponto de planejá-la em seus detalhes cotidianos.

Nos fins de tarde de dezembro, tinham que ficar ao lado de uma lareira protegida por vigas de carvalho-preto, com a sensação de que as fagulhas escureciam as janelas e os envolviam em uma solidão mais profunda. Foi pela indulgência nessas sensações que Mary Boyne havia aguentado por quase catorze anos a alma sufocante do Meio-Oeste, e que Boyne havia se mantido firme como engenheiro. Até que, de modo tão repentino que ainda a surpreendia, a prodigiosa sorte inesperada da Blue Star Mine os havia colocado em posse da vida e do prazer de todas essas sensações. Nunca, nem por um momento, eles desejaram viver no ócio, mas pretendiam se dedicar apenas a atividades harmoniosas. Ela imaginava a pintura e a jardinagem (contra um fundo de paredes cinza), ele sonhava com a produção de seu livro, há muito planejado, sobre "Base Econômica de Cultura"; e com tal trabalho absorvendo-os, nenhuma existência poderia ser isolada demais. Eles não se afastariam tanto do mundo nem mergulhariam muito fundo no passado.

Dorsetshire os havia atraído desde o começo por parecer ser muito distante, além da localização geográfica. Aos Boyne, era uma das maiores maravilhas de toda a ilha incrivelmente comprimida – um ninho de condados, como eles diziam – que, para a produção de seus efeitos, pouco de tal qualidade fizesse tanto: que tão poucos quilômetros fossem tão longe, e que uma distância tão curta fizesse tamanha diferença.

– É isso – Ned havia explicado com entusiasmo, certa vez –, que dá tamanha profundeza a seus efeitos, tamanho alívio aos menores contrastes. Eles conseguiram fazer muito com cada pedacinho.

Muito havia sido feito em Lyng, com certeza: a velha casa cinza, escondida numa depressão na encosta, tinha quase todas as marcas mais evidentes de um passado preservado. O simples fato de não ser grande nem excepcional fazia, aos Boyne, com que ela florescesse muito mais em seu sentido especial – o sentido de ter sido, por séculos, um reservatório profundo e opaco da vida. E a vida provavelmente não tinha sido a de mais vívida ordem: por períodos mais longos, sem dúvida, caíra tão silenciosa no passado como caía a garoa calada do outono, hora após hora, no lago verde de peixes entre os teixos. Mas essas águas afastadas da existência às vezes criavam, em suas profundezas lentas, acuidades estranhas de emoção, e Mary Boyne sentira desde o começo, ocasionalmente, um roçar de uma lembrança mais intensa.

A sensação nunca fora mais forte do que quando, naquela tarde de dezembro, esperando pelas luminárias na biblioteca, ela se levantou e ficou entre as sombras que a lareira projetava no chão. Seu marido saíra, depois do almoço, para uma de suas longas caminhadas pelas colinas. Ela andava notando, recentemente, que Ned preferia ir desacompanhado nessas ocasiões; e, pela segurança que havia adquirido em sua convivência, foi levada a concluir que o livro o estava incomodando, e que ele precisava das tardes para repassar, sozinho, os problemas restantes do trabalho da manhã. Com certeza, a escrita do livro não estava andando tão tranquilamente como ela havia imaginado, e as linhas de perplexidade entre os olhos do marido nunca estiveram ali em seus dias de trabalho como engenheiro. Naquele período, ele parecia sempre a ponto de adoecer, mas o demônio da *preocupação* nunca havia marcado sua expressão. No entanto, as poucas páginas que lera para ela até então – a introdução e uma sinopse do capítulo inicial – davam sinais de uma confiança profunda de sua competência e de que ele sabia muito sobre o assunto.

O fato a lançou a uma perplexidade maior, já que, agora que ele havia se afastado do "trabalho" e de seus imprevistos perturbadores, o outro possível elemento de angústia estava eliminado. E se fosse a saúde dele? Mas Ned havia ganhado fisicamente desde que chegaram a Dorsetshire, e se tornado mais forte, mais corado e mais atento. Em menos de uma semana, Mary Boyne sentiu no marido a mudança indefinível que a deixava inquieta quando ele não estava, e tão atrapalhada quando ele estava como se fosse *ela* quem tivesse um segredo para esconder dele!

Pensar que *havia* um segredo em algum lugar entre eles a atingiu com uma onda de surpresa, e ela percorreu o olhar pela sala escura e comprida ao seu redor.

— Pode ser a casa? — perguntou ela.

A sala em si poderia estar cheia de segredos. E eles pareciam estar se empilhando conforme a noite caía, como as camadas e mais camadas de sombra suave projetadas do teto baixo, as paredes escurecidas pelos livros, a moldura da lareira encoberta pela fumaça.

— Sim, claro... a casa é assombrada! — ela refletiu.

O fantasma — o fantasma imperceptível de Alida — depois de muito figurar nas brincadeiras nos dois primeiros meses em Lyng, tinha sido, aos poucos, descartado como ineficiente demais para uso da imaginação. Mary havia, de fato, ao se tornar a moradora de uma casa assombrada, feito as perguntas habituais aos seus poucos vizinhos do campo, mas, tirando um vago "É o que dizem, senhora", os moradores não tinham nada a compartilhar. O espectro ilusório aparentemente nunca teve identidade suficiente para que uma lenda se cristalizasse, e depois de um tempo, os Boyne riram e deixaram o assunto de lado, entre os benefícios e desvantagens, chegando à conclusão de que Lyng era uma das poucas casas boas o suficiente para ser dispensada devido a seus fatos sobrenaturais.

— E eu acredito que o pobre e ineficaz demônio bate suas belas asas em vão no vácuo — Mary concluiu com uma risada.

— Ou então — Ned respondeu, da mesma forma — porque, entre tantas coisas fantasmagóricas, ele nunca pode determinar sua existência como algo diferente de *o fantasma*. — E a partir de então, o invisível morador da casa logo desapareceu das conversas, que eram muitas e não deixaram espaço para que notassem sua ausência.

Agora, enquanto Mary permanecia perto da lareira, o alvo de sua curiosidade anterior voltou-lhe mais forte, com um novo sentido — um sentido gradualmente conquistado por meio do contato diário com a cena do mistério que se desdobrava. Era a casa em si, claro, que tinha aquela faculdade de aparição de fantasma, que comungava visual, mas secretamente com seu próprio passado. E se alguém conseguisse entrar em contato próximo o suficiente com a casa, poderia surpreender seu segredo e conseguir ver o fantasma com os próprios olhos. Talvez, em suas muitas horas solitárias naquela mesma sala, onde ela nunca entrava antes da tarde, seu marido *tivesse* já conseguido, e agora estaria silenciosamente carregando o peso assustador do que lhe havia sido revelado. Mary era muito bem-versada nas leis do mundo espectral para não saber que uma pessoa não podia falar sobre os fantasmas que via: fazer isso era quase uma falha tão grande de bons modos quanto perguntar a idade de uma mulher. Mas essa explicação não a satisfazia de fato.

Por que, afinal, além da diversão do frisson, ela refletiu, *ele se importaria com um antigo fantasma?* E a partir daí, foi lançada de volta mais uma vez ao dilema básico: o fato de uma pessoa ter mais ou menos susceptibilidade a influências espectrais não tinha importância especial no caso, uma vez que, quando alguém *de fato via* um fantasma em Lyng, esse alguém não o sabia.

— Só muito depois — Alida Stair dissera.

Bem, mas e se Ned *tivesse* visto um assim que chegaram, e tivesse tomado conhecimento, há menos de uma semana, do que tinha acontecido com ele? Cada vez mais sob o feitiço da hora, ela voltou a pensar nos primeiros dias na casa, mas a princípio apenas se lembrou de uma alegre confusão de malas abertas, organização, disposição de livros, e um chamando o outro de pontos distantes conforme um tesouro atrás do outro se revelava a eles. Foi nessa conexão em especial que ela relembrou uma tarde tranquila no outubro anterior, quando, ao passar de uma rápida primeira exploração a uma inspeção detalhada da casa antiga, havia pressionado (como a heroína de um romance) um painel que se abriu ao seu toque, em um lance estreito de escada que levava a um desnível discreto no interior do telhado — o telhado que, de baixo, parecia se estender por todos os lados abruptamente demais para que um pé qualquer, que não fosse treinado, escalasse.

A vista daquele canto escondido era encantadora, e ela havia saído em disparada para tirar Ned de seus documentos e presenteá-lo com o deleite de sua descoberta. Mary lembrou ainda como, de pé no canto estreito, ele a havia envolvido com seu braço enquanto os dois olhavam para a longa linha do horizonte, e então, descido satisfeito para acompanhar o arabesco dos arbustos ao redor do tanque de peixes e a sombra do cedro no gramado.

— E agora, o outro lado — dissera ele, delicadamente virando-a dentro de seu abraço; e firmemente pressionada contra ele, ela havia admirado, com um demorado e satisfatório suspiro, a imagem do espaço de paredes cinza, os leões pousados nos portões e a alameda que chegava à estrada além das colinas.

Foi naquele momento, enquanto o casal abraçado contemplava o espaço, que ela sentiu o braço de Ned relaxar, e ouviu um forte "Olá!" que fez com que se virasse para ele.

Nitidamente, sim, ela agora se lembrava do que vira, ao perceber uma sombra de ansiedade, de perplexidade até, tomar o rosto do marido; e, em seguida, ver a figura de um homem – um homem com roupas largas e acinzentadas, como lhe pareciam ser, que seguia pela alameda até o pátio no andar instável de um estranho procurando seu caminho. Os olhos míopes de Mary lhe deram uma impressão turva de magreza e palidez e algo desconhecido, ou pelo menos incomum à região, no contorno do corpo ou na roupa; mas seu marido aparentemente tinha visto mais – tinha visto o suficiente para fazê-lo passar por ela exclamando um repentino "Espere!", e descer correndo as escadas em caracol sem sequer dar-lhe a mão para ajudá-la a descer.

Uma leve tendência à tontura a obrigou, depois de apoiar-se rapidamente na chaminé contra a qual estavam há pouco recostados, a acompanhá-lo na descida com mais cuidado. Quando chegou do sótão, parou de novo por um motivo menos claro, recostando-se no batente de carvalho para estreitar os olhos em meio ao silêncio das profundezas amarronzadas e iluminadas pelo sol, logo abaixo. Permaneceu ali até, em algum lugar daquelas profundezas, ouvir uma porta se fechando; e então, mecanicamente impelida, ela desceu os lances de escada até chegar ao cômodo mais abaixo.

A porta da frente estava aberta ao sol fraco do pátio, e a entrada e o pátio estavam vazios. A porta da biblioteca também estava aberta, e depois de prestar atenção, em vão, tentando ouvir o som de vozes do lado de dentro, ela rapidamente atravessou o limiar e viu seu marido sozinho, manuseando os papéis sobre a mesa de maneira vaga.

Ned olhou para a frente, como se surpreso com a entrada repentina dela, mas a sombra de ansiedade havia sumido de seu rosto, deixando-o até um pouco mais iluminado e claro do que o normal.

– O que foi isso? Quem era? – perguntou ela.

– Quem? – repetiu ele, ainda com a surpresa como sua aliada.

— O homem que vimos caminhar em direção a casa.

Ele pareceu refletir.

— O homem? Bem, pensei ter visto Peters; parti atrás dele para falar sobre o encanamento, mas ele desapareceu antes que eu pudesse descer.

— Desapareceu? Mas como, se ele parecia caminhar tão lentamente quando o vimos!

Boyne deu de ombros.

— Pensei que fosse, mas ele deve ter desaparecido nesse intervalo. O que acha de tentarmos subir a ladeira Meldon antes do pôr do sol?

E isso foi tudo. Na ocasião, o ocorrido fora menos do que nada — e, de fato, acabou ofuscado pela magia de sua primeira vista da ladeira Meldon, uma altura que o casal havia sonhado em subir desde que viram seu contorno em movimento de cima do telhado baixo de Lyng. Sem dúvida, era o simples fato de o outro incidente ter acontecido no mesmo dia de sua escalada a Meldon que o havia deixado reservado na parte inconsciente da associação da qual agora surgia, pois não tinha a marca do extraordinário. No momento, não poderia ter acontecido nada mais natural do que Ned se lançando do telhado em busca de comerciantes lentos. Era a época em que eles estavam sempre à procura de um ou outro especialista empregado no local; sempre à espera deles, e atacando-os com perguntas, reprimendas ou lembretes. E, à distância, certamente a figura cinza parecia Peters.

Ainda assim, agora, enquanto ela repassava a rápida cena, sentiu a explicação do marido a respeito daquilo ser invalidada pelo olhar de ansiedade que ele exibia. Por que a aparição familiar de Peters o deixaria ansioso? Por que, acima de tudo, se era tão importante dar com isso autoridade sobre o assunto, não o encontrar lhe havia proporcionado uma expressão de alívio? Mary não podia afirmar que alguma dessas considerações lhe havia ocorrido na época, mas, pela rapidez com que agora a surpreendiam, ela teve a sensação repentina de que deviam estar ali desde sempre, esperando seu momento.

PARTE II

Assustada com seus pensamentos, Mary caminhou em direção à janela. A biblioteca estava agora totalmente escura, e ela ficou surpresa ao ver quanta luz ainda havia no mundo lá fora.

Enquanto observava o outro lado do pátio, uma figura apareceu na perspectiva afunilada de linhas claras: parecia uma simples mancha cinza mais escura em cima do cinza, e por um instante, quando se moveu em direção a ela, seu coração disparou no mesmo tempo em que ela pensou: *É o fantasma!*

Ela teve tempo, naquele longo instante, para de repente sentir que o homem de quem, dois meses antes, teve uma breve visão distante do telhado estava agora, em sua hora determinada, prestes a se revelar como *não sendo* Peters — e seu espírito foi tomado pelo medo do resultado. Mas quase com o próximo tique do relógio, a figura ambígua, ganhando força e forma, mostrou-se até mesmo para sua visão enfraquecida como a de seu marido; e então se virou para olhar para ele, quando este finalmente entrou, confessando sua tolice.

— É mesmo muito absurdo — ela riu da porta —, mas eu nunca *consigo* me lembrar!

— Lembrar-se do quê? — Boyne perguntou quando eles se aproximaram.

— De que quando uma pessoa vê o fantasma de Lyng, nunca o sabe.

Sua mão estava segurando a manga dele, e ele a manteve ali, mas sem qualquer resposta em seu gesto ou nas linhas de expressão de seu rosto preocupado.

— Você pensou que o tinha visto? — perguntou ele depois de pensar um pouco.

— Bem, eu pensei que fosse você, meu caro, em minha louca determinação de vê-lo!

— Eu... agora? — Ele abaixou o braço, e se virou de costas para ela com uma risada ecoando baixo. — Olha, querida, é melhor você desistir, se é o melhor que consegue.

— Sim, eu desisto... eu desisto. E você? — perguntou ela, virando-se para ele abruptamente.

A empregada havia chegado com cartas e uma lamparina, e a luz tomou o rosto de Boyne quando ele se inclinou para a bandeja que ela mostrou.

— E *você*? — Mary insistiu de modo perverso, logo que a empregada desapareceu após finalizar sua tarefa de iluminar.

— Eu o quê? — Ned voltou à conversa de modo distraído, a luz iluminando a marca de preocupação entre suas sobrancelhas enquanto ele revirava as cartas.

— Desistiu de tentar ver o fantasma? — Seu coração se acelerou um pouco diante do que estava tentando fazer.

O marido, deixando as correspondências de lado, posicionou-se na sombra.

— Não tentei — disse, rasgando a embalagem de um jornal.

— Bem, claro — Mary insistiu —, o mais irritante é que não há motivo para tentar, já que ninguém tem certeza senão depois de muito tempo.

Ele estava desdobrando o jornal como se mal a tivesse escutado; mas depois de uma pausa, durante a qual as folhas farfalharam um espasmo entre suas mãos, ele levantou a cabeça e disse abruptamente:

— Você tem ideia de *quanto tempo*?

Mary havia se sentado em uma cadeira baixa ao lado da lareira. De onde estava, olhou para a frente, sobressaltada, para o perfil do marido, que se projetava sombrio contra a luz da lamparina.

— Não, não mesmo. E *você*? — perguntou ela, repetindo a frase dita antes com uma ênfase proposital.

Boyne amassou o jornal numa bola, e de repente se virou com ele em direção à lamparina.

— Meu Deus, não! Eu só quis dizer... — explicou ele, com um leve toque de impaciência — existe alguma lenda, tradição, coisa assim?

— Não que eu saiba — respondeu ela; e o ímpeto de retrucar "Por que pergunta?" foi diminuído pelo ressurgimento da empregada, que chegava com chá e uma segunda lamparina.

Com a dispersão das sombras e a repetição do cotidiano doméstico, Mary Boyne se sentiu menos oprimida por aquela sensação de algo silencioso e iminente que ensombrecera sua tarde solitária. Por alguns momentos, ela se dedicou em silêncio aos detalhes de sua tarefa, mas quando olhou para a frente, ficou assustada com a mudança no semblante do marido. Ele havia se sentado perto da lamparina mais distante, e estava focado no exame de suas correspondências; mas era algo que ele tinha encontrado nelas ou apenas a mudança do ponto de vista dela que havia devolvido a seus traços o aspecto normal? Quanto mais ela olhava, mais claramente a mudança se dava. As marcas de dolorosa tensão tinham desaparecido, e os traços de fadiga que permaneciam eram aqueles facilmente atribuídos ao esforço mental constante. Ele olhou para a frente, como se atraído pelo olhar dela, e encontrou seus olhos com um sorriso.

— Estou louco para beber meu chá, sabe? E tem uma carta para você — disse ele.

Ela pegou a carta que ele estendia em troca da xícara que ela lhe oferecia, e, voltando a seu assento, rasgou o selo com o gesto lânguido da leitora cujos interesses estão todos voltados à agradável presença do texto.

Seu próximo movimento voluntário foi se levantar, a carta caindo no chão, enquanto ela entregava ao marido uma matéria do jornal.

— Ned! O que é isso? O que significa?

Ele se levantara no mesmo instante, quase como se ouvindo o grito dela antes de ser dado; e por um perceptível momento, Ned e Mary analisaram um ao outro, como adversários procurando uma vantagem, no espaço entre a cadeira dela e a mesa dele.

— O que é o quê? Você me assustou! — Boyne disse, caminhando em direção a ela com uma risada repentina e meio exasperada. A sombra de apreensão tomava seu rosto de novo, agora não um olhar de uma previsão firme, mas uma vigilância inconstante de lábios e olhos que davam à mulher a sensação de que ele se sentia invisivelmente cercado.

A mão dela tremia tanto que mal conseguiu entregar a ele a matéria do jornal.

— Esse artigo... do *Waukesha Sentinel*... que um homem chamado Elwell processou você... que havia algo errado com a Mina Blue Star. Não consigo entender metade dele.

Eles continuaram a se encarar enquanto ela falava, e para sua surpresa, ela viu que suas palavras tinham o efeito quase imediato de dissipar a firmeza do olhar dele.

— Ah, *isso!* — Ele olhou para o papel impresso, e então o dobrou com o gesto de alguém que manuseia algo inofensivo e familiar. — O que há com você hoje, Mary? Pensei que fosse me dar más notícias.

Ela permaneceu na frente de Ned enquanto seu pavor desaparecia lentamente sob a posição firme dele.

— Então, você sabia sobre isso... está tudo bem?

— Claro que eu sabia sobre isso; e está tudo bem.

— Mas o que é isso? Não compreendo. Do que esse homem o acusa?

— Ah, praticamente de todos os crimes possíveis. — Boyne havia largado o papel e se sentado de modo confortável em uma poltrona perto da lareira. — Quer saber a história? Não tem nada de interessante... é só uma história sobre lucros da Blue Star.

— Mas quem é esse Elwell? Não conheço o nome.

— Ah, ele é um rapaz que eu coloquei lá... a quem dei uma ajuda. Eu contei a você sobre ele na época.

— Pode ser. Eu devo ter me esquecido. — Em vão, ela buscou em suas lembranças. — Mas se você o ajudou, por que ele retribui dessa forma?

— Ah, provavelmente algum advogado mal-intencionado o encontrou e o convenceu. É tudo muito técnico e complicado. Pensei que esse tipo de coisa a entediasse.

Sua esposa sentiu um pouco de remorso. Teoricamente, ela menosprezava o desinteresse da esposa americana em relação aos assuntos profissionais do marido, mas na prática, sempre achou difícil fixar a atenção no relato de Boyne sobre as transações nas quais seus diversos interesses o envolviam. Além disso, sentiu desde o começo que, em uma comunidade na qual as amenidades da vida poderiam ser obtidas apenas à custa de esforços árduos como as atividades profissionais de seu marido, o pouco de lazer como o que eles podiam ter deveria ser usado como uma fuga de preocupações imediatas, uma fuga para a vida com a qual eles sempre sonharam em viver. Uma ou duas vezes, agora que essa nova vida tinha atraído seu círculo mágico ao redor deles, ela se perguntou se havia feito a coisa certa; mas até ali, tais conjecturas não haviam passado de excursões retrospectivas de uma mente ativa. Agora, pela primeira vez, Mary Boyne se surpreendia ao saber que sabia muito pouco a respeito da base real sobre a qual se construíra sua felicidade.

Ela olhou de novo para o marido, e foi reconfortada pela firmeza de seu rosto — mas sentia a necessidade de bases mais definidas para sua certeza.

— Mas esse processo não o preocupa? Por que você nunca conversou comigo sobre isso?

Ele respondeu às duas perguntas de uma vez:

— Não falei disso a princípio porque me preocupou — me incomodou, na verdade. Mas é tudo passado agora. Seu correspondente deve ter uma edição mais antiga do *Sentinel*.

Ela sentiu uma pontada de alívio.

— Você está dizendo que terminou? Ele perdeu o processo?

Houve um atraso perceptível na resposta de Boyne.

— O processo foi só retirado, só isso.

Mas ela persistiu, como se para se exonerar da carga interna de se irritar muito facilmente.

— Retirado porque ele viu que não tinha chance?

— Ah, ele não tinha nenhuma chance — respondeu Boyne.

Ela ainda estava lutando contra uma leve perplexidade tomando seus pensamentos.

— Há quanto tempo foi retirado?

Ele fez uma pausa, como se a antiga incerteza voltasse.

— Eu só soube agora, mas estou esperando há um tempo.

— Agora... em uma de suas cartas?

— Sim, em uma das minhas cartas.

Mary não respondeu, e somente percebeu, depois de um breve intervalo de espera, que ele havia se levantado, atravessado a sala e se acomodado no sofá ao lado dela. Ela o sentiu assim que ele passou um braço ao redor de seu corpo, sentiu que ele procurou sua mão e a segurou, e virando-se lentamente, atraída pelo calor de seu rosto, viu seus olhos sorridentes.

— Está tudo bem... está tudo bem? — perguntou ela em meio a suas dúvidas que se dissolviam.

— Dou minha palavra, nunca esteve tão bem! — Ele riu para ela, abraçando-a.

PARTE III

Uma das coisas mais estranhas de que Mary Boyne se lembraria no dia seguinte era a repentina e completa descoberta de sua sensação de segurança.

Estava no ar quando ela acordou no quarto de teto baixo, escurecido; a acompanhou até o andar de baixo, na mesa do café da manhã; mostrou-se para ela no fogo; e reduplicou-se com força nos cantos do baú e nas fortes caneluras do bule georgiano. Era como se, de forma indireta, suas apreensões difusas do dia anterior, com seu momento de concentração a respeito da matéria do jornal — como se esse leve questionamento do futuro, e um retorno abalado ao passado —, tivesse entre eles liquidado as contas pendentes de uma obrigação moral assombrosa. Se ela de fato tivesse sido descuidada com os assuntos do marido, era, seu novo estado parecia provar, porque sua fé nele instintivamente justificava tamanho descuido; e o direito dele à fé dela havia se provado diante da ameaça e da suspeita. Ela nunca o vira mais despreocupado, mais natural e inconscientemente dono de si do que após a análise à qual ela o havia sujeitado: era quase como se ele tivesse consciência das dúvidas que a tomavam e quisesse apaziguar as coisas tanto quanto ela.

Estava claro, graças aos céus! Assim como a luz forte que a surpreendeu quase com um toque de verão quando ela saiu da casa para sua visita diária ao jardim. Ela havia deixado Boyne à sua mesa, permitindo a si mesma, ao passar pela porta da biblioteca, olhar para seu rosto calado uma última vez. Ele estava curvado, cachimbo na boca, lendo seus documentos, e agora ela tinha a tarefa da manhã para realizar.

Tal tarefa envolvia, em dias tão charmosos de inverno, passear em diferentes pontos de sua propriedade, o que era quase tão agradável quanto se a primavera estivesse dando seus sinais nos arbustos e nas bordas do jardim. Ainda havia tantas possibilidades à frente dela, oportunidades para trazer à tona as graças latentes daquele local antigo, sem um único toque irreverente de alteração, que os meses de inverno eram todos curtos demais para planejar o que a primavera e o outono realizavam. E seu senso recuperado de segurança dava, naquela manhã em especial, um ânimo peculiar a seu passeio pelo local doce e tranquilo. Ela foi primeiro à horta, onde a sequência de pereiras desenhava complexos padrões nas paredes e pombos sobrevoavam e pousavam no telhado prateado da casa. Havia algum problema no encanamento da estufa, e ela estava esperando um especialista de Dorchester que viria para fazer um diagnóstico da caldeira. Mas quando sentiu o calor úmido das estufas, entre os aromas apimentados e flores exóticas antigas cor-de-rosa e vermelhas — até mesmo a flora de Lyng estava na nota! — percebeu que o grande homem não tinha chegado, e como o dia era raro demais para ser desperdiçado em uma atmosfera artificial, ela saiu de novo e caminhou devagar pela relva macia dos jardins verdes atrás da casa. No ponto mais afastado, o mato era mais alto do que o lago dos peixes e teixos, e tinha-se uma vista da casa de fachada comprida, com suas chaminés tortas e as sombras azuis dos ângulos de seu telhado, todas banhadas pela umidade dourada do ar.

Vista assim, por entre o mato, sob a luz suave que se espalhava, lançou a ela, das janelas abertas e chaminés em funcionamento, hospitaleiras, a visão de uma presença humana acolhedora, de uma mente amadurecida lentamente em uma parede ensolarada de experiência. Ela nunca antes tivera um senso de intimidade tão forte com a casa, uma certeza de que seus segredos eram todos benevolentes, mantidos, como diziam às crianças, "para seu bem", uma confiança tão completa em seu poder de reunir sua vida e a de Ned em um padrão harmonioso da longa história que ela tecia enquanto estava ali, sentada ao sol.

Mary ouviu passos atrás de si e virou-se, esperando ver o jardineiro, acompanhado pelo engenheiro de Dorchester. Mas havia apenas uma figura: a de um homem jovem e um pouco forte, que, por motivos que ela não poderia especificar de imediato, não lembrava nem um pouco sua ideia pré-concebida de um especialista em caldeiras de estufas. O recém-chegado, ao vê-la, ergueu o chapéu e estacou, com o ar de um cavalheiro — talvez um viajante — querendo mostrar imediatamente que sua intrusão era involuntária. A fama regional de Lyng às vezes atraía os mais inteligentes visitantes, e Mary quase esperava ver o desconhecido esconder uma câmera ou justificar sua presença mostrando-a. Mas ele não fez qualquer gesto desses e, depois de um momento, ela perguntou, num tom equivalente à desaprovação daquela ausência de atitude:

— O senhor quer falar com alguém?

— Vim ver o sr. Boyne — respondeu ele. Sua entonação, e não seu sotaque, era levemente americano, e Mary, ao notar a familiaridade, olhou para ele com mais atenção. A aba de seu leve chapéu de feltro lançava uma sombra em seu rosto, que assim escondido revelava, ao olhar dela, uma seriedade, como a de uma pessoa que chegava "para tratar de negócios" e cívica, mas firmemente consciente de seus direitos.

A experiência do passado havia tornado Mary igualmente sensata em relação a tais pedidos; mas ela sentia inveja do fato de o marido acordar cedo, e duvidava de que ele tinha dado a alguém o direito de atrapalhar sua manhã.

— Tem uma reunião marcada com o sr. Boyne? — perguntou ela.

Ele hesitou, como se não estivesse preparado para a pergunta.

— Não exatamente uma reunião — respondeu.

— Bem, receio então que, como ele está trabalhando, não possa receber o senhor agora. Pode deixar uma mensagem ou voltar depois?

O visitante, de novo erguendo o chapéu, brevemente respondeu que voltaria depois e se afastou, como se para retomar a frente da casa. Enquanto ele seguia descendo entre os teixos, Mary o viu parar e olhar para cima, um instante, para a fachada calma da casa, banhada pela luz fraca do sol de inverno. Ela então se deu conta, com um toque tardio de remorso, que teria sido mais humano perguntar se ele tinha vindo de longe, e oferecer-se, nesse caso, para perguntar ao marido se poderia recebê-lo. Mas quando esse pensamento lhe ocorreu, ele sumiu de vista atrás de um arbusto triangular, e no mesmo momento a atenção dela foi distraída pela aproximação do jardineiro, acompanhado por um homem de barba, grisalho — o homem da caldeira de Dorchester.

O encontro com essa autoridade levou a tantas questões que ele acabou julgando conveniente ignorar o horário de seu trem, e persuadiu Mary a passar o resto da manhã confabulando distraída entre as estufas. Ela se surpreendeu ao saber, quando o colóquio terminou, que já era quase hora do almoço, e esperou, ao correr de volta para a casa, ver o marido saindo para encontrá-la. Mas ela não viu ninguém no quintal, apenas um jardineiro rastelando as pedras, e o corredor estava tão silencioso que ela imaginou que Boyne ainda estivesse na biblioteca.

Desejando não o perturbar, Mary dirigiu-se para a sala de estar e, ali, à sua escrivaninha, perdeu-se recalculando os gastos que a conferência da manhã lhe haviam despendido. Saber que podia dar-se a tais luxos ainda era novidade; e de alguma forma, em contraste com as vagas apreensões dos dias anteriores, parecia agora um elemento de sua segurança recuperada, da sensação de que, como Ned dissera, as coisas em geral nunca tivessem estado "mais certas".

Ainda estava se dando a brincar com números quando a empregada, da porta, a sobressaltou com uma pergunta reticente, querendo saber se podia servir o almoço. Ela e Boyne brincavam dizendo que Trimmle anunciava o almoço como se estivesse revelando um segredo de Estado, e Mary, focada em seus documentos, apenas murmurou uma permissão distraída.

Ela sentiu Trimmle indecisa na porta, como se repreendendo o inesperado consentimento. Então, seus passos ressoaram pela passagem enquanto Mary, afastando os papéis, atravessou o corredor e foi até a porta da biblioteca. Ainda estava fechada, e ela hesitou, não querendo perturbar o marido, mas ansiosa para que ele não excedesse a cota normal de trabalho. Enquanto permanecia ali, controlando seus impulsos, a esotérica Trimmle voltou anunciando o almoço, e Mary, assim estimulada, finalmente abriu a porta e entrou na biblioteca.

Boyne não estava à sua mesa, e então ela olhou ao redor, esperando vê-lo examinando as estantes, em algum lugar do cômodo. Seu chamado, no entanto, não obteve resposta e, aos poucos, foi ficando claro que ele de fato não estava ali.

Ela se voltou para a empregada.

— O sr. Boyne deve estar no andar de cima. Por favor, avise a ele que o almoço está pronto.

A empregada pareceu hesitar entre a óbvia tarefa de obedecer a ordens e uma igualmente óbvia certeza da tolice da ordem recebida. O esforço fez com que dissesse, titubeante:

— Com licença, senhora, o sr. Boyne não está no andar de cima.

— Não está em seu quarto? Tem certeza?

— Tenho certeza, senhora.

Mary consultou o relógio.

— Onde ele está, então?

— Ele saiu — Trimmle anunciou, com o ar superior de alguém que esperou respeitosamente pela pergunta que uma mente sã teria feito.

A conjectura anterior de Mary estava certa, afinal. Boyne devia ter ido aos jardins para encontrá-la, e como ela não o havia visto, era óbvio que ele havia tomado o caminho mais curto pela porta ao sul, em vez de dar a volta no pátio. Ela atravessou o corredor até a porta de vidro que se abria diretamente para o novo jardim, mas a empregada, depois de mais um momento de conflito interno, decidiu dizer, sem cuidado:

— Por favor, senhora, o sr. Boyne não foi por aí.

Mary se virou:

— Aonde ele foi? E quando?

— Ele saiu pela porta da frente, subiu a estrada, senhora. — Era uma questão de princípio para Trimmle nunca responder a mais de uma pergunta de uma vez.

— Subiu a estrada? A essa hora? — Mary foi até a porta e olhou para o outro lado, para o longo túnel de pedra. Mas sua perspectiva era tão vazia quanto quando ela o havia analisado ao entrar na casa.

— O sr. Boyne não deixou nenhuma mensagem? — perguntou ela.

Trimmle pareceu se entregar a uma última luta contra as forças do caos.

— Não, senhora. Ele saiu com o senhor.

— O senhor? Que senhor? — Mary se virou, como se para enfrentar esse novo fato.

— O senhor que o chamou, senhora — respondeu Trimmle, resignada.

— Quando um senhor o chamou? Explique-se, Trimmle!

Apenas o fato de Mary estar faminta, e querer consultar o marido a respeito das estufas, a teria levado a fazer uma pergunta tão incomum à sua empregada. E, mesmo naquele momento, ela estava calma o suficiente para notar, na expressão de Trimmle, a atitude desafiadora da subordinada respeitosa que foi pressionada demais.

— Não sei exatamente a hora, senhora, porque não o deixei entrar — respondeu ela, com um ar de quem ignorava magnanimamente o atípico comportamento de sua patroa.

— Você não o deixou entrar?

— Não, senhora. Quando a campainha tocou, eu estava me vestindo, e Agnes...

— Vá e pergunte a Agnes, então — Mary disse.

Trimmle ainda parecia magnanimamente paciente.

— Agnes não saberia, senhora, pois ela infelizmente queimou a mão ao tentar apagar a lamparina nova que chegou da cidade... — Trimmle, como Mary sabia, sempre se opusera à lamparina nova... — e, por isso, a sra. Dockett mandou a ajudante de cozinha em seu lugar.

Mary olhou para o relógio de novo.

— Já passa das duas! Vá e pergunte à ajudante de cozinha se o sr. Boyne disse alguma coisa.

Ela foi almoçar sem esperar, e em seguida Trimmle levou-lhe a confirmação da ajudante de cozinha, de que o senhor havia chamado perto da uma da tarde, e de que então o sr. Boyne havia saído com ele sem deixar mensagem. A funcionária sequer sabia o nome do homem, pois ele o havia escrito em um pedaço de papel, que dobrou e deu a ela com a ordem de entregá-lo diretamente ao sr. Boyne.

Mary terminou o almoço, ainda pensando, e quando Trimmle levou o café para a sala de estar, ela estava surpresa — e levemente intranquila. Não era comum que Boyne se ausentasse sem explicação em uma hora tão imprevisível, e a dificuldade de identificar o visitante a cujos chamados ele havia aparentemente obedecido tornava sua saída ainda mais instigante. A experiência de Mary Boyne como esposa de um

DEPOIS   191

engenheiro atarefado, sujeito a chamados repentinos e obrigado a trabalhar em horários irregulares, a havia treinado à aceitação filosófica das surpresas, mas desde o afastamento de Boyne dos negócios, ele havia adotado um ritmo beneditino de vida. Como uma compensação pelos anos agitados e dispersos, com almoços e jantares temperados com os chacoalhões dos vagões-restaurante, ele passara a cultivar uma pontualidade e monotonia refinadas, desestimulando o gosto da esposa pelo inesperado – e declarando que, para um gosto delicado, havia níveis infinitos de prazer nas recorrências fixas do hábito.

Entretanto, como é impossível prever completamente o desconhecido, era evidente que todas as precauções de Boyne mais cedo ou mais tarde se mostrariam falhas, e Mary concluiu que ele havia abreviado uma visita cansativa acompanhando o tal homem até a estação ou, pelo menos, até uma parte do caminho.

Essa conclusão a aliviou de maiores preocupações, e saiu para conversar com o jardineiro. Depois, caminhou até o correio do vilarejo, distante cerca de uma milha. Quando retornou a casa, já começava a escurecer.

Escolheu uma vereda pelas colinas, e como Boyne, enquanto isso, provavelmente voltava da estação pela estrada, era pouco provável que se encontrassem no caminho. Mas ela tinha certeza de que ele havia chegado a casa antes dela – tanta certeza que, quando entrou, nem sequer parou para perguntar a Trimmle, indo diretamente para a biblioteca. Mas o lugar ainda estava vazio e, por uma inesperada precisão de sua memória visual, ela imediatamente notou que os documentos sobre a mesa do marido estavam exatamente como quando fora chamá-lo para almoçar.

Assim, de repente, Mary Boyne foi tomada por um medo vago do desconhecido. Havia fechado a porta ao entrar, e sozinha dentro do salão comprido, silencioso e escuro, seu medo pareceu adquirir forma e som, como se estivesse ali, respirando e se escondendo entre as sombras. Seus olhos míopes se semicerraram, e ela notou sutilmente uma presença, algo alheio, que a observava e sabia. Ao se esquivar daquela proximidade intangível, ela de repente se lançou ao cordão da sineta e o puxou, desesperada.

Os sons compridos e altos fizeram Trimmle aparecer correndo com uma lamparina, e Mary respirou de novo ao ver um rosto familiar.

— Pode trazer o chá se o sr. Boyne tiver voltado — disse ela, para justificar o chamado.

— Tudo bem, senhora. Mas o sr. Boyne ainda não voltou — rebateu Trimmle, repousando a lamparina.

— Não? Quer dizer que ele chegou e saiu de novo?

— Não, senhora. Ele não voltou.

O medo a tomou de novo, e Mary sabia que agora se instalaria.

— Desde que ele saiu com o... senhor?

— Desde que ele saiu com o senhor.

— Mas *quem* era o senhor? — Mary perguntou em tom agudo, como alguém tentando se fazer ouvir em meio a sons desordenados.

— Não sei dizer, senhora. — Trimmle, em pé próximo da lamparina, de repente pareceu menos rechonchuda e rosada, como se tomada pela mesma sombra de apreensão.

— Mas a ajudante de cozinha sabe... não foi ela quem deixou o senhor entrar?

— Ela também não sabe, senhora, pois ele escreveu seu nome em um papel que em seguida dobrou.

Mary, apesar da agitação, tinha consciência de que elas estavam se referindo ao visitante desconhecido por um pronome vago, e não pela fórmula convencional que, até então, havia mantido suas alusões dentro dos limites habituais. No mesmo instante, deu-se conta da sugestão do papel dobrado.

— Mas ele deve ter um nome! Onde está o papel?

Ela foi até a mesa e começou a mexer nos papéis espalhados que a cobriam. O primeiro que chamou sua atenção foi uma carta inacabada com a caligrafia de seu marido, e sua caneta sobre ela, como se tivesse caído após um chamado repentino.

"Meu caro Parvis" — *quem era Parvis?* —, "Acabo de receber sua carta avisando sobre a morte de Elwell, e apesar de agora supor que não exista mais risco de problemas, pode ser mais seguro..."

Ela deixou a folha de lado e continuou procurando, mas não encontrou nenhum papel dobrado entre as correspondências e páginas manuscritas amontoadas em uma pilha promíscua, como se reunidas por um gesto apressado ou assustado.

— Mas a ajudante o *viu*. Mande-a aqui — ela deu a ordem, surpresa com a tolice de não ter pensado antes em uma solução tão simples.

Trimmle desapareceu no mesmo instante, como se grata por sair da sala, e quando voltou, trazendo a subordinada assustada, Mary havia se recomposto e tinha as perguntas prontas.

O senhor era um desconhecido, sim — isso estava claro. Mas o que ele havia dito? E, acima de tudo, como ele *era*? A primeira pergunta foi fácil de responder, pelo desconcertante motivo de ele ter dito muito pouco — por mal ter perguntado pelo sr. Boyne e, após escrever algo em um pedaço de papel, pedir que este fosse logo levado a ele.

— Então, não sabe o que ele escreveu? Tem certeza de que não era seu nome?

A mulher não tinha certeza, mas desconfiava que sim, já que o homem havia escrito em resposta quando ela perguntou quem deveria anunciar.

— E quando levou o papel ao sr. Boyne, o que ele disse?

A ajudante não achava que o sr. Boyne tivesse dito algo, mas não sabia ao certo, pois assim que ela lhe havia entregado o papel e ele o abriu, notou que o visitante a acompanhara até a biblioteca, e ela saiu, deixando os dois senhores a sós.

— Mas então, se os deixou na biblioteca, como sabe que eles saíram da casa?

Essa pergunta fez com que a testemunha ficasse sem ação por um momento, e desse impasse ela foi salva por Trimmle, que, sem rodeios, reforçou a afirmação de que antes que ela pudesse atravessar o corredor até a passagem dos fundos, ouvira os senhores atrás de si, e os vira sair juntos pela porta da frente.

— Então, se viu o senhor duas vezes, deve ser capaz de me dizer como ele era.

Com esse desafio final a seus poderes de expressão, ficou claro que havia se esgotado o limite de resistência da ajudante de cozinha. A obrigação de ir até a porta da frente "receber" um visitante era, em si, tão subversiva da ordem fundamental das coisas que tinha desorganizado suas faculdades, deixando-a sem esperança, e ela só conseguiu gaguejar, depois de vários esforços para se expressar:

— O chapéu dele, senhora, era diferente, se podemos dizer isso...

— Diferente, como? — Mary arregalou os olhos; sua própria memória, no mesmo instante, retomando uma imagem daquela manhã, temporariamente perdida entre camadas de impressões subsequentes.

— Você quer dizer que o chapéu dele tinha aba larga? E seu rosto era pálido, um rosto jovem? — Mary pressionou, com tanta intensidade na pergunta que lhe descorou os lábios. Mas se a empregada tinha uma resposta adequada àquela pergunta, desapareceu aos ouvidos da interlocutora junto com a corrente apressada de suas convicções. O desconhecido... o desconhecido no jardim! Por que Mary não pensara nele antes? Ela não precisava que ninguém lhe dissesse que era ele quem havia chamado seu marido e partido com ele. Mas quem *era*, e por que Boyne obedecera a seu chamado?

PARTE IV

Voltou-lhe à mente de súbito, como um susto, que eles costumavam chamar a Inglaterra de muito pequena, "um diabo de lugar difícil onde se perder".

Um diabo de lugar difícil onde se perder! Essa tinha sido a frase dita por seu marido. E agora, com todo o aparato de uma investigação oficial, seus faróis jogando luz de um canto a outro, em todos os lugares; agora, com o nome de Boyne exibido nos muros de toda a cidade e do vilarejo, seu retrato (como isso a perturbava!) percorria o país como a imagem de um criminoso procurado; agora a pequena e populosa ilha, tão policiada, vasculhada e administrada, se revelava uma guardiã semelhante a uma esfinge de mistérios abismais, olhando para os olhos angustiados da esposa de Edward Boyne com a alegria maliciosa de saber algo que eles nunca saberiam!

Nas duas semanas desde o desaparecimento de Boyne, não houvera sinal dele nem de seus movimentos. Até mesmo os relatos desencontrados que despertam expectativa nos corações torturados tinham sido poucos e esparsos. Ninguém além da desnorteada ajudante de cozinha o vira sair de casa, assim como ninguém mais havia visto o "senhor" que o acompanhava. Nenhum vizinho foi capaz de se lembrar de um desconhecido aquele dia nas proximidades de Lyng. E absolutamente ninguém vira Edward Boyne, nem sozinho nem acompanhado, em nenhum dos vilarejos da região, na estrada ou em qualquer uma das estações ferroviárias. O ensolarado meio-dia inglês o havia engolido completamente como se ele tivesse partido na parte mais profunda da noite.

Mary, apesar de todos os meios externos de investigação estarem em trabalho intenso, buscava nos documentos do marido algum sinal de problemas passados, de envolvimentos ou obrigações que ela desconhecia e que pudessem iluminar minimamente qualquer ponto daquele breu. Mas se houvera qualquer coisa assim na vida pregressa de Boyne, havia desaparecido tão completamente quanto o pedaço de papel em que o visitante deixara seu nome escrito. Não havia nenhum sentido pelo qual se orientar, exceto — se de fato fosse uma exceção — a carta que Boyne aparentemente estava escrevendo quando recebeu um chamado misterioso. Aquela carta, lida e relida por sua esposa, e enviada por ela à polícia, deixava pouco sobre o que se conjecturar.

"Acabo de receber sua carta avisando sobre a morte de Elwell, e apesar de agora supor que não exista mais risco de problemas, pode ser mais seguro..." E era tudo. O "risco de problemas" era facilmente explicado pela matéria de jornal que havia informado Mary sobre o processo contra seu marido aberto por um dos representantes da Blue Star. A única nova informação revelada pela carta era o fato de mostrar Boyne, quando a escreveu, ainda apreensivo quanto aos resultados do processo, apesar de ele ter assegurado à esposa que tinha sido encerrado, e apesar de a própria carta declarar que o autor da ação estava morto. Foram muitas semanas de mensagens exaustivas para determinar a identidade de "Parvis", a quem a comunicação fragmentada era dirigida, mas mesmo depois de essas investigações terem mostrado que ele era um advogado de Waukesha, nenhum outro fato relacionado ao processo de Elwell surgiu. Ele parecia não ter tido relação direta com o caso, exceto apenas como um conhecido, possivelmente como um intermediário; e se declarava incapaz de entender com qual objetivo Boyne procurara sua ajuda.

Aquela informação negativa, único fruto da busca intensa daquela primeira quinzena, não se ampliou durante as lentas semanas que se seguiram. Mary sabia que as investigações ainda estavam em curso, mas tinha uma vaga ideia do gradual desinteresse que o passar do tempo parecia favorecer. Era como se os dias, tomados pelo terror da imagem sinistra de um dia inexplicável, ganhassem certeza conforme a distância aumentava, até, por fim, voltarem ao ritmo normal. E assim foi com as especulações humanas atuando no evento obscuro. Sem dúvida, ele ainda as ocupava, mas a cada semana e a cada hora tornava-se menos forte, preenchia menos espaço, lenta, mas inevitavelmente sendo vencido pelos novos problemas que surgem em profusão do enorme caldeirão da vida.

Até mesmo a consciência de Mary Boyne sentiu a redução de velocidade. Ela ainda estava abalada pelas incessantes oscilações de conjectura, mas elas eram mais lentas, mais rítmicas em sua toada. Havia momentos de enorme lassitude em que, como a vítima de um veneno que deixa a mente lúcida, mas imobiliza o corpo, ela se via em estreita relação com o Horror, aceitando sua presença perpétua como uma das condições fixas da vida.

Tais momentos se estendiam por horas e dias, até ela passar para uma fase de calma resignada. Observava a rotina familiar da vida com os olhos desinteressados de um nativo a quem os processos sem sentido da colonização não causavam a menor impressão. Ela então se reconhecia como parte da rotina, um raio da roda, girando com seus movimentos; sentia-se quase como a mobília do quarto que ocupava, um objeto sem vida que devia ser limpo e empurrado com as cadeiras e mesas. E essa apatia cada vez mais forte a prendia a Lyng, apesar dos apelos desesperados de amigos e das recomendações médicas de uma "mudança". Seus amigos acreditavam que Mary se recusava a se mudar por acreditar que, um dia, o marido voltaria ao ponto de onde desaparecera, e uma bela lenda surgiu desse estado imaginário de espera. Mas, na realidade, ela não alimentava essa crença: a angústia profunda que a envolvia não era mais iluminada pelos raios de esperança. Ela tinha certeza de que Boyne nunca voltaria, de que havia desaparecido de vista tão completamente como se a própria Morte o tivesse esperado na porta aquele dia. Ela até renunciara, uma a uma, às diversas teorias que a imprensa usava para explicar o desaparecimento, assim como a polícia e até sua imaginação desesperada. Em profunda lassitude, sua mente se afastava dessas alternativas de horror e se afundava de novo no fato vazio do sumiço.

Não, ela nunca saberia o que tinha acontecido com ele — ninguém saberia. Mas a casa *sabia*; a biblioteca, onde ela passava suas longas e solitárias noites, sabia. Porque ali a última cena havia sido representada, ali o desconhecido havia chegado e proferido a palavra que fizera Boyne se levantar e segui-lo. O chão que ela pisava tinha sentido os passos dele; os livros nas estantes tinham visto seu rosto; e havia momentos em que a ainda viva consciência das velhas paredes amareladas parecia abrir-se em uma revelação audível de seu segredo.

Mas a revelação nunca veio, e ela sabia que nunca viria. Lyng não era uma dessas antigas casas loquazes que contam os segredos que lhes foram confiados. Era real a lenda de que sempre havia um cúmplice calado, um guardião incorruptível dos mistérios que havia surpreendido. E Mary Boyne, sentada cara a cara com seu silêncio pressagioso, sentiu a inutilidade da tarefa de tentar quebrá-lo por qualquer meio humano que fosse.

PARTE V

— Não digo que *não* foi direito, mas também não digo que *foi*. Foram negócios.

Mary, com essas palavras, ergueu a cabeça assustada e olhou com atenção para quem falava.

Quando, meia hora antes, um cartão onde se lia "sr. Parvis" lhe fora entregue, ela imediatamente percebeu que o nome estivera em sua consciência desde que ela o lera no cabeçalho da carta inacabada de Boyne. Na biblioteca, encontrou à sua espera um homem pequeno e calmo, calvo e usando óculos de aros dourados, e sentiu um tremor estranho lhe percorrer por saber que aquela era a pessoa a quem o último pensamento consciente de seu marido tinha sido dirigido.

Parvis, civilizadamente, mas sem preâmbulos tolos — como um homem que está atento à hora —, havia exposto o objetivo de sua visita. Ele havia "corrido" à Inglaterra a trabalho, e por estar nas proximidades de Dorchester, não quis ir embora sem antes conversar com a sra. Boyne e prestar-lhe seu respeito; sem perguntar a ela, se fosse possível, o que pretendia fazer a respeito da família de Bob Elwell.

As palavras despertaram um medo obscuro no peito de Mary. Será que seu visitante, afinal, sabia o que Boyne quisera dizer com a frase não terminada? Ela pediu uma elucidação da pergunta, e notou logo que ele parecia surpreso por ela desconhecer o assunto. Seria possível que ela de fato soubesse tão pouco quanto dizia?

— Não sei de nada, você deve me dizer — disse ela; e o visitante então começou a revelar a história. Isso lançou, mesmo para suas percepções confusas e compreensão pouco clara, uma luz sobre o episódio tão confuso da Blue Star Mine. Seu marido havia ganhado dinheiro naquela especulação brilhante à custa de "sair na frente" de alguém menos atento a aproveitar a chance; a vítima de sua esperteza tinha sido o jovem Robert Elwell, que o "havia colocado" no projeto da Blue Star.

Parvis, ao primeiro grito assustado de Mary, lançou um olhar calmo através de seus óculos imperturbáveis.

— Bob Elwell não era esperto o suficiente, é isso; se fosse, poderia ter devolvido a Boyne na mesma moeda. É o tipo de coisa que acontece todos os dias nos negócios. Acho que é o que os cientistas chamam de sobrevivência dos mais fortes — disse o sr. Parvis, evidentemente satisfeito com sua analogia adequada.

Mary sentiu-se encolher com a pergunta seguinte que tentou fazer — era como se as palavras em seus lábios tivessem um sabor que a deixasse nauseada.

— Mas então... o senhor acusa meu marido de ter feito algo reprovável?

O sr. Parvis analisou a questão sem se envolver emocionalmente.

— Oh, não, não faço isso. Não gosto nem de dizer que não foi direito. — Ele olhou para as longas linhas dos livros, como se um deles lhe pudesse dar a definição que procurava. — Não digo que não *foi* direito, mas também não digo que *foi*. Foram negócios. — Afinal, não havia definição nessa categoria que pudesse ser mais abrangente do que aquela.

Mary permaneceu olhando para ele com terror. Ele parecia a ela o emissário indiferente e implacável de algum poder sombrio, disforme.

— Mas os advogados do sr. Elwell aparentemente não aceitaram sua versão, já que suponho que o processo foi retirado por orientação deles.

— Ah, sim, eles sabiam que ele não tinha uma boa base, teoricamente. Foi quando o aconselharam a retirar o processo que ele ficou desesperado. Veja, ele havia pegado emprestado a maior parte do dinheiro que perdeu na Blue Star, e ficou contra a parede. Foi por isso que atirou contra si mesmo quando disseram que ele não tinha chance.

O horror tomava conta de Mary em grandes ondas ensurdecedoras.

— Ele deu um tiro em si mesmo? Ele se matou por causa *disso*?

— Bem, ele não se matou, exatamente. Ele demorou dois meses para morrer. — Parvis disse isso com a mesma falta de emoção de um gramofone quebrado.

— Quer dizer que ele tentou se matar e falhou? E tentou de novo?

— Ah, ele não teve que tentar de novo — disse Parvis com seriedade.

Eles ficaram sentados frente a frente em silêncio, ele balançando os óculos nos dedos, pensativo, e ela, imóvel, com os braços estendidos sobre os joelhos, tensa, rígida.

— Mas se o senhor sabia de tudo isso — ela começou, por fim, sem conseguir emitir mais do que um sussurro —, como, quando eu escrevi ao senhor na época do desaparecimento do meu marido, o senhor disse não entender a carta dele?

Parvis recebeu essa pergunta sem qualquer desconforto.

— Bem, eu não a entendi, na verdade. E não era o momento de falar sobre isso, mesmo que eu tivesse entendido. Os negócios de Elwell estavam resolvidos quando o processo foi retirado. Nada que eu pudesse ter dito a teria ajudado a encontrar seu marido.

Mary continuou a observá-lo.

— Então por que está me contando agora?

Ainda assim, Parvis não hesitou.

— Bem, para começar, eu acho que a senhora sabia mais do que parece saber... bem, sobre as circunstâncias da morte de Elwell. E as pessoas estão falando sobre isso agora; o assunto todo foi trazido à tona de novo. E eu pensei que, se a senhora não sabia, deveria saber.

Ela permaneceu em silêncio, e ele continuou.

— Veja, só recentemente foi revelada a situação em que as questões de Elwell estavam. A esposa dele é uma mulher orgulhosa, e ela lutou o máximo que pôde, saiu do trabalho e passou a costurar em casa quando ficou muito doente — algum problema no coração, acredito. Mas ela tinha a mãe dele, acamada, de quem cuidar, e os filhos, e ela não suportou, por fim, teve que pedir ajuda. Isso chamou atenção para o caso, e os jornais a trouxeram à tona, e tudo começou. Todo mundo gostava de Bob Elwell, e a maioria dos nomes importantes do local estão na lista, e as pessoas começaram a perguntar por que...

Parvis parou de falar e enfiou a mão em um dos bolsos.

— Aqui — ele continuou —, aqui está um relato de tudo, escrito no *Sentinel* — um pouco sensacionalista, claro. Mas acho bom que a senhora veja.

Ele estendeu um jornal a Mary, que o desdobrou lentamente, lembrando-se, enquanto fazia isso, da noite em que, naquele mesmo cômodo, a visão de uma matéria do *Sentinel* havia abalado sua segurança profundamente.

Enquanto ela abria o jornal, seus olhos, estreitados devido à manchete chamativa, "Viúva da vítima de Boyne forçada a pedir ajuda", percorreram a coluna de texto até as duas fotos inseridas ali. A primeira era de seu marido, tirada de uma fotografia feita no ano em que eles chegaram à Inglaterra. Era a foto dele de que ela mais gostava, aquela que ficava na escrivaninha no andar de cima, em seu quarto. Quando os olhos na foto encontraram os dela, ela sentiu que seria impossível ler o que era dito sobre ele, e fechou as pálpebras com uma pontada de dor.

— Pensei que se a senhora quiser incluir seu nome... — ela ouviu Parvis continuar.

Ela abriu os olhos com um esforço, e eles pousaram na outra foto. Era de um homem relativamente jovem, um pouco forte, com roupas desgastadas, traços um pouco borrados pela sombra de um chapéu de aba longa. Onde ela já tinha visto aquele rosto? Olhou para ele em confusão, com o coração batendo forte na garganta e nos ouvidos. Em seguida, ela deu um grito.

— Este é o homem... o homem que procurou meu marido!

Ela ouviu Parvis começar a se levantar, e notou vagamente que ela própria havia se recostado no canto do sofá, e que ele estava curvando-se sobre ela, assustado. Com um esforço intenso, ela se endireitou, e estendeu a mão para pegar o jornal, que tinha derrubado.

— É o homem! Eu o reconheceria em qualquer lugar! — ela falou com uma voz que para seus próprios ouvidos se assemelhava muito a um grito.

A voz de Parvis parecia chegar até ela de longe, de locais embaçados.

— Sra. Boyne, a senhora não está muito bem. Devo chamar alguém? Devo buscar um copo de água?

— Não, não, não! — Ela se lançou na direção dele, a mão desesperada para pegar o jornal. — Estou dizendo, é o homem! Eu o *conheço*! Ele falou comigo no jardim!

Parvis tirou o jornal dela, apontando seus óculos para a foto.

— Não pode ser, sra. Boyne. É Robert Elwell.

— Robert Elwell? — Seu olhar vago pareceu viajar no espaço. — Então, foi Robert Elwell quem o procurou.

— Procurou Boyne? No dia em que ele sumiu? — Parvis passou a falar mais baixo quando ela passou a falar mais alto. Ele se inclinou, pousando uma mão fraternal nela, como se para direcioná-la delicadamente de volta a seu lugar. — Mas Elwell estava morto! Não se lembra?

Mary se sentou com os olhos fixos na foto, sem saber o que ele estava dizendo.

— Não se lembra da carta inacabada de Boyne para mim... aquela que encontrou na mesa dele naquele dia? Foi escrita assim que ele soube da morte de Elwell. — Ela notou um tremor estranho na voz sem emoção de Parvis. — Com certeza a senhora se lembra disso! — disse ele.

204 SOCIEDADE DAS RELÍQUIAS LITERÁRIAS

Sim, ela se lembrava: era isso o mais horroroso de tudo. Elwell tinha morrido um dia antes do desaparecimento de seu marido; e aquela era a foto de Elwell; e era a foto do homem que tinha falado com ela no jardim. Ela levantou a cabeça e olhou lentamente ao redor, na biblioteca. A biblioteca poderia testemunhar que também era a foto do homem que havia aparecido naquele dia para chamar Boyne, que deixou a carta inacabada. Em meio à confusão de seus pensamentos, ela ouviu o ressoar distante de palavras quase esquecidas... palavras ditas por Alida Stair no gramado de Pangbourne antes de Boyne e ela visitarem a casa em Lyng, ou de terem imaginado que um dia poderiam viver ali.

— Foi o homem que falou comigo — Mary repetiu.

Ela olhou para Parvis de novo. Estava tentando esconder sua perturbação sob o que pensava ser uma expressão de comiseração indulgente; mas as bordas de seus lábios estavam azuis. *Ele acha que sou louca; mas não sou*, ela refletiu; e de repente pensou em uma maneira de justificar sua estranha afirmação.

Ela ficou em silêncio, controlando o tremor dos lábios e esperando até conseguir confiar que sua voz se manteria no nível de sempre; e então disse, olhando bem para Parvis:

— Pode responder uma pergunta, por favor? Quando foi que Robert Elwell tentou se matar?

— Quando... quando? — Parvis gaguejou.

— Sim, a data. Por favor, tente se lembrar.

Ela viu que ele estava sentindo cada vez mais medo dela.

— Tenho um motivo — ela insistiu gentilmente.

— Sim, sim, mas não consigo lembrar. Cerca de dois meses antes, eu devo dizer.

— Quero a data — repetiu Mary Boyne.

Parvis pegou o jornal.

— Podemos ver aqui — disse ele, ainda tentando não a irritar. Desceu os olhos pela página. — Aqui está. Outubro passado... no...

Ela pegou as palavras dele.

— Dia 20, não foi?

Olhando firmemente para ela, ele confirmou.

— Sim, dia 20. Então a senhora *sabia*?

— Sei agora. — Seu olhar vago continuava indo além dele. — Domingo, dia 20... foi o dia em que ele veio aqui pela primeira vez.

A voz de Parvis estava quase inaudível.

— Veio *aqui* pela primeira vez?

— Sim.

— Então a senhora o viu duas vezes?

— Sim, duas vezes. — Ela olhou para ele com olhos arregalados. — Ele veio primeiro no dia 20 de outubro. Eu me lembro da data porque foi no dia em que subimos a ladeira Meldon pela primeira vez. — Ela sentiu vontade de rir ao dar-se conta de que, se não fosse por aquilo, poderia ter esquecido.

Parvis continuou a observá-la, como se tentasse interceptar seu olhar.

— Nós o vimos do telhado — continuou ela. — Ele desceu a alameda em direção a casa. Estava vestido como aparece na foto. Meu marido o viu primeiro. Ele estava assustado e desceu correndo na minha frente; mas não havia ninguém ali. Ele tinha desaparecido.

— Elwell tinha desaparecido? — Parvis hesitou.

— Sim. — Os dois sussurros dele pareciam se entrelaçar. — Não consegui pensar no que poderia ter acontecido. Mas agora entendo. Ele *tentou* vir naquele dia, mas não estava morto o suficiente; não conseguiu nos alcançar. Ele teve que esperar por dois meses; e então, voltou de novo... e Ned foi com ele.

Ela assentiu para Parvis com o olhar triunfante de uma criança que conseguiu montar um quebra-cabeça difícil. Mas, de repente, ergueu as mãos em um gesto desesperado, pressionando-as contra as têmporas, que doíam.

— Ah, meu Deus! Eu o mandei a Ned, disse a ele aonde ir! Eu o mandei para esta sala! — ela gritou.

Mary Boyne sentiu as paredes da sala se fecharem em sua direção, como ruínas desmoronando; e escutou Parvis, bem distante, como se em meio às ruinas, gritando para ela, esforçando-se para chegar a ela. Mas ela estava apática ao toque dele, não sabia o que estava dizendo. Em meio ao tumulto, ela ouviu uma nota clara, a voz de Alida Stair, falando no gramado em Pangbourne:

— Você só saberá muito depois — dizia. — Só muito, muito depois.

A AMANTE DO PÁSSARO

CORNELIUS MATHEWS, 1856

Uma lenda nativo-americana. Um manito, espécie de feiticeiro capaz de se transformar nas mais diversas formas, se passa por um velho indígena e aterroriza a tribo, apostando corrida com os bons homens para levá-los à morte.

Numa região do campo onde as belezas da floresta e da pradaria rivalizavam – a planície aberta, com seu sol, e ventos, e flores livres, ou a mata, com seus deliciosos passeios crepusculares e esconderijos enamorados –, vivia um manito[35] perverso disfarçado de um velho indígena.

Embora o campo fornecesse caça em abundância e o que mais um bom coração pudesse desejar, o projeto de vida desse gênio perverso era destruir o que caísse em suas mãos. Ele lançava mão de artifícios para atrair homens e subjugá-los, a fim de matá-los. O campo já fora bastante povoado, mas as práticas

---

35 Entre os indígenas da América do Norte, poder ou divindade não personificada, inerente a todas as coisas e a todos os seres; gênio tutelar, ou demônio.

208 SOCIEDADE DAS RELÍQUIAS LITERÁRIAS

cruéis desse Mudjee Monedo[36] haviam reduzido tanto a população, que ele agora vivia quase solitário na vastidão selvagem.

O segredo de seu sucesso estava em sua grande velocidade. Tinha o poder de assumir a forma de uma criatura quadrúpede, e era seu costume desafiar a correr com ele aqueles que buscava destruir. Havia um caminho de terra batida que contornava o lago, e ele sempre corria por esse círculo, de forma que os pontos de partida e de chegada fossem os mesmos. Quem quer que falhasse — todos haviam falhado — entregava a vida naquele ponto. Jamais se ouviu falar de um homem que houvesse vencido esse gênio mau, mesmo que corresse todos os dias, pois, sempre que duramente pressionado, o manito transmutava-se em raposa, lobo, cervo ou outro animal veloz, e assim conseguia deixar seu competidor para trás.

Toda a população do campo temia esse Mudjee Monedo; mesmo assim, os rapazes constantemente corriam com ele, pois, se recusassem, este os chamava de covardes — uma forma de descrédito que não podiam suportar. Preferiam morrer a serem chamados de covardes.

Para continuar seu esporte, o manito fazia pouco caso dessas corridas mortais. Em vez de assumir ares invencíveis e gabar-se por aí, com o sangue daqueles que superara em suas mãos, ele adotava modos muito agradáveis e visitava chalés pelo campo, como qualquer outro velho indígena inofensivo de temperamento doce poderia fazer.

Seu objetivo secreto com essas visitas amigáveis era descobrir se os meninos já estavam com idade suficiente para correr com ele; ficava de olho no crescimento dos garotos e, no dia em que os julgava prontos, não falhava em desafiá-los a uma prova em sua pista de corrida.

---

36 De acordo com uma lenda, um ogre assustador que mata os jovens de uma vila até encontrar seu par.

Não havia uma família em toda aquela bela região que não tivesse sido visitada e, em consequência, diminuído. Naturalmente, o manito começara a despertar a aversão de todas as mães indígenas do campo.

Aconteceu que, perto dele, vivia uma pobre senhora viúva, cujo marido e sete filhos ele havia tomado, e que agora vivia com uma única filha e um filho de dez ou doze anos.

Essa viúva era muito pobre e frágil; ela sofria tanto com falta de comida e outros confortos em sua choupana, que teria ficado feliz em morrer, se não fosse por sua filha e seu filhinho. O Mudjee Monedo já visitara seu chalé a fim de observar se o garoto havia crescido o suficiente para ser desafiado à corrida. Tão astuto em suas abordagens e tão gentil em seus modos era o monedo, que a mãe temia que ele atraísse ainda mais um filho para a armadilha e o tomasse, como fizera com o pai e os sete irmãos, apesar de seus esforços para salvá-los.

Mesmo assim, ela empenhou todas as suas energias para fortalecer o filho nos bons caminhos. Ensinou-lhe, da melhor forma que podia, o que era apropriado para um sábio caçador e um corajoso guerreiro. Recordou-se de tudo o que conseguia a respeito das habilidades e dos ofícios do pai e dos irmãos perdidos, e mostrou-lhe.

A viúva também instruiu a filha em tudo o que podia torná-la útil como esposa; no tempo livre na choupana, deu-lhe lições sobre a arte de trabalhar com os espinhos de porco-espinho, e dotou-a de outros talentos capazes de torná-la um ornamento e uma bênção na casa de seu marido. A filha, chamada Minda, era bondosa e obediente à mãe, e nunca falhava em seu dever. A choupana ficava nas margens de um lago, o que lhes dava uma vista ampla do campo, enfeitado por bosques e campinas abertas, que acenavam com a luz azul de sua relva comprida e compunham, em todas as horas de sol e lua, um cenário alegre de se olhar.

Certa manhã, Minda fora ao outro lado dessa linda campina, a fim de recolher galhos secos para o fogo, pois não desdenhava nenhum trabalho na choupana. Enquanto aproveitava a doçura do ar e a beleza verde da floresta, distraiu-se e afastou-se bastante de casa.

Chegara a uma margem, pintada com flores de todos os matizes, e estava se inclinando sobre o banco fragrante quando um pássaro de plumagens vermelha e azul-escura, suavemente combinadas, pousou num galho próximo e começou a derramar seu canto. Era um pássaro de estranho caráter, de um tipo que ela jamais vira. Sua primeira nota soou tão deliciosa aos ouvidos de Minda, e perfurou seu jovem coração de tal modo, que ela o escutou como nunca antes tinha ouvido qualquer som, mortal ou celeste. Parecia uma voz humana que, proibida de falar, enunciava sua língua através desse selvagem canto da floresta, com uma melodia triste, como se lamentasse não ter poder ou direito de se fazer mais inteligível.

A voz do pássaro subiu e desceu, e deu voltas, mas, onde quer que flutuasse e espalhasse suas notas, parecia centrá-las sempre onde Minda havia se acomodado. Ela fitava com olhos tristes os olhos tristes do pássaro pesaroso, pousado na outra margem florida, com sua plumagem vermelha e azul.

O pobre pássaro esforçou-se mais e mais com sua voz, e parecia dirigir suas notas de lamento com cada vez mais ansiedade aos ouvidos de Minda, até ela não conseguir deixar de dizer:

— O que vos aflige, pássaro triste?

Como se houvesse apenas esperado até ela o abordar, o pássaro deixou seu galho e, pousando na margem, sorriu para Minda. Sacudindo a plumagem brilhante, respondeu:

— Estou preso nesta condição até que uma donzela me aceite em matrimônio. Vaguei por esses bosques e cantei para muitas e muitas moças indígenas, mas, antes de você, nenhuma prestou atenção na minha voz. Você será minha? – acrescentou ele, e derramou um dilúvio de melodia que reluzia e se espalhava com seus murmúrios doces por todo o cenário, arrebatando a jovem Minda, que ficou em silêncio, como se temesse quebrar o feitiço com a fala.

O pássaro, aproximando-se mais, pediu-lhe: se ela o amasse, que obtivesse o consentimento da mãe para o casamento.

– Então eu hei de estar livre – disse o pássaro –, e você me conhecerá como sou.

Minda se demorou ali, e ouviu a voz doce do pássaro tocando suas notas da floresta, ou preenchendo cada pausa com uma fala humana suave, inquirindo-a quanto a sua casa, família e aos pequenos incidentes de sua vida diária.

Ela voltou ao chalé mais tarde do que de costume, mas era tímida demais para falar à mãe sobre o assunto do qual o pássaro a encarregara. Voltou várias vezes ao esconderijo perfumado na mata. Todo dia ela ouvia a música e a fala de seu admirador pássaro com cada vez mais prazer, e todo dia ele lhe suplicava para que ela falasse com a mãe sobre o casamento. Entretanto, Minda não conseguia reunir coragem para fazer isso.

Finalmente, a própria viúva começou a suspeitar de que o coração da filha estivesse na mata, por causa de sua demora em voltar e do seu pouco sucesso reunindo os galhos secos que fora buscar.

Em resposta às perguntas da mãe, Minda revelou a verdade e tornou conhecido o pedido de seu amado. A mãe, considerando a condição solitária e destituída de sua casa, deu seu consentimento.

A filha, com passos leves, apressou-se para a floresta, levando a notícia. O pássaro amante, é claro, ouviu-a com prazer e agitou-se pelo ar em círculos alegres, derramando uma canção de júbilo que extasiou Minda no fundo do coração.

Ele disse que iria ao chalé ao pôr do sol, e imediatamente voou dali, enquanto Minda, com afeto, ficou assistindo ao seu voo, até ele se perder no céu azul distante.

Com o crepúsculo, o pássaro amante, cujo nome era Monedowa, apareceu na porta da choupana como um caçador, com uma pluma vermelha e um manto azul nos ombros.

Ele se dirigiu à viúva como se fosse sua amiga. Ela, por sua vez, instruiu-o a sentar-se ao lado da filha, e a partir daquele momento os dois foram considerados marido e esposa.

Cedo, na manhã seguinte, ele pediu o arco e as flechas do marido e dos filhos da viúva, que haviam sido mortos pelo manito perverso, e saiu para caçar. Assim que sumiu das vistas da choupana, transformou-se no pássaro da floresta, como fora antes de seu casamento, e levantou voo pelo ar.

Embora a caça fosse pouca na vizinhança da choupana da viúva, Monedowa retornou à noite, em seu papel de caçador, com dois cervos. Essa era sua prática diária, e a família da viúva nunca mais ficou sem comida.

Notou-se, no entanto, que Monedowa comia pouco, e apenas um tipo peculiar de carne, temperado com frutas vermelhas — algo que, somado a outras circunstâncias, convenceu-os de que ele não era como os demais indígenas do entorno.

Sua sogra avisou-lhe que o manito viria visitá-los em alguns dias, para ver como prosperava o rapaz, seu filho.

Monedowa respondeu que estaria ausente no dia em questão. Quando chegou a hora, ele voou para cima de uma árvore alta, que tinha visão para a choupana, e permaneceu ali quando o manito perverso passou.

O Mudjee Monedo olhou friamente para a despensa tão bem-abastecida de carne e, assim que entrou, disse:

— Ora, quem é que está lhes provendo tamanha abundância de carne?

— Ninguém além de meu filho — respondeu ela. — Ele está apenas começando a matar cervos.

— Não, não — retorquiu ele. — Alguém mais está morando com vocês.

— Kaween, não mesmo — replicou a viúva. — Você está apenas zombando da minha condição desafortunada. Quem você pensa que se preocuparia comigo?

— Muito bem — respondeu o manito. — Eu vou partir. Mas algum dia eu a visitarei de novo e verei quem provê a carne: se é o seu filho ou não.

Ele mal deixara a choupana e sumira de vista quando o genro apareceu com mais dois cervos. Ao lhe ser informada a conduta do manito, disse:

— Muito bem. Estarei em casa da próxima vez para vê-lo.

Tanto a mãe quanto a esposa disseram-lhe para tomar cuidado com o manito. Contaram-lhe sobre suas corridas cruéis e garantiram-lhe que nenhum homem conseguia escapar de seu poder.

— Não importa — disse Monedowa. — Se ele me convidar para sua pista de corrida, não vou recuar. O que se seguirá pode ensiná-lo, minha sogra, a mostrar piedade aos perdedores e a não pisar em viúvas e naqueles que não têm um pai.

Quando chegou o dia da visita, Monedowa disse à esposa para preparar certos pedaços de carne, apontando-os para ela, com dois ou três brotos de bétula, que lhe pediu para pôr na panela. Também deu instruções para que recebessem bem o manito, como se ele fosse apenas o indígena de bom coração que professava ser. Monedowa vestiu-se como um guerreiro, enfeitando o rosto com tons vermelhos, para mostrar que estava preparado tanto para a guerra quanto para a paz.

Assim que o Mudjee Monedo chegou, olhou o estranho guerreiro que nunca vira antes, mas disfarçou, como de costume, e, com uma risada gentil, disse à viúva:

— Não lhe falei que alguém estava ficando com vocês? Eu sabia que seu filho era jovem demais para caçar.

A viúva desculpou-se, dizendo que não julgara necessário lhe contar, já que ele era um manito e devia saber antes mesmo de perguntar.

O manito foi muito amigável com Monedowa. Após muita conversa sobre outros assuntos, numa voz gentil, convidou-o para a pista de corrida, afirmando que era um entretenimento viril, que ele teria uma chance excelente de conhecer outros guerreiros e que ficaria feliz em apostar corrida contra ele.

Monedowa desculpou-se, alegando não saber nada sobre corrida.

— Ora — replicou o Mudjee Monedo, tremendo todo ao falar —, não está vendo minha aparência de velho, enquanto você é jovem e cheio de vida? Devemos pelo menos correr um pouco para entreter os outros.

— Que seja, então — disse Monedowa. — Eu lhe farei esse favor. Vou pela manhã.

Feliz com o sucesso de sua astúcia, o manito teria se despedido, mas foi pressionado a ficar e compartilhar da hospitalidade da família. A refeição foi preparada imediatamente, mas apenas um prato foi usado.

Monedowa serviu-se primeiro, para mostrar ao convidado que não tinha nada a temer, ao mesmo tempo dizendo:

— É um banquete. Visto que raramente nos encontramos, devemos comer tudo o que foi posto no prato, como marca da gratidão ao Grande Espírito, por me permitir matar animais e pelo prazer de ver você e de partilhar isto com você.

Eles comeram e conversaram, até terem quase encerrado a refeição, quando o manito levantou o prato e bebeu do ensopado num só fôlego. Ao devolver a louça à mesa, imediatamente virou-se e começou a tossir com grande violência. O velho corpo com o qual se disfarçava foi quase abalado a ponto de se descompor, pois ele, como Monedowa esperava, engolira um grão de broto de bétula — este, que o caçador saboreava, por ser da natureza de pássaro, muito afligiu o velho manito, que partilhava das características de um animal quadrúpede.

O manito acabou tão confuso por sua tosse constante, que foi forçado a partir, dizendo — ou, aliás, soluçando —, ao deixar a choupana, que procuraria o jovem na pista de corrida na manhã seguinte.

Quando amanheceu, Monedowa já cedo se agitou, passando óleo nos membros e esmaltando o peito e os braços com vermelho e azul, lembrando a plumagem com a qual aparecera à Minda. Em sua fronte, colocou um penacho das mesmas tonalidades brilhantes.

A seu convite, a esposa, Minda, a mãe dela e o irmão mais novo compareceram à pista de corrida com o manito.

A choupana do manito ficava em terreno mais alto, e perto dela havia uma longa fileira de outras choupanas, que diziam ser possuídas por espíritos perversos como ele, os quais compartilhavam dos espólios de sua crueldade.

Assim que o jovem caçador e seus acompanhantes aproximaram-se, os habitantes apareceram nas portas de suas choupanas e gritaram:

— Temos visitas!

Com o chamado, o Mudjee Monedo desceu com seus companheiros para o ponto de partida, na planície. De lá via-se o percurso sinuoso num longo cinturão ao redor do lago. Como agora tinham-se reunido, o velho manito começou a falar da corrida. Aprontou-se e sinalizou o pilar que demarcava o ponto de partida, um pilar de pedra vertical.

— Mas, antes de começarmos — disse o manito —, quero deixar claro que, quando homens correm comigo, faço uma aposta e espero que ajam de acordo: uma vida pela outra.

216 SOCIEDADE DAS RELÍQUIAS LITERÁRIAS

— Muito bem — respondeu Monedowa. — Assim seja. Veremos de quem será a cabeça esmagada contra a pedra.

— Veremos — respondeu o Mudjee Monedo. — Sou muito velho, mas vou tentar correr.

— Muito bem — disse Monedowa outra vez. — Espero que nós dois consigamos honrar nossa palavra.

— Ótimo — disse o velho manito, lançando um olhar astuto ao jovem caçador, enquanto revirava os olhos na direção do pilar de pedra.

— Estou pronto — disse Monedowa.

O grito de largada foi dado, e os dois partiram a uma grande velocidade, com o manito na frente e Monedowa em seu encalço. Quando a disputa se acirrou, o velho manito começou a mostrar seu poder: transmutando-se numa raposa, ultrapassou o jovem caçador com facilidade, continuando num passo despreocupado.

Monedowa, com um olhar para o alto, tomou a forma do estranho pássaro de plumagem vermelha e azul e, com um voo, pousando certa distância à frente do manito, retomou a forma mortal.

Quando o Mudjee Monedo avistou seu competidor à frente, exclamou:

— Opa! Opa! Isso é estranho! — E imediatamente tomou a forma de um lobo, ultrapassando Monedowa.

Quando passou a toda velocidade, Monedowa ouviu um barulho vindo da garganta do manito, e soube que ele continuava afligido pelo broto de bétula que engolira na choupana da sua sogra.

Monedowa voltou a levantar voo; ganhando o ar, desceu de repente com grande rapidez e tomou o trecho bem adiante do velho manito.

Ao passar pelo lobo, sussurrou em seu ouvido:

— Meu amigo, isso é tudo o que você tem?

Maus pressentimentos começaram a perturbar o manito, pois, ao olhar para a frente, viu o jovem caçador na forma humana, correndo sem se esforçar. Vendo a necessidade de acelerar, Mudjee Monedo ultrapassou Monedowa, na forma de um cervo.

Àquela altura, já estavam terminando a volta no lago, aproximando-se depressa do ponto de partida. Foi quando Monedowa, reassumindo sua plumagem vermelha e azul, passou planando e pousou na pista bem à frente.

Para alcançá-lo, o velho manito assumiu a forma de um búfalo: avançou com galopes tão grandes, que novamente tomou a frente da pista. O búfalo era a última metamorfose que podia realizar, e era nessa forma que vencia com mais frequência.

Ao ultrapassar o manito, o jovem caçador, mais uma vez em forma de pássaro, viu a língua dele pendurada para fora da boca, de cansaço.

— Meu amigo — disse Monedowa —, isso é tudo o que você tem?

O manito não respondeu. Monedowa retomou sua forma de caçador e estava a um pulo da vitória, quando o manito perverso quase o alcançou.

— Bakah! Bakah! Nejee! — Mudjee Monedo chamou Monedowa. — Pare, meu amigo. Quero falar com você.

Monedowa gargalhou ao responder:

— Vou falar com você na linha de chegada. Quando homens correm comigo, faço uma aposta e espero que ajam de acordo: uma vida pela outra.

Com mais um voo como pássaro azul de asas vermelhas, Monedowa estava tão próximo ao objetivo, que poderia facilmente o alcançar em sua forma mortal. Resplandecendo de beleza, seu rosto iluminou-se como o céu, com os braços e o peito tingidos pelo sol cintilante e o penacho colorido em sua fronte balançando ao vento. Monedowa, sob a torcida dos gritos alegres de seu povo, pulou no pilar.

O manito chegou com uma expressão de medo.

— Meu amigo, poupe minha vida. — E então acrescentou, numa voz baixa, como se não quisesse que os demais o escutassem: — Deixe-me viver.

E começou a mover-se, como se o pedido tivesse sido aceito.

— O que você fez com os outros — replicou Monedowa — será feito com você.

Agarrando o manito perverso, bateu-o contra o pilar de pedra. Os companheiros do manito, que assistiam com horror, gritaram de medo e fugiram para alguma terra distante, de onde nunca mais retornaram.

A família da viúva deixou o lugar. Quando chegaram juntos a campo aberto, continuaram caminhando até alcançarem a margem perfumada e a floresta sempre-viva, onde a filha encontrara o pássaro amado pela primeira vez.

Virando-se para a senhora, Monedowa disse:

— Minha sogra, devemos nos despedir. Sua filha e eu precisamos deixar vocês. O Bom Espírito, movido por piedade, permitiu-me ser seu amigo. Fiz aquilo para o que fui enviado. Agora tenho permissão de levar comigo aquela que amo. Sua filha foi sempre bondosa, gentil e justa. Ela será minha companheira. Que a bênção do Bom Espírito esteja sempre com você. Fique bem, minha sogra. Fique bem, meu cunhado.

Enquanto a viúva continuava perdida na surpresa dessas palavras, Monedowa e sua esposa, Minda, transformados no mesmo momento, alçaram voo como belos pássaros, vestidos das cores brilhantes vermelha e azul.

Cantaram juntos enquanto voavam. Suas canções eram felizes! Seu voo caía e mergulhava como gota límpida na floresta; depois eles subiam, subiam, batendo as asas no caminho para o mais alto céu. Uma paz deliciosa veio à pobre viúva, e

A AMANTE DO PÁSSARO 219

ela retornou à sua choupana profundamente grata por toda a bondade que lhe fora mostrada pelo Mestre da Vida.

Daquele dia em diante, nunca mais ela conheceu penúria, e seu jovem filho provou-se um conforto à sua alma, na solidão da choupana. A canção melodiosa de Monedowa e Minda, ao cair dos céus, era sempre uma música, trazendo paz e alegria aos seus ouvidos, onde quer que ela estivesse.

O REI GÉLIDO

LOUISA MAY ALCOTT, 1854

A monarca do reino das fadas passava boa parte de seu tempo tentando convencer o Rei Gélido a não matar as belas flores que cultivavam, mas ele nunca cedia. A rainha já estava sem esperanças quando Violeta se apresenta com o pedido inusitado de ir até o Rei Gélido, para convencê-lo com o poder do amor... Será Violeta capaz de descongelar as terras frias e sem cor?

FÁBULAS DE FLORES

A lua de verão brilhou forte sobre a Terra adormecida, enquanto longe dos olhos mortais dançava o povo das Fadas. Vaga-lumes se penduravam em cachos brilhantes sobre as folhas orvalhadas, que flutuavam no fresco vento noturno; e as flores observavam, com muita admiração, os pequenos Elfos, que se deitavam por entre as folhas das samambaias, balançavam nos galhos da videira, navegavam no lago entre os lírios do vale ou dançavam no solo musgoso ao som das campânulas, que tocavam seus repiques mais alegres em homenagem à noite.

Sob a sombra de uma rosa selvagem, sentavam-se a Rainha e suas pequenas Damas de Honra, ao lado do cogumelo prateado onde o banquete era servido.

— Agora, meus amigos — disse ela —, até que a brilhante lua desapareça, vamos cada um narrar um conto ou relatar o que fizemos ou aprendemos neste dia. Vamos começar com você, Cachos Ensolarados — acrescentou se voltando a um adorável pequeno Elfo, que estava deitado entre as perfumadas folhas de uma prímula.

Com um sorriso alegre, Cachos Ensolarados começou sua história.

— Enquanto eu pintava as brilhantes pétalas de um jacinto azul, ele me narrou este conto.

O REI GÉLIDO; OU, O PODER DO AMOR

Três pequenas Fadas se sentaram nos campos para tomar o desjejum: cada uma entre as folhas de sua flor favorita, Margarida, Prímula e Violeta estavam felizes como as Elfas devem estar.

O vento da manhã gentilmente as balançava para lá e para cá, e o sol brilhava calorosamente sobre a grama orvalhada, onde as borboletas estendiam suas alegres asas e as abelhas com suas vozes profundas cantavam por entre as flores; enquanto os passarinhos saltitavam contentes, prestes a espiá-las.

Em um cogumelo prateado, espalhava-se o desjejum: bolinhos de pó de flores repousavam sobre uma folha verde e larga, além de um morango carmesim, com o açúcar da violeta e o creme da serralha amarela, compunham a refeição feérica, e sua bebida era o orvalho das folhas brilhantes das flores.

— Minha nossa — balbuciou Prímula, voltando-se languidamente para trás —, como está quente o sol! Dê-me outro pedaço de morango, e em seguida devo ir para a sombra das samambaias.

Mas enquanto eu como, conte-me, querida Violeta, por que você está tão triste? Quase não vi um rosto feliz desde meu retorno da Terra da Rosa. Querida amiga, o que significa isso?

— Eu vou lhe contar — respondeu a pequena Violeta, as lágrimas se acumulando em seus ternos olhos. — Nossa boa Rainha está sempre se empenhando para manter as queridas flores longe do poder do cruel Rei Gélido; ela tentou de várias maneiras, mas nenhuma deu certo. Enviou mensageiras para a corte dele com presentes caros, mas todas retornaram doentes por falta de sol, fatigadas e tristes; nós as tratamos, embaixo de sol e chuva, mas ainda assim os espíritos sombrios dele fizeram seu trabalho, e restou para nós prantear sobre nossas flores arruinadas. Assim temos lutado, e em vão; e, nesta noite, nossa Rainha realizará um conselho pela última vez. Portanto estamos tristes, querida Prímula, pois ela tem labutado e cuidado de nós, e não podemos fazer nada para ajudá-la ou aconselhá-la agora.

— É de fato uma coisa cruel — respondeu a amiga —, mas se não podemos ajudar, devemos sofrer pacientemente e não deixar que as amarguras dos outros perturbem nossa felicidade. Mas, queridas irmãs, vocês não estão vendo o quão forte está ficando o sol? Preciso enrolar minhas mechas e preparar minha túnica para a noite; portanto, devo ir ou vou ficar marrom como uma folha seca nesta luz quente. — Então, pegando um pequeno cogumelo como sombrinha, Prímula foi embora; Margarida logo a seguiu, e Violeta ficou sozinha.

Então, ela estendeu a mesa de novo e destemidamente chegaram as ocupadas formiga e abelha, os contentes pássaro e borboleta; nem mesmo a pobre toupeira cega e a humilde minhoca foram esquecidas. Com palavras gentis, Violeta alimentou todos eles, enquanto cada um aprendia algo com a bondosa professorinha; e o amor que fez seu coração brilhar reluziu igualmente em todos.

A formiga e a abelha aprenderam sobre a generosidade, a borboleta e o pássaro, sobre o contentamento, a toupeira e a minhoca, sobre a confiança no amor dos outros; e cada um foi para casa melhor do que quando chegou para o breve encontro com Violeta.

A noite chegou, e com ela, as tropas de Elfos para aconselhar a boa Rainha, que, sentada em seu trono musgoso, olhou ansiosamente para a multidão abaixo, cujas asas luminosas e túnicas farfalhantes cintilavam como várias flores multicoloridas.

Por fim, ela se levantou e, em meio a um silêncio profundo, falou assim:

— Queridas crianças, não vamos nos cansar de fazer um bom trabalho, mesmo que seja duro e fatigante. Pensem nos muitos coraçõezinhos, que, em sua tristeza, nos procuram para obter ajuda. O que seria da Terra Verde sem suas adoráveis flores? E que lar solitário para nós! A beleza delas preenche nossos corações com esplendor, e seu amor com ternos pensamentos. Podemos deixá-las morrer desassistidas e sozinhas? Elas dão tudo de si para nós; não devemos trabalhar incansavelmente para que possam florescer em paz em seus lares tranquilos? Tentamos ganhar o amor do severo Rei Gélido, mas foi em vão: seu coração é duro, assim como sua terra é gelada; nenhum amor pode comovê-lo, nenhuma bondade o traz de volta à luz do sol e à alegria. Como então poderemos proteger nossas frágeis flores desses espíritos cruéis? Quem nos dará conselhos? Quem será nossa mensageira pela última vez? Falem, meus súditos.

Então, um grande murmúrio surgiu, e vários deles falaram; alguns, sobre presentes caros; outros, sobre guerra; os temerosos aconselharam paciência e submissão.

Longa e avidamente falaram, e suas vozes suaves se elevaram.

Então, a doce música soou no ar e os altos tons cessaram; em um admirável silêncio, as Fadas aguardavam o que poderia vir.

Através da multidão, veio uma pequena figura, uma coroa de puras violetas brancas repousando entre os radiantes cachos que caíam tão suavemente em torno do rosto gentil, onde um profundo rubor ardeu, e ao se ajoelhar diante do trono, a pequena Violeta falou:

— Querida Rainha, nós nos curvamos ao poder do Rei Gélido, transportamos presentes ao seu orgulho, mas fomos até ele com confiança e falamos sem temor sobre seus feitos malignos? Derramamos a suave luz do infatigável amor em seu coração frio e, com paciente ternura, mostramos a ele como o brilhante e belo amor pode vencer até mesmo o quinhão mais sombrio? Nossas mensageiras partiram cheias de medo, e com olhares frios e palavras corteses ofereceram-lhe ricos presentes, coisas com que ele não se importou e com igual orgulho nos devolveu. Então, deixai-me, a mais fraca de sua companhia, ir até ele, confiante no amor que sei que jaz escondido no mais frio coração. Portarei apenas uma guirlanda de nossas mais belas flores; elas ventarão sobre ele, e seus rostos brilhantes, olhando-o amavelmente, trarão doces pensamentos à sua mente sombria, e a suave respiração delas se moverá furtiva como palavras gentis. Então, quando ele as vir desaparecendo em seu peito, não suspirará profundamente por não haver calor ali para mantê-las frescas e amáveis? Isso eu farei, querida Rainha, e não irei jamais deixar o lar soturno até que a luz do sol desça sobre as flores tal como faz com aquelas que desabrocham em nossa querida terra.

A Rainha ouviu tudo em silêncio. Em seguida, ergueu e pôs a mão sobre a cabeça da pequena Violeta, dizendo enquanto se voltava para a multidão:

— Nós, com nosso orgulho e poder, erramos, ao passo que esta, a mais fraca e mais humilde entre nossos súditos, da inocência de seu puro coração nos aconselhou mais sabiamente do que o mais nobre de nosso séquito. Todos que irão ajudar nossa brava pequena mensageira, levantem as varinhas, para que possamos saber quem irá depositar sua confiança no Poder do Amor.

Todas as varinhas das fadas reluziram no ar, como vozes prateadas, e elas gritaram:

— Amor e pequena Violeta!

De mãos dadas, a Rainha e Violeta desceram do trono; e, até que a lua afundasse, as Fadas trabalharam muito para costurar uma coroa das mais belas flores. Com ternura, as recolheram, cobertas pelo fresco orvalho da noite em suas folhas, e conforme teciam, cantavam doces encantamentos e sussurravam bênçãos feéricas sobre as mensageiras brilhantes, as quais enviavam para morrer em uma terra soturna, para que sua boa gente pudesse florescer ilesa.

Enfim a coroa ficou pronta, e as belas flores repousavam resplandecentes sob a luz das estrelas, enquanto ao lado delas estavam as Fadas, cantando ao som das harpas no vento:

"Enviamo-las, caras flores
Fadadas a morrer,
Suas irmãs não podem chorar
Por vê-las perecer;
Mas lhes trarão renascimento
Onde habitam na vida,
E assim sorrindo suavemente,
Tristes, em despedida

Implorem com vozes gentis,
E sussurros suaves

Do amor doce ao frio coração,
E ele há de responder;
E embora sumam tristemente,
Com muito amor dirão
Da paz e alegria conquistadas:
E as flores se despedirão!"

O sol da manhã desceu suavemente sobre a vasta Terra Verde, qual um poderoso altar enviando nuvens de perfume a partir de seu peito, enquanto as flores dançavam alegres ao vento de verão, e os pássaros cantavam os hinos matinais por entre as folhas verdes e frescas. Então, bem no alto, com asas brilhantes, surgiu uma pequena figura. A luz do sol repousou suavemente em seus cabelos sedosos, e os ventos sopraram com amor pelo seu rosto iluminado, trazendo os mais doces aromas para animá-la.

Veio Violeta através do ar límpido, a Terra olhava sorrindo para ela, enquanto, com a coroa cintilante presa nos braços, ela voava por entre as nuvens macias e brancas.

Ela voou mais e mais sobre colinas e vales, largos rios e florestas farfalhantes, até que o calor do sol se foi, os ventos ficaram mais frios, o ar espesso, e a neve começou a cair. Longe e abaixo, ela viu a casa do Rei Gélido. Pilares de gelo cinza e duro sustentavam o telhado alto e arqueado, de onde se penduravam pingentes de cristais de gelo. Jardins soturnos jaziam ao redor, permeados de flores murchas e árvores despidas e vergadas. As nuvens carregadas se suspendiam baixas no céu escuro, e um vento frio murmurava tristemente no ar invernal.

Com o coração batendo forte, Violeta segurou sua desvanecente coroa mais perto do peito e, com fatigadas asas, voou em direção ao soturno palácio.

Ali, diante das portas fechadas, havia muitas figuras de rostos sombrios e vozes ásperas e dissonantes, que muito severas perguntaram à trêmula Fadinha por que se aproximava.

Gentilmente, ela respondeu, contando sobre sua incumbência, suplicando a eles para que a deixassem entrar, antes que o vento frio destruísse suas frágeis flores. Então, eles escancararam as portas, e ela entrou.

Paredes enregeladas, entalhadas com estranhas figuras estavam ao seu redor; cristais de gelos brilhantes pendurados no alto teto, e neves brancas e macias cobriam os chãos duros. Em um trono com nuvens, estava sentado o Rei Gélido; uma coroa de cristais prendia seus cachos brancos e um manto escuro trabalhado com delicada geada pousava junto a seu peito frio.

Seu severo rosto não podia deter a pequena Violeta, que através do longo salão se aproximava, indiferente à neve que se acumulava sobre seus pés e ao terrível vento que soprava ao seu redor. O Rei, com olhos admirados, via a luz dourada que interagia com as escuras paredes conforme ela passava.

As flores, como se soubessem de sua parte, abriram suas folhas brilhantes e derramaram seu mais doce perfume, enquanto, ajoelhando-se diante do trono, a corajosa Fadinha disse:

— Oh, Rei da praga e do pesar, não me deixeis partir até que eu tenha trazido de volta a luz e a alegria que farão vossa sombria casa bela e irradiante novamente. Deixai-me chamar de volta aos jardins desolados as lindas formas que se foram, e suas suaves vozes, ao abençoar-vos, irão trazer ao vosso peito uma alegria sem fim. Lançai vossa coroa e cetro glaciais e deixai a amorosa luz do sol cair suavemente em vosso coração. Então a Terra irá florescer novamente em toda sua beleza, e vossos olhos turvos irão repousar apenas em belas formas, enquanto a música irá soar através desses soturnos salões e o amor dos corações agradecidos será vosso. Tende piedade dos espíritos gentis das flores e não as condeneis a uma morte precoce, quando elas devem florescer em uma beleza indestrutível, fazendo-nos mais sábios com seus gentis ensinamentos e a Terra mais vibrante por suas formas amáveis. Essas formosas flores, com as preces de toda a Terra das Fadas, deixo diante de vós. Oh, não me envieis de volta até que elas sejam atendidas.

E, com lágrimas caindo espessas e rápidas em suas macias folhas, Violeta deixou a coroa aos pés do Rei, enquanto a luz dourada ia ficando mais brilhante ao se derramar sobre a pequena figura que tão humildemente ali se ajoelhava.

O rosto severo do Rei abrandou-se ao observar a gentil Fada, e as flores pareciam olhar para ele em súplica, conforme suas vozes fragrantes soavam suaves ao seu ouvido, contando sobre suas irmãs moribundas e a alegria que lhes dava trazer felicidade aos fracos e sofredores. Mas ele aproximou o escuro manto do peito e respondeu friamente:

— Eu não posso atender à tua prece, pequena Fada. É de minha vontade que as flores morram. Volta para tua Rainha e conta a ela que não posso renunciar ao meu poder para agradar a essas tolas flores.

Então, Violeta pendurou a coroa sobre o trono e com os pés exaustos avançou novamente para os jardins frios e escuros, e as sombras douradas a seguiam, e onde quer que caíssem, as flores desabrochavam e as folhas verdes farfalhavam.

Vieram os Espíritos Gélidos, e sob suas frias asas as flores morriam, enquanto eles levavam Violeta para uma cela baixa e escura, dizendo, ao deixá-la, que o Rei estava bravo por ela ter ousado ficar quando ele lhe havia ordenado partir.

Então, completamente só, ela se sentou. Pensamentos tristes de seu alegre lar lhe ocorreram, e ela chorou amargamente. Mas, de súbito, Violeta foi tomada por visões das gentis flores morrendo em seus lares silvestres, e suas vozes zunindo em seus ouvidos, implorando-lhe que as salvasse. Então, ela parou de chorar, e pacientemente aguardou o que poderia acontecer.

A luz dourada entrou indistintamente através da cela, e ela escutou vozinhas lhe pedindo ajuda, e, bem no alto, entre as pesadas teias de aranha, pendiam pobres mosquinhas lutando para se libertarem, enquanto suas cruéis inimigas sentavam-se em suas redes, assistindo à sua dor.

Com sua varinha, a Fada rompeu as faixas que as prendiam, e com ternura amarrou suas asas quebradas e curou suas feridas; enquanto isso, elas se deitaram sob a luz quente e cantarolaram fraquinho agradecimentos à sua bondosa libertadora.

Violeta se dirigiu às feias aranhas marrons e, com palavras gentis, contou-lhes como na Terra das Fadas suas parentes fiavam todo o tecido élfico e, em retribuição, as Fadas lhes davam comida, e o quão feliz elas viviam entre as folhas verdes, fiando vestes aos seus vizinhos.

— E vocês também — disse ela — fiarão para mim, e eu lhes darei melhor comida do que os mais indefesos insetos. Vocês devem viver em paz e fiar fios delicados em um manto para o severo Rei; e eu irei tecer fios dourados em meio ao cinza, para que, quando envolvidos sobre seu coração frio, pensamentos gentis possam entrar nele e fazer dele seu lar.

Enquanto ela cantava alegremente, as pequenas tecelãs fiavam seus fios de seda, as moscas em asas brilhantes voavam amavelmente sobre sua cabeça e, sobre todas as coisas, a luz dourada irradiava de maneira suave.

Quando os Espíritos Gélidos contaram ao Rei, ele se espantou, e então, secretamente, passou a vigiar o pequeno cômodo ensolarado, onde amigos e inimigos trabalhavam em pacífica união. A luz brilhou mais forte e flutuou no ar frio, pairando sobre os jardins soturnos, onde nem todo o poder dos

Espíritos podia guiar; e as folhas verdes brotavam nas árvores nuas e as flores desabrochavam, mas os Espíritos amontoavam neve sobre elas, que reclinavam a cabeça e morriam.

Por fim, o manto ficou pronto: entre os fios cinzentos brilhavam os dourados, fazendo-o reluzir. Violeta o enviou ao Rei, implorando-lhe que o vestisse, pois assim a paz e o amor habitariam em seu peito.

Mas, com desdém, ele o jogou para um lado e ordenou seus Espíritos a levarem-na a uma cela mais fria, nas profundezas da terra; e lá, com palavras ásperas, eles a deixaram.

Ainda assim, ela cantava com alegria, e as gotas que caíam marcavam o tempo de forma tão musical, que o Rei em seus frios salões de gelo se admirava com os sons doces e sutis que lhe assaltavam.

Violeta então se estabeleceu, e a luz dourada brilhava cada vez mais forte. Dentre as fendas das paredes rochosas, saíram tropas de pequenas toupeiras revestidas de veludo, rogando que pudessem ouvir a doce música e deitar-se à cálida luz.

— Nós temos levado — disseram — uma triste vida na terra fria. As raízes das flores estão mortas e nenhum orvalho desce até nós para bebermos, nenhuma sementinha ou folha nós conseguimos encontrar. Ah, bondosa Fada, deixe-nos ser seus servos: dê-nos apenas algumas migalhas de seu pão diário, e nós faremos tudo o que pudermos para servi-la.

Violeta disse "Sim"; e então, dia após dia, eles trabalharam para fazer um caminho através da terra congelada, para que pudesse alcançar a raiz das flores murchas. Não demorou para que, por onde ela passasse nas galerias escuras, a suave luz caísse sobre as raízes das flores, e elas, com sua nova vida, se espalhassem pelo solo quente e enviassem seiva fresca para as flores acima. Vibrantes, elas floresciam e dançavam à luz suave, e os Espíritos Gélidos tentavam em vão machucá-las, pois, quando chegavam até as claras nuvens, seu poder de causar o mal os deixava.

Do castelo sombrio, o Rei observava as felizes flores, que lhe acenavam prazenteiras, e as doces cores tentavam contar-lhe sobre o bondoso pequeno Espírito que labutava tão piedosamente lá embaixo para que pudessem viver. Quando ele se voltou da claridade exterior para seu suntuoso palácio, tudo parecia tão frio e sombrio, que se enrolou no manto de Violeta e sentou-se diante da coroa desvanecida sobre seu trono entalhado em gelo, indagando-se sobre o estranho calor que vinha dela. Então, ordenou a seus Espíritos que trouxessem a pequena Fada de sua funesta prisão.

Eles voltaram correndo e rogaram a ele que visse o quão adorável a cela escura havia se tornado. O áspero chão estava coberto com grosso musgo verde, e sobre o teto e as paredes cresciam videiras floridas, preenchendo o ar com seu doce hálito; enquanto em cima, brincava a luz suave e clara, lançando sombras rosadas nas gotas cintilantes que jaziam entre as folhas fragrantes; e sob as videiras, estava Violeta, jogando migalhas às felpudas toupeirinhas que corriam sem medo e a ouviam cantar.

Quando o velho Rei viu como mais bela Violeta havia tornado a sombria cela em relação aos aposentos de seu palácio, gentis pensamentos sussurraram-lhe para que atendesse à sua prece e permitisse que a pequena Fada voltasse para seus amigos e seu lar; mas os Espíritos Gélidos sopraram sobre as flores e pediram que visse como eram frágeis e inúteis a um Rei. Então, pensamentos frios e severos voltaram mais uma vez, e ele asperamente ordenou a ela que o seguisse.

Depois de uma triste despedida de seus pequenos amigos, ela o seguiu e, diante do trono, aguardou pelo seu comando. Quando o Rei viu o quão pálido e triste o gentil rosto havia ficado, o quão fina ficou a sua túnica, e frágeis ficaram suas asas, e, mesmo assim, o quão adoráveis as sombras douradas caíam sobre ela e brilhavam conforme pousavam na varinha, que, guiada por um amor paciente, havia tornado tão luminoso seu lar outrora desolado, ele não poderia ser cruel com aquela que tinha feito tanto por ele, e em um tom amável, disse:

— Fadinha, eu te ofereço duas coisas, e tu deves escolher uma. Se eu prometer nunca mais danificar as flores que tu amas, tu retornarás para teu povo e me enviarás com meus Espíritos para exercer nossa vontade sobre todas as outras flores que desabrocham? A Terra é grande, e nós podemos encontrá-las em qualquer lugar, então por que tu te importarias com o que acontece com outras linhagens se a tua própria está segura? Tu farias isso?

— Ah! — respondeu Violeta com tristeza. — Não sabeis que abaixo das folhas brilhantes das flores bate um pequeno coração que ama e sofre como o nosso? Poderia eu, alheia à sua beleza, fadá-las à dor e ao luto, para que possa salvar minhas próprias queridas flores dos cruéis inimigos, para os quais as deixo? Ah, não! Antes habitar para todo o sempre na vossa mais sombria cela do que perder o amor daqueles corações calorosos e confiantes.

— Então, presta atenção — disse o Rei — na tarefa que eu te dou. Tu deverás erguer para mim um palácio mais belo do que este, e se operares esse milagre, concederei a tua prece ou perderei a minha coroa real. E agora vá em frente e comece a tua tarefa; meus Espíritos não irão machucá-la, e eu esperarei até que ela esteja pronta antes de destruir uma outra flor.

Jardins afora, Violeta seguiu com o coração pesado, pois ela havia trabalhado tanto, que suas forças quase se foram. Mas as flores sussurraram sua gratidão e dobraram as folhas como se a abençoassem; e quando ela viu o jardim repleto de amáveis amigas, que se esforçaram para animá-la e agradecer-lhe por seu cuidado, a coragem e a força retornaram. Erguendo grossas nuvens de névoa, que a esconderam das admiradas flores, sozinha e confiante, ela iniciou seu trabalho.

Conforme o tempo passava, o Rei Gélido temia que a tarefa tivesse sido muito dura para a Fada: ouviam-se sons detrás dos muros de névoas, viam-se imagens luminosas passar ali dentro, mas nunca se ouvia a diminuta voz. Além disso, a luz dourada havia desaparecido do jardim, as flores inclinaram a cabeça e tudo ficou escuro e frio como quando a gentil Fada havia chegado.

Para o severo Rei, sua casa parecia mais desolada e triste: ele sentia falta da luz calorosa, das felizes flores e, acima de tudo, da alegre voz e do rosto iluminado da pequena Violeta. Então, vagueou pelo seu palácio soturno, perguntando-se como se contentara com uma vida sem o amor e a luz do sol.

A pequena Violeta foi pranteada como morta na Terra das Fadas, tendo sido várias lágrimas derramadas, pois a gentil Fada era amada por todos, desde a Rainha até a mais humilde flor. Com tristeza, eles tomavam conta de cada pássaro e cada flor que ela havia amado e se esforçavam para ser como ela, praticando o bem e falando palavras gentis. Usavam coroas de ciprestes e falavam dela como alguém que nunca mais tornariam a ver.

Assim, viveram em profunda tristeza até o dia em que veio até eles um mensageiro desconhecido, envolto por um manto escuro, que contemplava com olhos admirados o palácio iluminado e Elfos coroados de flores que o acolheram trazendo orvalho fresco e fruta rosada para refrescar o estranho fatigado. Então ele lhes contou que vinha da parte do Rei Gélido, que implorava à Rainha e a todos os seus súditos para ver o palácio que a pequena Violeta havia construído; pois o véu da névoa seria logo retirado, e como ela não poderia construir um lar mais belo do que o castelo de gelo, o Rei desejava ter seus parentes por perto para confortá-la e levá-la para casa. E, enquanto os Elfos choravam, ele lhes contou como pacientemente ela havia labutado, como seu amor indestrutível havia tornado bela e luminosa a cela soturna.

Essas e várias outras coisas ele lhes contou; pois a pequena Violeta havia ganhado o amor de muitos Espíritos Gélidos, e mesmo quando eles matavam as flores, ela se esforçava muito para trazer de volta a vida e a beleza, falava-lhes palavras gentis e procurava ensiná-los quão bonito é o amor. Por muito tempo ficou o mensageiro, e mais profundamente cresceu sua admiração por que a Fada tivesse deixado seu lar tão belo para trabalhar no palácio sombrio de um mestre cruel, sofrendo de frio e fadiga para dar vida e alegria aos fracos e oprimidos. Quando os Elfos prometeram que iriam, ele disse adeus à feliz Terra das Fadas e correu triste para casa.

Por fim, a hora chegou, e fora de seu árido jardim, sob um dossel de nuvens escuras, sentou-se o Rei Gélido diante do muro enevoado, atrás do qual se ouviam sons suaves e doces, como o farfalhar das árvores e o gorjear das aves.

De repente, em meio ao ar, surgiram várias tropas multicoloridas de Elfos. Primeiro, a Rainha, conhecida pelos lírios prateados em sua nívea túnica e a coroa brilhante no cabelo, e ao lado de quem voava um grupo de Elfos em carmesim e ouro, tocando uma música doce em suas flores-trombetas. Ao redor de tudo, sorrindo e com os olhos brilhando, alvoroçavam-se seus amados súditos.

Eles chegaram feito um bando de borboletas reluzentes de asas cintilantes e vestes multicoloridas faiscando no ar turvo; e logo as árvores desfolhadas estavam alegres, com flores vivas, suas vozes adocicadas preenchendo os jardins de música. Como seus súditos, o Rei olhava sobre os amáveis Elfos e não mais se admirava de que Violeta chorasse e esperasse por sua casa. Mais escuro e mais desolado parecia seu lar imponente, e quando as Fadas perguntaram pelas flores, ele se sentiu envergonhado por não ter nenhuma para lhes dar.

Por fim, um vento quente varreu os jardins, e as nuvens nevoentas se foram, enquanto, em silencioso maravilhamento, o Rei Gélido e os Elfos observavam a cena.

Até onde a vista alcançava, havia verdes árvores altas cujos galhos pendentes formavam graciosos arcos, através dos quais a luz dourada brilhava suavemente, produzindo reflexos brilhantes no musgo verde e espesso embaixo, onde as mais belas flores flutuavam no vento fresco e cantavam com suas vozes ternas, como é lindo o Amor.

Videiras florescentes dobravam as folhas leves ao redor das árvores, produzindo pilares verdes em seus ásperos troncos. Fontes jorravam águas cristalinas para o alto, e bandos de pássaros de asas prateadas voavam cantando entre as flores ou chocavam amorosamente em seus ninhos. Pombas com olhos gentis arrulhavam entre as folhas verdes, nuvens brancas como a neve flutuavam ao tímido sol, e a luz dourada, mais forte do que nunca, brilhava suavemente embaixo.

E então, através de longos corredores, veio Violeta, flores e folhas verdes alvoroçadas enquanto ela passava. Ao chegar ao trono do Rei Gélido, carregando duas coroas, uma de pingentes de gelo cintilantes, a outra de puros lírios brancos, e ajoelhando-se diante dele, disse:

— Minha tarefa está cumprida. Graças aos Espíritos da terra e do ar, eu fiz uma casa tão bela quanto as mãos élficas podem produzir. Vós deveis decidir agora. Sereis o Rei da Terra das Flores e recebereis minha querida família como seus amados amigos? Possuireis paz e alegria indestrutíveis e o mais grato amor de todas as crianças perfumadas da Terra Verde? Então, tomai esta coroa de flores. Mas se vós não podeis encontrar nenhum prazer aqui, voltai para sua própria casa vazia e habitai na solidão e na escuridão, onde nenhum raio de luz do sol ou de alegria podem entrar. Enviai seus Espíritos para carregar pesar e desolação sobre a feliz Terra e conquistai para vós mesmo o medo e o ódio daqueles que iriam tão alegremente amar-vos e reverenciar-vos. Então, tomai esta coroa cintilante, dura e fria como será o vosso próprio coração, se vos fordes excluir tudo o que é luminoso e belo. Ambas estão diante de vós. Escolhei.

O Rei olhou para a Fadinha e viu o quão adoravelmente os reflexos brilhantes se formavam ao redor dela, como que para protegê-la de qualquer dano; os pássaros tímidos se aninhavam em seu peito e as flores cresciam mais belas, conforme ela as observava; enquanto suas gentis amigas, com lágrimas nos olhos brilhantes, juntavam as mãos suplicantes e sorriam para ela.

Pensamentos gentis inundaram sua cabeça, e ele se virou para avistar os dois palácios. O de Violeta, tão bom e belo, com suas árvores farfalhantes, o céu calmo e ensolarado e pássaros e flores felizes, todos criados por seu amor e cuidado pacientes. E o dele, tão frio, escuro e soturno, seus jardins vazios, onde nenhuma flor poderia desabrochar, nenhuma árvore verde viver, nem pássaro cantar; tudo desolado e turvo. Enquanto ele olhava, seus próprios Espíritos, valendo-se de seus mantos, ajoelharam-se diante dele e rogaram-lhe para que não os enviasse para destruir as coisas que as gentis Fadas tanto amavam.

— Nós servimo-vos por muito tempo e fielmente — disseram —, dai-nos agora a nossa liberdade, para que possamos aprender a ser amados pelas doces flores que machucamos por tanto tempo. Concedei a prece da Fadinha e deixai-a voltar ao seu próprio querido lar. Ela nos ensinou que o Amor é mais forte do que o Medo. Escolhei a coroa de flores, e nós seremos os mais fiéis súditos que vós jamais tivestes.

Então, em meio a uma explosão de música doce e selvagem, o Rei Gélido colocou a coroa de flores em sua cabeça e se ajoelhou diante da pequena Violeta; enquanto ali e acolá, sobre a extensa Terra Verde, soaram vozes de flores, cantando em agradecimento à gentil Fada, e o vento de verão estava carregado de perfumes, que enviaram como prova de gratidão; aonde quer que ela fosse, as velhas árvores se inclinavam para envolvê-la em seus finos ramos, flores encostavam seus rostos suaves contra o dela e sussurravam bênçãos; até mesmo o humilde musgo se curvou sobre seus pezinhos e os beijou quando passaram.

O velho Rei, cercado pelas felizes Fadas, sentou-se no adorável lar de Violeta e assistiu ao seu castelo gelado derreter sob a resplandecente luz do sol. Os Espíritos, agora não mais frios nem sombrios, dançavam com os Elfos e aguardavam o seu Rei com amorosa avidez. Mais forte brilhou a luz dourada, mais alegres cantaram os pássaros e as vozes harmoniosas das flores agradecidas, soando sobre a Terra, carregavam novo júbilo a toda sua amada gente.

Brilhou mais forte a luz dourada;
Sobre o fresco vento que vinha
Tons doces e suaves das flores,
Cantando o nome da florzinha.
Entre troncos, sussurrado era,
E ondas claras o carregavam
Às sós silvestres flores,
Onde as boas novas ficavam.

O Rei Gélido perdeu o reino,
E o poder de danar
Ela venceu, e o peito dele

Quentou com seu cantar e amar;
E a casa dele, outrora triste,
Leda com Elfos e floreio,
Trouxe júbilo infinito
Por todo tempo veraneio.

Pois a magia de Violeta,
Afastou toda escuridão,
Com flores e alegria repleta
Tons áureos permanecerão.
A missão da Fada findou,
Tudo de Feéria foi falado
O "Poder do Amor", gentil feito,
Por Violeta foi forjado.

Quando Cachos Ensolarados terminou, um outro pequeno
Elfo veio à frente, e assim o conto "Asa Prateada" foi narrado.

ESPECIAL DE HALLOWEEN

O FANTASMA INEXPERIENTE

H. G. WELLS, 1902

Uma casa estranha, antiga e banhada por sombras é o cenário perfeito para uma história de terror. Em um sábado como outro qualquer entre amigos, Clayton decide narrar a visita de um fantasma um tanto quanto peculiar. Perdido e assustado, o fantasma vagava em busca de companhia, mas algo ainda mais inesperado aguarda por Clayton.

Lembro-me vividamente da cena quando Clayton contou sua última história. Ele permaneceu sentado durante grande parte do tempo em um dos cantos do antigo banco de madeira, próximo à ampla lareira, com Sanderson ao seu lado fumando o cachimbo Broseley que trazia seu nome gravado. Ali também estavam Evans e Wish, que, embora fosse um ator estupendo, era também um homem modesto. Havíamos todos chegado ao Mermaid Club naquele sábado de manhã, exceto por Clayton, que pernoitara no local, o que de fato lhe serviu de início para a sua história. Jogáramos golfe até escurecer e, após a ceia, nos encontrávamos imersos em um clima de tranquilidade propício para uma história. Quando Clayton iniciou

240 SOCIEDADE DAS RELÍQUIAS LITERÁRIAS

sua narrativa, naturalmente supomos que estivesse mentindo. Pode ser que, de fato, estivesse; quanto a isso, o leitor logo poderá julgar tão bem quanto eu. Ele começou, é verdade, com um tom anedótico e corriqueiro, o que acreditamos ser apenas um artifício incurável daquele homem.

— Escutem — disse ele, após considerar longamente perante a chuva de faíscas vindas do pedaço de lenha que Sanderson golpeava —, vocês sabem que passei a noite aqui sozinho, não?

— Exceto pelos criados — observou Wish.

— Que dormiam na outra ala — Clayton completou. — Bem... — disse ele, antes de tragar longamente seu charuto, como se ainda hesitasse. Então, sem alarde, concluiu: — Eu apanhei um fantasma!

— Não me diga! — Sanderson exclamou. — E onde ele está?

Evans, que passara quatro semanas na América e era um grande admirador de Clayton, não conteve sua surpresa:

— Então quer dizer que você *apanhou* um fantasma? Muito bem! Conte-nos tudo agora mesmo.

Clayton respondeu que o faria em um minuto, pedindo-lhe que fechasse a porta. Olhando para mim como a se justificar, disse:

— É claro que ninguém está nos bisbilhotando, mas não queremos atrapalhar nosso excelente serviço com rumores de que há fantasmas perambulando pelo lugar. Todas essas sombras e painéis de madeira cobrindo as paredes podem lhes dar margem à imaginação. Além disso, esse era um fantasma incomum. Acho que ele não voltará a aparecer por aqui... nunca mais.

— Quer dizer que você não conseguiu prendê-lo? — provocou Sanderson.

— Não pude fazer isso com ele — admitiu Clayton.

Sanderson não escondeu seu ar de surpresa, ao que nós rimos, deixando Clayton visivelmente incomodado.

— Sei o que parece — disse ele, como se esboçasse um sorriso —, mas o fato é que era *mesmo* um fantasma, e estou tão certo disso quanto de que estou aqui, falando com vocês agora. Não é brincadeira, eu falo sério.

Sanderson deu uma longa tragada em seu cachimbo e, com os olhos avermelhados fixos em Clayton, deixou sair pelos lábios um fino jorro de fumaça mais eloquente do que muitas palavras.

Clayton ignorou o comentário.

— Foi a coisa mais estranha que já aconteceu na minha vida. Vocês sabem que eu nunca acreditei em fantasmas nem em nada do tipo, nunca! E então... apanho um num canto, e, de repente, a coisa toda se torna real.

Ele pareceu meditar ainda mais profundamente enquanto perfurava um segundo charuto com um curioso furador pequenino que possuía.

— Você falou com ele? — Wish estava curioso.

— Por cerca de, talvez, uma hora.

— Falador, não? — provoquei-o, juntando-me ao grupo cético.

— A pobre criatura estava com problemas — disse Clayton, encurvado sobre a ponta de seu charuto com um tênue ar de reprovação.

— Chorava? — alguém perguntou.

A memória fez com que Clayton suspirasse em lamento.

— Por Deus! Sim, pobre criatura!

— E onde você o apanhou? — perguntou Evans com seu melhor sotaque americano.

— Eu nunca me dei conta — continuou Clayton, ignorando-o — de como um fantasma pode ser uma criatura digna de pena.

Fez outra pausa, buscando os fósforos no bolso para acender o charuto.

— Eu me aproveitei das circunstâncias — refletiu, como se respondesse à pergunta anterior.

Nenhum de nós estava com pressa.

— Uma criatura continua sendo a mesma até após desencarnar. Isso é algo que frequentemente esquecemos. Pessoas com ideias firmes e obstinadas acabam se tornando fantasmas com a mesma índole. É verdade que a maioria dos fantasmas que nos assombra precisa ter ideais tão fixos quanto certos maníacos e ser tão obstinada quanto mulas para continuar voltando a este mundo de novo e de novo. Essa pobre criatura não era desse tipo.

De repente, ele olhou para cima de uma forma um tanto singular e seus olhos percorreram o cômodo.

— Digo isso com toda a bondade, mas é a mais pura verdade. Assim que coloquei meus olhos nele, pude ver que se tratava de uma criatura débil.

Ele fazia pausas com a ajuda de seu charuto.

— Dei de cara com ele no corredor, como sabem. Estava de costas para mim, e fui eu quem o vi primeiro. Logo que o avistei, soube que se tratava de um fantasma. Ele era transparente e tinha a aparência esbranquiçada. Através do seu peito, eu podia ver o brilho da janela no final do corredor. E não apenas sua fisionomia, mas também seu modo de se portar, me faziam percebê-lo como fraco. Ele aparentava não ter a mínima ideia do que deveria fazer, com uma das mãos apoiadas na parede e a outra flutuando próxima à boca. Assim!

— Como era sua fisionomia? — Sanderson quis saber.

— Esguia. O pescoço era de um homem jovem com duas grandes depressões na parte de trás, aqui e aqui. Tinha a cabeça pequena e feia, o cabelo desarrumado e as orelhas desproporcionais. Os ombros eram defeituosos, mais estreitos do que o quadril; usava uma camisa de gola baixa, um paletó curto pré-fabricado, calças largas e um pouco desgastadas na barra. Foi assim que o encontrei. Subi as escadas em silêncio, e não levava nenhuma luz comigo, já que havia velas na mesa de apoio e aquela lâmpada bem ali. Eu estava de chinelos e o vi assim que subi. De súbito, parei, fitando-o. Não me botou nem um pouco de medo, no entanto. Creio que, na maioria dessas circunstâncias, nunca sentimos tanto medo ou agitação quanto imaginávamos. Estava, em vez disso, surpreso e interessado. Pensei comigo: "Meu Deus! Finalmente estou vendo um fantasma! E nos últimos vinte e cinco anos não acreditei em assombrações nem por um segundo".

— Hum... — resmungou Wish.

— Fiquei parado por um breve momento antes que ele descobrisse que eu estava ali. Ele se voltou para mim abruptamente, e vi o rosto de um jovem com um nariz frouxo, um bigode curto e o queixo frágil. Ficamos assim por um instante, encarando um ao outro, com ele olhando para mim por cima do ombro. Então, ele pareceu se recordar de seu chamado superior. Voltou-se para mim, endireitou-se, projetou o rosto, levantou os braços e estendeu as mãos, como fazem as assombrações, vindo na minha direção. Ao fazer isso, escancarou a boca e emitiu um tênue e arrastado "buu". Não, não foi nada assustador. Eu havia acabado de cear. Tomara uma garrafa de champanhe e, como me encontrava totalmente sozinho, dois ou três (ou talvez até quatro ou cinco) copos de uísque. Por isso, estava firme como uma rocha e não mais assustado do que se tivesse sido surpreendido por um sapo. "Buu!", repeti. "Bobagem. *Este* não é o seu lugar. O que está fazendo aqui?"

"Eu podia ver sua hesitação. 'Buu-uu', ele insistiu.

"'Buu uma ova! Você é membro do clube?', perguntei; e só para mostrar que não me importava nem um pouco com ele, fui em sua direção, como se para acender minha vela, atravessando-o. 'Você é membro?' repeti, fitando-o de lado.

"Ele se moveu um pouco, afastando-se de mim, um tanto cabisbaixo. 'Não', respondeu à persistência do meu olhar interrogativo. 'Não sou membro... sou um fantasma.'

"'Bem, isso não lhe dá o direito de entrar neste clube. Tem alguém que você queira ver ou coisa que o valha?', perguntei. Com a maior firmeza possível, por receio que ele confundisse a despreocupação do uísque com a distração do medo, acendi minha vela. Virei-me para ele, segurando-a. 'O que está fazendo aqui?', indaguei.

"Ele abaixara os braços e parara de resmungar. E ali estava ele, parado e constrangido, o espectro de um jovem fraco, tolo e desobstinado. 'Estou assombrando', disse.

"'Você não tem negócios aqui', respondi numa voz calma.

"'Sou um fantasma', ele pareceu se justificar.

"'Pode ser, mas você não tem nada o que assombrar aqui. Este é um clube privado e respeitável. As pessoas vêm aqui com seus filhos e as babás e, pairando por aí descuidado desse jeito, uma pobre criatura dessa pode dar de cara com você e se assustar. Suponho que não tenha pensado nisso?'

"'Não, senhor, não me ocorreu.'

"'Pois deveria. Você não tem nenhum assunto com este lugar, tem? Não foi assassinado aqui nem nada do tipo?'

"'Não, senhor, mas pensei que sendo uma casa tão velha e com as paredes cobertas de madeira...'

"'Isso *não* é desculpa'. Eu o olhava com firmeza. 'Essa sua visita é um erro', completei num tom de superioridade cordial. Disfarcei, fingindo procurar meus fósforos, e o fitei com franqueza. 'Se eu fosse você, não esperaria o galo cantar, desapareceria de uma vez.'

"Ele pareceu embaraçado. 'O *fato*, senhor, é que...', começou.

O FANTASMA INEXPERIENTE　　245

"'Eu só sumiria', falei, querendo fazê-lo chegar à mesma conclusão.

"'O fato é que, por algum motivo, eu não consigo.'

"'*Não* consegue?!'

"'Não, senhor. Parece que acabei me esquecendo de algo. Estou perambulando por aqui desde a meia-noite de ontem, escondendo-me nos armários dos quartos vazios e coisas do tipo. Estou desconcertado. Nunca antes assombrei ninguém, e isso parece ter me desorientado.'

"'Desorientado?'

"'Sim, senhor. Já tentei diversas vezes, e não parece funcionar. Devo ter me esquecido de algum pequeno detalhe e não consigo me lembrar.'

"Isso, sabem, me deixou bastante impressionado. Ele me olhava de uma maneira tão miserável que, por Deus, não consegui mais manter o ar de superioridade com o qual lhe tratara até então. 'Que estranho', eu disse e, naquele momento, achei ter ouvido alguém no andar de baixo. 'Venha até o meu quarto e me explique melhor isso; por certo, não entendi muito bem.' E tentei puxar-lhe pelo braço. Mas, é claro, foi como tentar agarrar uma nuvem de fumaça! Eu havia me esquecido em que quarto estava, acho. De qualquer forma, lembro-me de ter entrado em diversos aposentos até encontrar o meu; por sorte, eu era a única alma viva naquela ala. 'Aqui estamos', disse-lhe, sentando-me na poltrona. 'Sente-se e conte-me mais sobre isso. Parece-me que você se meteu numa bela enrascada, amigo.'

"Bem, ele disse que não se sentaria! Que preferia flutuar pelo quarto se eu não me importasse. Foi isso o que fez e, em pouco tempo, a conversa se estendeu e tomou ares mais graves. Repentinamente, o que restara de todos aqueles uísques e do champanhe evaporou do meu corpo, e comecei a me dar conta da situação curiosa em que me encontrava. Bem à minha frente estava o que podemos esperar de um fantasma convencional, um ser meio transparente e que não emitia ruído algum, exceto por sua voz fantasmagórica, pairando para cima e para baixo naquele quarto agradável e limpo, recoberto de tapetes. Através dele, podia-se ver os candelabros de cobre, as luzes nos lustres de latão e as molduras nas paredes; e ali estava ele, contando-me tudo sobre sua vidinha miserável que chegara ao fim havia pouco tempo. Ele não tinha um semblante particularmente honesto, mas, sendo transparente, é claro que não poderia deixar de dizer a verdade."

— Como é? — questionou Wish, ajeitando-se de súbito em sua poltrona.

— O quê? — Clayton parecia confuso.

— Sendo transparente, ele não poderia deixar de dizer a verdade? Não entendi.

— Nem *eu* entendo — Clayton respondeu com uma segurança incontestável. — Mas assim *foi*, posso assegurar. Eu não acho que ele tenha se esquivado da verdade por nenhum momento. Ele me contou como morrera: havia descido a um porão em Londres para verificar um vazamento de gás com uma vela em mãos. Disse-me que era professor em uma escola particular na cidade quando isso aconteceu.

— Pobre alma! — comentei.

— Essa também foi a minha impressão, e quanto mais ele falava, mais eu pensava assim. Lá estava ele, sem um propósito na vida e na morte. Ele me contou sobre seus pais e seu professor, nos tempos de escola, e todos aqueles de quem se lembrava e significavam algo para ele. Ele fora um homem muito sensível, muito nervoso. Nenhuma dessas pessoas o havia valorizado ou compreendido de verdade, segundo me contou. Acho que nunca tivera um amigo de fato; nunca fora bem-sucedido. Mantivera-se alheio à diversão e falhava em qualquer tipo de exame. "É assim com algumas pessoas. Sempre me dava um branco quando precisava prestar um exame", explicou. Estava noivo, suponho que de outra criatura também tão sensível quanto ele, quando o incidente com o vazamento de gás pôs fim à sua vida. "E onde você foi parar agora?", perguntei-lhe. "Suponho que não no...?"

"Quanto a isso, parecia não ter certeza. A impressão que me passou foi a de que se encontrava em um estado vago e intermediário, um lugar reservado para almas alheias a algo tão marcante quanto pecado ou virtude. *Eu não sei*. Ele me pareceu autocentrado e indiferente demais para me passar uma ideia clara sobre que tipo de lugar existe no além-túmulo. Onde quer que tivesse ido parar, parecia se encontrar em meio a almas como ele: espectros de jovens pobres do leste londrino, todos atendendo por nomes cristãos e, entre eles, certamente haveria muitas conversas sobre 'saírem para assombrar os outros' e coisas do tipo. Sim... sair para assombrar! Eles pareciam pensar que 'assombrar' era uma aventura tremenda, e a maioria mergulhava num frenesi ao fazer isso. E então, instigado, ele havia saído para assombrar."

— Francamente! — disse Wish, encarando a lareira.

— Foi essa a impressão que ele me passou — Clayton afirmou com modéstia. — É claro que talvez eu não estivesse conseguindo discernir muito bem, mas foi isso o que ele me contou sobre sua história. Ele continuava a pairar por ali, falando sem parar com a voz aguda sobre seu estado miserável, sem nunca exprimir uma sentença clara do começo ao fim. Ele me parecia mais esguio, ridículo e inútil então do que se estivesse vivo em carne e osso. É claro que, se assim fosse, ele não estaria em meus aposentos. Eu o teria expulsado.

— *Claro* que existem tipos assim — aquiesceu Evans.

— E as chances de esses tipos se transformarem em fantasmas são iguais às nossas — admiti.

— O que lhe conferia algum sentido era o fato de que ele parecia ter se deparado com suas limitações, sabem. A confusão em que se metera com essa história de assombração o havia deprimido terrivelmente. Haviam lhe dito que seria como "aplicar uma peça"; ele viera até aqui esperando se divertir e, aqui estava, nada além de outro desastre para sua lista! Ele se declarara um total fracasso. Disse-me, e eu acredito, que tudo o que tentara fazer em vida havia se mostrado um infortúnio total, agora fadado a se repetir por toda a eternidade. Se ao menos alguém houvesse lhe mostrado compaixão, talvez... Nesse momento, ele fez uma pausa e ficou parado, fitando-me. Ele comentou que, por mais estranho que me pudesse parecer, ninguém nunca havia lhe mostrado tanta compaixão quanto eu fizera. Pude ver onde ele queria chegar de imediato e decidi dissuadi-lo prontamente. Posso ser um tanto insensível, vocês sabem, mas ser o único amigo e confidente de uma criatura fraca e autocentrada, fantasma ou não, está além do que posso suportar. Levantei-me bruscamente. "Não vá tirando conclusões precipitadas", disse-lhe. "O que você deve fazer é ir-se embora imediatamente. Recomponha-se e *tente*!" "Não consigo", ele retrucou. "Pois tente", insisti. E foi o que ele fez.

— Tentar? — indagou Sanderson. — *Como*?

— Por meio de passes — explicou Clayton.

— Passes?

— Séries complicadas de gestos e passes com as mãos. Foi assim que ele chegara até aqui e assim iria embora. Santo Deus! No que me meti!

— Mas como uma série de *passes* poderia...? — comecei.

— Meu caro amigo — continuou Clayton, voltando-se para mim e colocando bastante ênfase em algumas palavras específicas. — Você quer que eu explique *tudo*. *Eu* não sei *como*. Tudo o que sei é que é *assim* que se faz... foi isso o que *ele* fez, pelo menos. Após um momento assustador, ele acertou os passes e desapareceu de repente.

— E você... conseguiu observar os passes? — perguntou Sanderson devagar.

— Sim — respondeu Clayton, pensativo. — Foi tudo tremendamente singular. Estávamos ali, eu e esse fantasma delgado e vago, naquele cômodo silencioso, neste clube sossegado e vazio, nesta cidadezinha taciturna em plena sexta-feira à noite. O único som que se ouvia era o das nossas vozes e um leve arfar que ele produzia ao gesticular. Apenas a vela do quarto e outra sobre a penteadeira estavam acesas. Por vezes, uma delas produzia uma chama alta, esguia e assombrosa por um momento. E coisas estranhas aconteceram.

"'Não consigo', disse ele. 'Nunca vou conseguir...!' E se sentou abruptamente na poltrona aos pés da cama, pondo-se a soluçar sem parar. Por Deus! Que criatura triste e queixosa ele parecia!

"'Recomponha-se', ordenei, e tentei confortá-lo dando um tapinha em seu ombro, porém... minha mão apenas fez atravessar-lhe! Naquele momento, sabem, não estava mais tão impressionado quanto havia estado na escada. Já assimilara a estranheza daquilo tudo. Lembro-me de retirar minha mão de seu ombro com um leve estremecimento e de caminhar até a penteadeira.

"'Você vai se recompor', disse a ele, 'e tentar novamente'. E, para encorajá-lo e ajudá-lo, comecei a tentar também."

— O quê? Os passes? — perguntou Sanderson.

— Sim, os passes.

— Mas... — eu disse, movido por uma ideia que me ocorreu por um momento.

— Interessante... — interrompeu Sanderson, segurando seu cachimbo. — Quer dizer que esse seu fantasma lhe revelou...

— Fez o que pôde para revelar o segredo de como atravessar a barreira difusa entre os dois mundos? *Sim*!

— Mas não conseguiu — protestou Wish. — Ou você também a teria atravessado.

— Exatamente — concordei, deparando-me com o pensamento que havia me ocorrido antes, agora expresso em voz alta.

— Exatamente *isso* — afirmou Clayton, olhando pensativo para as chamas na lareira.

Por um instante, fez-se silêncio.

— E, afinal, ele conseguiu? — perguntou Sanderson.

— Por fim, sim. Precisei incentivá-lo bastante, mas ele acabou conseguindo... de maneira bastante repentina. Ele se desesperara, fizera uma cena, mas então se levantou abruptamente e me pediu que repetisse vagarosamente a sequência de gestos para que ele pudesse ver. "Acredito que se eu puder *ver*, conseguirei identificar o que está errado", explicou ele. E foi o que aconteceu. "Já *sei*!", disse ele. "Sabe o quê?", interroguei-o. "Já sei", ele apenas repetiu. E depois continuou com ligeira irritação: "Mas *não* vou conseguir se você ficar me olhando... realmente *não* vou; parte do problema é esse desde o começo. Eu sou muito nervoso, e você me desconcerta". Tentei argumentar. Naturalmente, queria observá-lo; mas ele estava tão obstinado quanto uma mula e, de repente, me vi exaurido... ele me vencera pelo cansaço. "Está certo", cedi. "*Não* vou ficar encarando você." E virei-me para o espelho do armário, próximo à cama.

"Ele começou prontamente. Tentei acompanhá-lo pelo espelho, para ver o que havia feito de errado. Ele movia os braços e as mãos em círculos, assim, assim e assim e, de repente, chegou ao gesto final... parado, os braços abertos... e desse modo permaneceu. E então não estava mais lá! Não estava! Desaparecera! Virei-me em sua direção, de costas para o espelho. Nada! Eu estava sozinho, apenas eu, as velas flamejantes e minha mente desconcertada. O que tinha acabado de ocorrer? Será que realmente acontecera? Será que eu estivera sonhando...? E então, como que para pôr um ponto final absurdo à história, o relógio na escada imaginou ser um bom momento para bater *uma* hora. Assim: *blam*! Eu me encontrava tão sério e sóbrio quanto um juiz; todo aquele champanhe e uísque havia evaporado. Sentia-me estranho, sabem... consternadamente *estranho*! Esquisito! Santo Deus!"

Clayton observou as cinzas de seu charuto por um momento.

— Isso foi tudo o que aconteceu — concluiu.

— E então você foi dormir? — Evans perguntou.

— O que mais eu poderia fazer?

Olhei nos olhos de Wish. Queríamos fazer algum gracejo, mas havia algo, talvez na voz e nas atitudes de Clayton, que nos impedia.

— E quanto aos passes? — perguntou Sanderson.

— Acredito que eu conseguiria repeti-los agora.

— É mesmo? — disse Sanderson, pegando um canivete e limpando os restos de tabaco do seu cachimbo. — E por que não os repete? — provocou, fechando o canivete com um clique.

— É exatamente o que farei — respondeu Clayton.

— Eles não funcionarão — disse Evans.

— Se funcionarem... — sugeri.

— Sabe, eu preferiria que você não fizesse isso — disse Wish, esticando as pernas.

— Por quê? — perguntou Evans.

— Eu preferiria que ele não fizesse — insistiu Wish.

— Mas ele não sabe a sequência correta — retrucou Sanderson, inserindo uma quantidade exagerada de tabaco no cachimbo.

— Mesmo assim, eu preferiria que ele não fizesse...

Tentamos discutir com Wish. Seu argumento era que, se Clayton repetisse os gestos, seria como se ele estivesse zombando de um assunto sério.

— Mas você não acredita...? — perguntei.

Wish olhou para Clayton, que fitava as chamas na lareira, ponderando algo em sua mente.

— Sim... pelo menos em parte, acredito — respondeu Wish.

— Clayton, você é bom em inventar histórias — falei. — Quase me deixei levar em relação a quase tudo. Aquela parte do desaparecimento... foi bastante convincente. Mas fale a verdade, isso não passa de um conto da carochinha.

Ele se levantou sem me dar atenção, dirigiu-se ao meio do tapete em frente à lareira e se virou para mim. Por um momento, considerou seus pés, pensativo, e, durante o restante do tempo, fitou a parede oposta com uma expressão determinada. Levantou ambas as mãos vagarosamente na altura dos olhos e começou...

Acontece que Sanderson é maçom, membro da oficina dos Quatro Reis, que se devota a estudar habilmente e elucidar todos os mistérios da maçonaria do passado e do presente e, entre os aprendizes de tal oficina, Sanderson é bastante aplicado. Ele acompanhou os movimentos de Clayton com os olhos avermelhados e um interesse singular.

— Nada mal — disse, por fim. — Você de fato soube unir uma coisa à outra, Clayton, de forma surpreendente. Apenas um pequeno detalhe não está certo.

— Eu sei — disse Clayton. — Acho que sei a qual gesto você se refere.

O FANTASMA INEXPERIENTE   253

— É mesmo?

— Este — Clayton concluiu, contorcendo e empurrando as mãos estranhamente.

— Sim.

— Foi isso, sabe, o que *ele* não conseguia acertar — explicou Clayton. — Mas como *você*...?

— Não compreendo nada disso, especialmente como você inventou toda essa história — afirmou Sanderson, pensativo —, mas esses sinais eu conheço. Eles fazem parte de uma série de gestos relacionados a um determinado ramo da maçonaria esotérica. Provavelmente você já sabe isso. Do contrário... *como*? — Ele pensou mais um pouco. — Imagino que não há nenhum mal em contar-lhe como fazer o gesto corretamente. Afinal, se já o conhece, fica tudo na mesma; e se não, não há diferença.

— Eu não sei nada — afirmou Clayton — exceto o que aquela pobre criatura me mostrou ontem à noite.

— Bem, pode ser... — disse Sanderson, e colocou seu cachimbo cuidadosamente sobre a prateleira acima da lareira. Então, passou a gesticular rapidamente com as mãos.

— É isso? — perguntou Clayton, imitando seus gestos.

— Isso mesmo — confirmou Sanderson, pegando novamente seu cachimbo.

— Ah, *agora* eu posso concluir a série toda... corretamente — disse Clayton.

Ele se levantou e, diante do fogo minguante da lareira, sorriu para nós. Penso que havia um tanto de hesitação em seu sorriso, no entanto.

— Se eu começar... — disse.

— Eu não faria isso — aconselhou Wish.

— Não haverá problema algum! — concluiu Evans. — A matéria é indestrutível. Não vai ser um truque desses que vai lançar Clayton no mundo das sombras. Não mesmo! Se quer a minha opinião, Clayton, você pode tentar até seus pulsos caírem.

— Pois eu não penso assim — argumentou Wish e, levantando-se, tocou o ombro de Clayton. — De algum modo, você meio que conseguiu me fazer acreditar nessa história e não quero vê-lo realizar a sequência!

— Minha nossa! — ironizei. — Quer dizer que você está com medo, Wish?

— Estou — admitiu ele, com um autêntico tom grave, ou conseguiu fingi-lo admiravelmente. — Creio que, se realizar a sequência corretamente, ele... *desaparecerá*.

— Não vai acontecer nada disso — exclamei. — Só há um jeito de deixarmos este mundo, e Clayton ainda tem uns trinta anos até lá. Além disso... Um fantasma desse! Você não acha que...?

Wish interrompeu-me com seu movimento. Ele passou por entre as poltronas e parou ao lado da mesa.

— Clayton, você está sendo tolo.

Clayton sorriu-lhe de volta com o olhar bem-humorado.

— Wish está certo e todos vocês estão errados — declarou ele. — Eu desaparecerei. Repetirei a sequência completa de passes e, quando o último movimento cortar o ar, pronto! Este tapete ficará vazio, nada restará nesta sala além do assombro, e este cavalheiro de noventa e cinco quilos, vestido de forma respeitável, mergulhará no mundo das sombras. Estou certo disso. E logo vocês também estarão. Recuso-me a seguir discutindo. Tiremos a prova.

— *Não*! — exclamou Wish, dando um passo à frente e detendo-se em seguida, enquanto Clayton erguia as mãos mais uma vez para repetir os movimentos feitos pelo espírito.

Àquela altura, encontrávamo-nos todos imersos em tensão, em grande parte devido ao comportamento de Wish. Sentamo-nos todos, sem tirar os olhos de Clayton, e eu, pelo menos, sentia-me rígido, como se, desde a minha nuca até o meio das coxas, meu corpo tivesse se transformado em aço. E ali, com uma seriedade serena e imperturbável, Clayton se contorcia e balançava as mãos e os braços à nossa frente. Conforme se aproximava do fim, estávamos todos tensos, e notei que alguém rangia os dentes. O último movimento, como já disse, consistia em abrir completamente os braços, com o rosto voltado para cima. Quando, por fim, Clayton iniciou esse último gesto, suspendi a respiração. Foi uma reação ridícula, é claro, mas o leitor deve conhecer a sensação que nos aflige em meio a uma história fantasmagórica. Tudo se passou após a ceia, em uma casa estranha, antiga e banhada por sombras. Ele iria, afinal...?

Clayton ficou parado ali por um momento glorioso, os braços abertos e o rosto voltado para cima, resoluto e radiante, sob o brilho da lâmpada pendurada acima dele. Ficamos suspensos naquele momento, como se fosse uma eternidade, e então todos deixamos sair pela boca algo que se encontrava no meio-termo entre um suspiro de infinito alívio e um reconfortante "NÃO!". Visivelmente, ele não desaparecera. Fora tudo um disparate. Ele contara uma história tola e quase nos convenceu, apenas isso! E então, naquele momento, o semblante de Clayton... mudou.

Mudou. Transformou-se como uma casa iluminada o faz quando suas luzes são abruptamente apagadas. Seu olhar de repente ficou vidrado, seu sorriso congelou, e ele ficou ali, imóvel, balançando suavemente.

Esse momento também durou uma eternidade. E então as poltronas começaram a se mover, os objetos a cair, e nós não parávamos quietos. Os joelhos de Clayton pareceram ceder e ele tombou para a frente; foi Evans quem se ergueu e conseguiu apanhá-lo nos braços...

Estávamos todos perplexos. Por um instante, suponho que ninguém tenha conseguido dizer nada coerente. Ao mesmo tempo que testemunhávamos aquela cena, não podíamos acreditar nela... Consegui sair do meu torpor e confusão apenas para me encontrar ajoelhado ao lado de Clayton. Seu colete e sua camisa estavam abertos, e Sanderson colocara a mão sobre seu coração...

Demoramos um tempo para assimilar o fato simples que havia transcorrido à nossa frente, sem pressa para compreender o que se passara. A cena toda tomou cerca de uma hora e está gravada na minha memória, clara como o dia, até hoje. Clayton havia, de fato, feito a passagem para aquele mundo que se encontra ao mesmo tempo tão próximo e tão distante do nosso, e ele havia tomado o único caminho que os mortais podem tomar. Mas se sua passagem se deveu ao encantamento daquele pobre fantasma ou por ter sido subitamente acometido por um derrame em meio a um conto insensato, como o médico-legista nos leva a crer, não sou eu quem devo julgar; trata-se de um daqueles enigmas inexplicáveis que permanecerão incólumes até a solução final para todas as coisas. Tudo o que sei com certeza é que, no momento exato em que concluiu aqueles passes, naquele instante certeiro, o semblante de Clayton se transfigurou, ele cambaleou e caiu diante de nós... morto!

OS ÓCULOS DE PIGMALIÃO

STANLEY G. WEINBAUM, 1935

E se você fosse capaz de trazer seus sonhos para a realidade? O professor Ludwig decide brincar com os limites entre o sonho e a realidade ao criar um par de óculos que faz com que seu portador tenha uma experiência sensorial única. Entretanto, talvez esse experimento seja um pouco intenso demais.

— **M**as o que é a realidade? — indagou o homem com aparência de gnomo.

Ele apontou para os altos conjuntos de prédios que rondavam o Central Park, com suas incontáveis janelas reluzentes como fogueiras nas cavernas de uma cidade de *Homo sapiens*.

— Tudo é sonho, tudo é ilusão. Você é uma visão para mim tanto quanto eu sou para você.

Dan Burke, lutando para clarear seus pensamentos através do vapor de bebidas alcoólicas, encarou, sem compreender, seu acompanhante minúsculo. Começou a se arrepender do ímpeto que o fizera deixar a festa em busca de ar fresco no parque e de, por acidente, acabar na companhia de um velho diminuto e lunático. No entanto, precisava escapar; aquela festa já estava muito além da conta, e nem mesmo a presença de Claire, com seus tornozelos esbeltos, conseguiu segurá-lo. Sentiu um desejo exasperado de ir para casa — não para o hotel, mas para sua casa em Chicago e para a paz inigualável da Junta Comercial. Entretanto, ele partiria no dia seguinte de qualquer maneira.

— Você bebe — disse o rosto de duende barbado — para viver em um sonho. Não é mesmo? Seja para sonhar que aquilo que busca já é seu, ou para sonhar que o que detesta já foi superado. Você bebe para fugir da realidade, e a ironia é que até mesmo a realidade é um sonho.

Biruta, Dan pensou novamente.

— Algo assim — concluiu o outro —, já dizia o filósofo Berkeley.

Berkeley?, Dan lembrou-se. A cabeça estava clareando e lembranças de uma matéria de seu segundo período em Filosofia vieram-lhe à mente.

— O bispo Berkeley, não é?

— Você o conhece, então? O filósofo do Idealismo... não? O defensor de que não vemos, sentimos, ouvimos e nem provamos os objetos, mas que temos apenas a sensação de ver, sentir, ouvir e provar.

— Eu... me recordo um pouco.

— *Rá*! Mas sensações são fenômenos *mentais*. Existem em nossa cabeça. Então, como sabemos que os próprios objetos não existem apenas em nossa cabeça? — Ele indicou novamente os prédios salpicados de luz. — Você não vê aquela parede de alvenaria; você percebe apenas uma *sensação*, uma sensação de visão. O restante você interpreta.

— Você vê o mesmo — rebateu Dan.

— Como sabe que vejo? Mesmo se você soubesse que o que chamo de vermelho não seria verde se você visse através dos meus olhos, mesmo se soubesse disso, como sabe que também não sou um sonho seu?

Dan riu:

— É claro que ninguém *sabe* nada. Você só extrai qualquer informação possível pelas percepções dos seus cinco sentidos, e aí dá seus palpites. Quando você erra, paga o preço. — A mente de Dan estava leve agora, exceto por uma branda dor de cabeça. — Escute — disse, de supetão. — Você pode até argumentar que a realidade é uma ilusão, isso é moleza. Mas se seu amigo Berkeley está certo, por que não se pode pegar um sonho e transformá-lo em realidade? Se funciona de um jeito, deve funcionar de outro.

A barba balançou; olhos reluzentes de duende brilhavam de forma estranha na direção do outro.

— Todo artista faz isso — disse o velho, com fala mansa.

Dan sentiu que estava se segurando para não falar mais.

— Está desviando o assunto — resmungou. — Qualquer um consegue discernir entre uma foto e a realidade ou entre um filme e a vida.

— Mas — sussurrou o outro —, quanto mais real, melhor, não? E se alguém fosse capaz de fazer um... um filme... *muito* real, o que você diria?

— Ninguém é capaz disso.

Os olhos do velho, novamente, brilharam de forma estranha.

— Eu sou capaz! — cochichou ele. — Eu *consegui*!

— Conseguiu o quê?

— Transformei um sonho em realidade. — A voz se enfureceu. — Tolos! Eu o trouxe até aqui para vender para os ocidentais, os cinegrafistas, e o que é que me dizem? "Não entendi. Só uma pessoa pode usar por vez. É caro demais." Tolos! Tolos!

— Hã?

— Escute! Sou Albert Ludwig, *professor* Ludwig.

Enquanto Dan permanecia em silêncio, Albert prosseguiu:

— Isso não significa nada para você, não é? Mas escute: um filme faz você ver e ouvir. Suponha agora que eu acrescente gosto, cheiro, até toque, caso se interesse pela história. Suponha que eu consiga fazer você estar na história, conversar com as sombras, elas responderem e, em vez de ser exibida em uma tela, a história é sobre você, e você está nela. Assim o sonho não se tornaria realidade?

— Como conseguiu fazer isso?

— Como? Como? Foi simples! Primeiro vem meu líquido, depois meus óculos mágicos. Eu fotografo a história em um líquido com cromatos sensíveis à luz. Criei uma solução complexa, entende? Acrescento o gosto quimicamente e o som eletricamente. E aí, quando a história é gravada, despejo depois a solução nos meus óculos: meu projetor de cinema. Eu eletroliso a solução e a dissolvo. Os cromatos mais antigos vão primeiro e, assim, nasce a história, com visão, audição, olfato, paladar — tudo!

— Tato também?

— Caso você esteja interessado, sua mente preenche essa parte. — A ansiedade ficou evidente em sua voz. — Quer dar uma olhada, sr...?

— Burke — disse Dan. *Um golpe!*, pensou. E aí uma centelha de imprudência brilhou dos vapores evanescentes de álcool. — Por que não? — grunhiu.

Dan levantou-se; Ludwig, de pé, mal chegava à altura do seu ombro. *Um velho estranho com aparência de gnomo*, pensou Dan, enquanto o seguia pelo parque e entrava em um dos muitos apart-hotéis nas imediações.

No quarto, Ludwig remexeu em uma mochila, apresentando um dispositivo que lembrava, vagamente, uma máscara de gás. Havia um par de óculos e uma boquilha de borracha. Dan examinou com curiosidade, enquanto o pequeno professor universitário barbudo agitava uma garrafa com um líquido aquoso.

— Aqui está! — regozijou-se o professor. — Meu líquido positivo, a história. Fotografia contrastante, incrivelmente contrastante, portanto, a história mais simples. Uma utopia: apenas dois personagens e você, a plateia. Agora ponha os óculos. Ponha-os e me diga como os ocidentais são tolos! — Ele despejou um pouco do líquido na máscara e estendeu um fio enroscado, conectando-o a um dispositivo na mesa. — É um retificador — explicou. — Para eletrólise.

— Tem que usar o líquido todo? — perguntou Dan. — Se usar só um pouco, dá para ver só parte da história? E qual parte?

— Cada gota tem a história toda, mas tem que encher as lentes.

Conforme Dan colocava o dispositivo com cuidado no rosto, o professor perguntou:

— E aí? O que está vendo?

— Não vejo nada. Apenas as janelas e as luzes do outro lado da rua.

— É claro. Mas agora darei início à eletrólise. Já!

Houve um momento caótico. Repentinamente, o líquido diante dos olhos de Dan ficou branco, e sons disformes zumbiram em seus ouvidos. Ele se mexeu para arrancar o dispositivo da cabeça, mas formas emergentes em meio à névoa chamaram sua atenção. Coisas gigantes estavam se contorcendo lá.

A cena se estabilizou; a brancura estava se dissipando como névoa no verão. Incrédulo, ainda apertando os braços da cadeira invisível, ele estava encarando uma floresta. E que floresta! Incrível, celestial, linda! Troncos lisos elevavam-se, incompreensivelmente, em direção a um céu brilhante, e as árvores eram bizarras como as florestas do Período Carbonífero. Infinitamente acima de sua cabeça, folhagens brumosas balançavam, e a vegetação era marrom e verde nas alturas. E havia pássaros — pelo menos, pios e gorjeios curiosamente agradáveis estavam à sua volta, apesar de não ver criatura alguma — assobios fracos de elfo como cornetas de fada ressoavam com doçura.

Dan estava paralisado e arrebatado. Um fragmento mais alto de melodia descia progressivamente até ele, crescendo em explosões arrebatadoras e refinadas, ora claras como metal sonoro, ora suaves como uma música conhecida. Por um momento, esqueceu-se da cadeira cujos braços apertava, do quarto de hotel deplorável invisível à sua volta, do velho Ludwig e de sua própria cabeça dolorida. Imaginou-se sozinho, no meio daquela clareira agradável.

— O Éden! — murmurou ele, e a música arrebatadora de vozes invisíveis lhe respondeu.

Dan recobrou um certo grau de lucidez.

— É ilusão!

Era um dispositivo ótico engenhoso, não a realidade. Ele tateou em busca do braço da cadeira, encontrou-o e o agarrou; roçou os pés no chão e descobriu, de novo, mais uma inconsistência. Para seus olhos, o chão era um verdor musgoso; para seu toque, apenas um fino tapete de hotel.

As cornetas élficas ressoavam com delicadeza. Um perfume leve e deliciosamente doce chegou até ele; de relance, olhou para cima, para ver o desabrochar de uma grande flor rubra na árvore mais próxima, e um minúsculo sol avermelhado apareceu na abertura de céu acima dele. A orquestra de fadas ficou mais alta na luz do sol, e as notas emanavam uma sensação de melancolia que o arrepiava. Ilusão? Se fosse, aquilo tornava a realidade quase insuportável. Dan queria crer que, em algum lugar — algum lugar deste lado dos sonhos, existia, de fato, esta região encantada. Um posto do Paraíso? Talvez.

E aí, adentrando as brumas suavizantes, Dan percebeu uma movimentação que não vinha do balanço da vegetação, era um bruxuleio prateado mais sólido do que a névoa. Algo se aproximava. Ele observou a figura se mexer, ora visível, ora escondida pelas árvores. Não demorou para perceber que era um ser humano, mas apenas quando estava muito perto dele, reparou que era uma garota.

Ela vestia uma túnica de tecido prateado e semitransparente, luminoso como raios estelares; usava uma pequena faixa prateada acima da testa em meio ao cabelo castanho e brilhante e nenhum outro vestuário ou ornamento. Seus pezinhos brancos pisavam descalços no chão musgoso da floresta, enquanto ela permanecia não mais do que um passo de distância dele, encarando-o com seus olhos castanhos. A música baixa tocou novamente e ela sorriu.

Dan teve pensamentos que se sobrepunham. Isso também era uma... ilusão? Será que a garota era tão irreal quanto a beleza da floresta? Ele abriu a boca para falar, mas uma voz forçada e animada ressoou em seus ouvidos.

– Quem é você?

Ele falara? Era como se a voz tivesse vindo de outra pessoa, como o som de alguém quando está febril. A garota sorriu outra vez.

– Inglês! – disse ela em um tom esquisito e suave. – Eu falo um pouco de inglês. – Ela falava devagar e com cuidado. – Eu aprendi – hesitou – com o pai da minha mãe, que é chamado de "Tecelão Cinzento".

Novamente, a voz ecoou nos ouvidos de Dan.

– Quem é você?

– Meu nome é Galateia – respondeu. – Vim encontrar você.

Me encontrar?, ecoou a própria voz de Dan.

– Leuconte, que é chamado de "Tecelão Cinzento", me pediu – explicou ela, sorrindo. – Ele disse que você ficará conosco até o segundo meio-dia a partir de hoje. – Ela lançou uma rápida olhadela oblíqua para o sol fraco, agora completamente acima da clareira, e depois aproximou-se: – Qual é o seu nome?

— Dan — balbuciou ele. Sua voz soou diferente.

— Que nome estranho! — comentou a garota. — Ela esticou o braço nu. — Venha. — Sorriu.

Dan tocou a mão estendida, sentindo sem qualquer surpresa, o calor ardente dos dedos dela. Ele esquecera os paradoxos da ilusão; não era mais ilusão, mas sim a própria realidade. Para Dan, parecia que a seguia, cruzando o gramado sombreado com o barulho de folhas secas sob seus passos, apesar de Galateia quase não fazer barulho algum. Ele deu uma olhadela para baixo, reparando que vestia uma roupa prateada e que seus pés estavam descalços. Ao fazer isso, sentiu uma brisa suave em seu corpo e uma sensação de terra musgosa nos pés.

— Galateia — disse a voz dele. — Galateia, que lugar é esse? Qual língua você fala?

Ela olhou para trás, rindo.

— Ora, aqui é Paracosmos, é claro, e esta é a nossa língua.

— Paracosmos — murmurou Dan. — Para-cosmos!

Estranhamente, uma lembrança de suas aulas de grego, do segundo período da faculdade realizado havia uma década, voltou à sua mente. Paracosmos! Uma terra além do cosmos!

Galateia deu uma olhada sorridente na direção de Dan.

— O mundo real parece estranho — questionou ela — depois daquela sua terra de sombras?

— Terra de sombras? — ecoou Dan, pasmo. — *Aqui* é uma terra de sombras, não o meu mundo.

O sorriso da garota adquiriu um ar cômico.

— *Puf*! — retrucou ela, com um beicinho despudoradamente encantador. — Então, suponho que *eu* seja o fantasma, e não você! — Galateia riu. — Pareço um fantasma para você?

Dan não respondeu; ele estava refletindo sobre perguntas sem respostas enquanto caminhava atrás de sua guia ágil. O corredor entre as árvores celestiais alargou-se, e havia menos árvores gigantes. Parecia que um quilômetro já tinha sido percorrido antes de o som de água tilintante ocultar a música estranha anterior. Ambos chegaram à margem de um riacho, veloz e cristalino, que ondeava e gorgolejava, seguindo seu caminho do lago reluzente para as corredeiras que cintilavam sob o sol fraco. Galateia agachou-se na margem e juntou as mãos em forma de concha, levando a água aos lábios e dando goles. Dan seguiu seu exemplo, achando o líquido extremamente gelado.

— Como vamos atravessar? — perguntou ele.

— Dá para atravessar andando pela água ali — a dríade que o guiou apontou para a parte rasa iluminada pelo sol acima de pequenas cataratas —, mas sempre atravesso aqui.

Por um momento, ela equilibrou-se na beira verde e depois mergulhou como uma flecha prateada no lago. Dan foi atrás; a água ferroou seu corpo como champanhe, mas uma braçada ou duas o levaram para onde Galateia já havia emergido com seus membros descobertos, cremosos e brilhantes. A roupa estava grudada em seu corpo molhado como uma bainha de metal. Ele sentiu uma emoção de tirar o fôlego ao vê-la. E então, milagrosamente, o tecido prateado estava seco, as gotículas deslizaram como se o tecido de seda fosse à prova d'água, e ambos seguiram animados.

A incrível floresta terminara no rio. Eles atravessaram um prado cravejado de florzinhas multimatizadas com formato de estrela, cujas frondes sob os pés eram macias como tecido. Mesmo assim, os pios doces os seguiram, ora altos, ora delicados, em uma fraca teia melódica.

— Galateia! — disse Dan, de repente. — De onde está vindo a música?

A ninfa olhou para trás, impressionada.

— Seu bobinho! — ela riu. — Das flores, é claro. Veja!

Arrancou uma estrela roxa e a encostou na orelha dele. Era verdade, uma melodia baixa e melancólica saía da flor. Galateia a jogou no rosto assustado dele e saiu correndo.

Um pequeno bosque apareceu mais à frente, não com as árvores gigantes da floresta, mas sim com vegetação menor, exibindo flores e frutas de cores iridescentes, além de ter um pequeno córrego que corria borbulhante. E lá estava o destino da jornada deles: uma construção feita de mármore branco, com um único andar e coberta de videiras, com janelas amplas sem vidro. Ambos trilharam por um caminho de seixos luminosos até a entrada abobadada, e, sentado em um banco intrincado de pedra, estava um indivíduo patriarcal com barba cinza. Galateia dirigiu-se a ele em um idioma suave, que fazia Dan se lembrar dos pios das flores; em seguida, ela se virou para ele:

— Este é Leuconte — disse a dríade, enquanto o ancião levantava-se de seu lugar e falava em inglês.

— Galateia e eu estamos felizes de dar-lhe as boas-vindas, já que visitantes são um prazer raro e os do seu país de sombras, mais raros ainda.

Dan pronunciou palavras confusas de agradecimento, e o idoso assentiu, voltando a sentar-se no banco esculpido. Galateia adentrou a entrada arqueada, e Dan, após um momento de hesitação, sentou-se no banco remanescente. Novamente, seus pensamentos estavam rodopiando em turbulência irresoluta. Tudo isso era mesmo uma ilusão? Na verdade, estava sentado em um quarto de hotel comum, espreitando por óculos mágicos que retratavam esse mundo à sua volta, ou, por algum milagre, foi transportado e estava, de fato, sentado naquela terra graciosa? Ele tocou o banco e sentiu sua natureza rochosa, dura e inflexível.

— Leuconte — disse a voz de Dan —, como sabia que eu estava vindo?

— Me contaram — respondeu o outro.

— Quem?

— Ninguém.

— Ora... *alguém* deve ter lhe contado!

O Tecelão Cinzento balançou a cabeça seriamente.

— Apenas me contaram.

Dan parou seu questionamento, contente de, por enquanto, embevecer-se com a beleza à sua volta e, depois, Galateia voltou segurando uma tigela de cristal com frutas estranhas. Estavam empilhadas em uma desordem colorida: havia frutas avermelhadas, arroxeadas, alaranjadas e amareladas, e esferoides aglomerados com formatos de pera e de ovo — tudo fantástico e sublime. Ele escolheu um ovoide desbotado e translúcido, deu uma mordida e ficou molhado por uma enxurrada de líquido doce, para o divertimento da garota. Ela riu e escolheu um petisco parecido, dando uma mordidinha na extremidade, e comprimiu a iguaria na boca. Dan pegou uma fruta diferente, roxa e ácida como vinho renano, e depois outra, cheia de sementes comestíveis e parecidas com amêndoas. Galateia ria, com deleite, dos sobressaltos dele, e até Leuconte deu um sorriso tímido. Por fim, Dan jogou a última casca no córrego ao lado deles, onde ela dançou rapidamente em direção ao rio.

— Galateia — disse Dan —, você nunca foi a uma cidade? Quais são as cidades de Paracosmos?

— Cidades? O que são cidades?

— Lugares onde muitas pessoas vivem juntas e perto umas das outras.

— Ah — disse a garota, amarrando a cara. — Não. Não há cidades aqui.

— Então onde estão as pessoas daqui? Você deve ter vizinhos.

A ninfa parecia confusa.

— Um homem e uma mulher moram naquela direção — disse ela, apontando para uma série azul e distante de colinas indefinidas no horizonte. — Bem lá longe. Já fui lá uma vez, mas Leuconte e eu preferimos o vale.

— Mas, Galateia! — protestou Dan. — Você e Leuconte moram sozinhos nesse vale? Onde... o que aconteceu com seus pais? Com seu pai e sua mãe?

— Eles partiram. Para lá, na direção do nascer do sol. Eles voltarão algum dia.

— E se não voltarem?

— Ora, seu tolo! O que poderia impedi-los?

— Animais selvagens — respondeu Dan. — Insetos venenosos, doenças, enchentes, tempestades, pessoas sem lei, morte!

— Nunca ouvi essas palavras — retrucou a dríade. — Essas coisas não existem aqui. — Ela fungou com desdém. — Pessoas sem lei!

— Nem... a morte?

— O que é morte?

— É... — Dan parou de falar impotentemente. — É como cair no sono e nunca mais acordar. É o que acontece com todo mundo no fim da vida.

— Nunca ouvi falar de tal coisa como o fim da vida! — exclamou a garota de forma enfática. — Isso não existe.

— O que acontece, então — indagou Dan desesperado —, quando alguém envelhece?

— Nada, bobinho! Só envelhece quem quer, assim como o Leuconte. Uma pessoa cresce até a idade que deseja e para nela. É uma lei!

Dan reuniu seus pensamentos caóticos, fitou os olhos castanhos e lindos de Galateia e perguntou:

— Você já parou de envelhecer?

Os olhos dela baixaram. Ele ficou assombrado de ver um profundo rubor de vergonha se estender pelas bochechas dela. A ninfa olhou para Leuconte, que assentia reflexivo em seu banco, e depois novamente para Dan, encontrando o olhar dele.

— Ainda não — respondeu o idoso.

— E quando você vai parar de envelhecer, Galateia?

— Quando eu já tiver a criança que me é permitida. É que... — ela encarou seus dedões delicados do pé — ninguém pode... ter filhos... posteriormente.

— Permitida? Permitida por quem?

— Por uma lei.

— Leis! Tudo aqui é regido por leis? E quanto ao acaso e acidentes?

— O que são... acaso e acidentes?

— Coisas inesperadas... coisas imprevistas.

— Nada é imprevisto — afirmou Galateia, ainda sóbria. Ela repetiu devagar. — Nada é imprevisto.

Ele queria que a voz dela estivesse melancólica. Leuconte levantou os olhos.

— Já chega — disse ele, abruptamente, voltando-se para Dan. — Conheço essas suas palavras: acaso, doenças e morte. Não são para Paracosmos. Guarde-as para o seu país imaginário.

— De quem o senhor as escutou, então?

— Da mãe de Galateia — respondeu o Tecelão Cinzento —, que as escutou do seu predecessor, um fantasma que nos visitou antes de Galateia nascer.

Dan teve uma visão do rosto de Ludwig.

— Como ele era?

— Muito parecido com você.

— E o nome dele?

A boca do ancião enrijeceu-se repentinamente.

— Não falamos dele — disse Leuconte, que se levantou, entrando na residência com um silêncio seco.

— Ele foi tecer — disse a dríade após um instante. Seu rosto gracioso e provocante permanecia perturbado.

— O que ele tece?

— Isto. — Ela apontou para o tecido prateado de seu vestido. — Ele tece a partir de barras de metal em uma máquina muito hábil. Desconheço o método.

— Quem criou a máquina?

— Já estava aqui.

— Mas... Galateia! Quem construiu essa casa? Quem plantou essas árvores frutíferas?

— Já estavam aqui. A casa e as árvores sempre estiveram aqui. — Ela levantou os olhos. — Eu lhe disse que tudo já havia sido previsto, do início até a eternidade: tudo. A casa, as árvores e a máquina estavam à espera do Leuconte, dos meus pais e de mim. Há um lugar para meu bebê, que será uma menina, e um lugar para a filha dela, e assim por diante, para sempre.

Dan pensou por um momento.

— Você nasceu aqui?

— Não sei.

Subitamente preocupado, ele percebeu que os olhos dela estavam cintilando com lágrimas.

— Galateia, querida! Por que está infeliz? O que houve?

— Ora, nada! — Ela balançou seus cachos pretos e riu para ele, de repente. — O que pode haver de errado? Como é possível ser infeliz em Paracosmos? — Ela endireitou-se e pegou a mão dele. — Venha! Vamos colher frutas para amanhã.

Galateia correu rapidamente como um lampejo prateado, e Dan a seguiu, dando a volta na ala do edifício. Graciosa como uma dançarina, ela pulou para apanhar um galho acima da cabeça, pegou-o de forma jocosa e jogou um grande globo dourado para ele. A dríade encheu os braços dele com os prêmios brilhantes, mandou-o de volta para o banco e, quando ele voltou, ela empilhou tantas frutas que uma enxurrada de esferas coloridas caiu em volta dele. A ninfa riu outra vez e as mandou girando em direção ao córrego com seus dedos do pé rosados, enquanto Dan a assistia com uma melancolia sofrida. E aí, repentinamente, ela o estava encarando. Por um longo e tenso instante, ambos se mantiveram imóveis, olho no olho e, então, ela afastou-se e caminhou lentamente para o portal abobadado. Ele foi atrás com sua carga de frutas; sua mente, uma vez mais, um caos de dúvidas e perplexidade.

O solzinho estava se pondo por trás das árvores da floresta colossal ao oeste, e um frescor se instaurava pelas sombras extensas. O córrego estava matizado de roxo na penumbra, mas suas notas animadas ainda se misturavam com a música das flores. E aí o sol se pôs; os dedos da escuridão escureceram o prado. De repente, as flores ficaram quietas, e o córrego gorgolejava sozinho em um mundo silencioso. E, também, em silêncio, Dan entrou na casa.

O recinto era espaçoso, assoalhado com grandes azulejos pretos e brancos, com bancos elegantes de mármore entalhados aqui e ali. O velho Leuconte, em um canto afastado, estava curvado sobre um mecanismo complexo, resplandecente e, assim que Dan entrou, ele tirou um certo comprimento de tecido prateado reluzente do objeto, dobrou-o e deixou-o de lado com cuidado. Dan percebeu um fato curioso e misterioso: apesar das janelas abertas que davam para o anoitecer, nenhum inseto noturno rodeava os globos que brilhavam de tempos em tempos nos nichos das paredes.

Galateia estava parada em uma porta à esquerda de Dan, recostada parcialmente exausta na moldura. Ele colocou a tigela com frutas sobre um banco na entrada e ficou ao lado dela.

— Aquele é o seu — disse ela, indicando o quarto mais à frente.

Ele olhou para dentro de um quarto menor e agradável; uma janela emoldurava o céu estrelado, e um jato fino, rápido e quase silencioso jorrava da boca de uma cabeça humana esculpida na parede esquerda, despejando água na pia de dois metros de altura afundada no chão. Outro dos bancos graciosos coberto com o tecido prateado completava a mobília; uma única esfera brilhante, pendurada por uma corrente no teto, iluminava o quarto. Dan voltou-se para a garota, cujos olhos ainda estavam anormalmente sérios.

— O quarto é perfeito — comentou ele —, mas, Galateia, como eu apago a luz?

— Apagar? — perguntou ela. — Você tem que cobri-la. Assim!

Um entressorriso ressurgiu nos lábios dela enquanto cobria a esfera brilhante com uma cobertura de metal. Ambos permaneceram tensos na escuridão; Dan sentiu muito a proximidade dela, e aí a luz acendeu novamente. A dríade foi em direção à porta e parou, pegando em sua mão.

— Querida sombra — disse ela com doçura —, tomara que seus sonhos sejam repletos de música. — Ela se retirou.

Dan permaneceu hesitante no quarto. Deu uma espiada no cômodo mais amplo, onde Leuconte ainda estava debruçado sobre seu trabalho, e o Tecelão Cinzento levantou a mão em uma saudação solene, mas não disse nada. Dan não sentiu ânsia alguma para ficar na companhia silenciosa do ancião e voltou ao seu quarto, de modo a se preparar para dormir.

Quase instantaneamente, parecia que o amanhecer já tinha chegado, e pios alegres e delicados rodeavam Dan, enquanto o estranho sol avermelhado emitia um facho de luz amplo e oblíquo pelo quarto. Ele levantou-se, cem por cento ciente de seus arredores, como se não tivesse pregado os olhos; ficou tentado pelo lago e banhou-se em água gélida. Depois entrou no recinto central, reparando, curiosamente, que os globos ainda brilhavam pouco, em oposição à luz do dia. Ele tocou um deles de forma despretensiosa; estava frio como metal ao seu toque, e retirou-o livremente de seu suporte. Por um momento, segurou o objeto frio e ardente nas mãos, depois colocou-o de volta e vagueou em direção ao amanhecer.

Galateia estava dançando enquanto subia pelo caminho e comia uma fruta estranha e rosada como seus lábios. Ela estava feliz de novo, voltara a ser a ninfa feliz que o havia recebido, e deu-lhe um sorriso alegre, enquanto ele escolhia um ovoide verde e doce para tomar no café da manhã.

— Vamos! — chamou ela. — Para o rio!

A ninfa saltitou em direção à floresta impressionante. Dan a seguiu, maravilhado por seus músculos fortes conseguirem se equiparar à grande velocidade dela. Em seguida, ambos estavam rindo no rio, brincando de jogar água um no outro, até que Galateia nadou até a margem, brilhante e ofegante. Ele foi atrás dela, enquanto ela permanecia relaxada. Estranhamente, ele não estava cansado nem ofegante, como se não tivesse se esforçado. Uma pergunta, ainda não feita, voltou-lhe à memória.

— Galateia — disse a voz de Dan —, quem você aceitaria como parceiro?

Os olhos dela ficaram sérios.

— Não sei — respondeu a dríade. — Na hora certa, ele virá. É uma lei.

— E você será feliz?

— É claro. — Ela parecia incomodada. — Todas as pessoas não são felizes?

— Não onde eu vivo, Galateia.

— Deve ser um lugar estranho, então. Esse mundo fantasmagórico seu é um lugar bem terrível.

— É sim, com muita frequência — concordou Dan. — Eu queria...

Ele fez uma pausa. O que queria? Não estava conversando com uma ilusão, um sonho, uma aparição? Olhou para a garota, para seu cabelo castanho reluzente, seus olhos, sua pele branca e macia e aí, por um momento trágico, tentou sentir os braços da cadeira insípida de hotel abaixo das mãos... e fracassou. Sorriu, esticou os dedos para tocar o braço descoberto dela e, por um instante, ela olhou de volta para ele, com olhos surpresos e calmos, e levantou-se em um pulo.

— Venha! Quero lhe mostrar o meu país.

Galateia partiu descendo o córrego, e Dan, com relutância, levantou-se para segui-la.

Que dia foi aquele! Eles seguiram o riacho desde o lago parado até as corredeiras cantantes e, ao redor dos dois, havia os gorjeios e pios estranhos, que eram as vozes das flores. Cada passo trazia uma beleza; cada momento, uma nova sensação de deleite. Ambos conversavam ou ficavam em silêncio. Quando estavam com sede, o rio refrescante estava próximo; quando sentiam fome, as frutas se ofereciam. Quando estavam cansados, sempre havia um lago profundo e uma margem musgosa; e quando estavam descansados, uma nova beleza os atraía. As árvores incríveis destacavam-se em inúmeras formas fantásticas, mas, do lado deles do rio, ainda havia o prado com flores estreladas. Galateia fez uma grinalda de flores brilhantes para Dan usar na cabeça e, dali em diante, ele passou a andar sempre com uma doce cantoria à sua volta. No entanto, pouco a pouco, o sol rubro inclinava-se em direção à floresta, e as horas iam passando. Foi Dan quem chamou atenção para isso e, com relutância, dirigiram-se para casa.

Conforme retornavam, a dríade cantava uma canção estranha, melancólica e agradável, como se fosse a mistura dos rios com a música das flores, e, novamente, seus olhos estavam tristes.

— Que canção é esta? — perguntou ele.

— É uma canção cantada por outra Galateia — respondeu a garota —, a minha mãe. — Ela pousou a mão no braço dele. — Vou cantá-la em inglês para você. — Ela cantou:

"O rio jaz em uma floresta linda,
Em uma floresta linda, canta uma voz brilhante.
Canta uma voz brilhante da sua vinda,
De sua vinda em anos distantes.
Em anos distantes, trazem seus rumores,
Trazem seus rumores respostas más.

Respostas más cantam as flores,
Cantam as flores: 'O rio jaz!'"

A voz dela tremulou nas notas finais. Fez-se silêncio, exceto pelo tilintar d'água e das cornetas das flores. Dan começou:

— Galateia... — E parou.

A garota estava, novamente, com olhar melancólico e choroso. Ele disse com a voz rouca:

— Que canção triste, Galateia. Por que sua mãe estava triste? Você disse que todas as pessoas de Paracosmos eram felizes.

— Ela violou uma lei — retrucou a garota fracamente. — É o caminho inevitável para o sofrimento. — Ela o encarou. — Minha mãe se apaixonou por um fantasma! Por um da sua raça de sombras, que veio aqui, ficou e depois teve que voltar. E aí quando o amado designado para ela chegou, já era tarde demais, você entende? Mas, por fim, ela cumpriu a lei, e agora é infeliz para sempre e vaga errante pelo mundo. — Galateia parou. — Eu nunca violarei uma lei — decretou ela desafiadoramente.

Dan pegou a mão dela.

— Eu não faria você infeliz, Galateia. Sempre quero você feliz.

A dríade balançou a cabeça.

— Eu *sou* feliz — afirmou ela, e deu um sorriso tenro e tristonho.

Ambos ficaram em silêncio por muito tempo enquanto voltavam a pé para casa. As sombras das árvores gigantes estendiam-se ao longo do rio, conforme o sol se punha atrás dele. Por uma certa distância, andaram de mãos dadas, mas assim que chegaram ao caminho de pouca claridade perto da casa, Galateia afastou-se e correu apressada à frente dele. Dan foi atrás o mais rápido que conseguiu. Quando chegou, Leuconte estava sentado em seu banco ao lado do portal, e a ninfa parada na entrada. Ela observou a aproximação dele com os olhos nos quais Dan, mais uma vez, imaginou ver o brilho de lágrimas.

— Estou muito cansada — afirmou ela e deslizou para dentro da casa.

Dan fez menção de segui-la, mas o ancião levantou a mão, que dizia para ele ficar.

— Amigo das sombras — disse —, podemos conversar por um momento?

Dan parou, assentiu, e sentou-se no banco em frente ao idoso. Sentiu uma sensação de mau presságio; nada agradável o aguardava.

— Tenho que dizer uma coisa — prosseguiu Leuconte —, e digo isso sem o desejo de magoá-lo, caso fantasmas sintam mágoa. É o seguinte: Galateia ama você, apesar de eu achar que ela ainda não se deu conta disso.

— Eu também a amo — disse Dan.

O Tecelão Cinzento o encarou.

— Não entendo. A matéria, de fato, pode amar uma sombra, mas como pode uma sombra amar a matéria?

— Eu a amo — insistiu Dan.

— Então ai de vocês! Pois isto é impossível em Paracosmos, isso entra em conflito com as leis. O parceiro de Galateia já foi designado, talvez esteja vindo agora mesmo.

— Leis! Leis! — resmungou Dan. — De quem são essas leis? Não são de Galateia nem minhas!

— Mas existem — afirmou o Tecelão Cinzento. — Não cabe a você e nem a mim criticá-las, se bem que eu me pergunto que poder conseguiria anulá-las para permitir sua presença aqui!

— Não tenho o direito de decidir suas leis.

O ancião examinou-o no crepúsculo.

— E há alguém, em algum lugar, com esse direito? — questionou ele.

— Temos em meu país — retrucou Dan.

— Loucura! — resmungou Leuconte. — Leis criadas por homens! Para que servem leis criadas por homens com apenas penalidades criadas por eles ou nenhuma, no fim das contas? Se vocês, sombras, criam uma lei que o vento deve apenas soprar do leste, o vento do oeste obedecerá?

— Nós aprovamos leis assim — reconheceu Dan, contrariado. — Podem ser idiotas, mas não são mais injustas do que as suas.

— As nossas — afirmou o Tecelão Cinzento — são as leis imutáveis do mundo, as leis da Natureza. Violá-las sempre resulta em infelicidade. Já vi isso antes. Isso já aconteceu com a mãe de Galateia, mas Galateia é mais forte do que ela. — Ele fez uma pausa. — Agora — prosseguiu —, só peço piedade. Fique por pouco tempo e peço que não cause mais danos do que os já causados. Seja misericordioso e não faça com que ela se arrependa mais.

Ele levantou-se e atravessou o arco. Quando Dan foi atrás de Leuconte, um momento depois, ele já estava retirando um modelo prateado de seu dispositivo no canto. Dan dirigiu-se silencioso e triste para seu quarto, onde o jato d'água tilintava fracamente como um sino distante.

Novamente, levantou-se no despontar da aurora e, mais uma vez, Galateia estava diante dele, encontrando-o na porta com sua tigela de frutas. Ela colocou sua carga, dando-lhe um sorrisinho débil de saudação, e permaneceu parada encarando-o, como se o esperasse.

— Venha comigo, Galateia — pediu Dan.

— Para onde?

— Para a margem do rio. Para conversar.

Ambos andaram em silêncio até a beira do lago de Galateia. Dan percebeu uma diferença sutil no mundo à sua volta; contornos estavam desbotados, os pios das flores, que já eram baixos, estavam mais ainda, e a própria paisagem estava estranhamente instável, mudando como fumaça, quando ele não estava olhando para ela diretamente. E, apesar de ter trazido a garota para conversar, estranhamente agora não tinha nada a dizer, a não ser ficar em silêncio, com seus olhos admirando a amabilidade do rosto dela.

A ninfa apontou para o sol vermelho ascendente.

— Falta muito pouco — disse a ninfa — para você voltar para o seu mundo fantasmagórico. Eu me arrependerei muito, muito mesmo. — Ela tocou a bochecha de Dan. — Querida sombra!

— Digamos — disse Dan, com a voz rouca — que eu não me vá. E se eu não for embora? — Sua voz ficou mais agressiva. — Eu não vou! Vou ficar!

O pesar sereno do rosto da garota o inspecionou. Ele sentiu a ironia de lutar contra o avanço inevitável de um sonho. Ela disse:

— Se eu tivesse criado as leis, você ficaria. Mas você não pode, meu querido. Não pode!

As palavras do Tecelão Cinzento agora já tinham sido esquecidas por Dan.

— Eu te amo, Galateia — declarou ele.

— E eu te amo — sussurrou a dríade. — Veja, sombra querida, como eu violo a mesma lei que a minha mãe e fico feliz de encarar o sofrimento que isso trará. — Colocou a mão carinhosamente sobre a dele. — Leuconte é muito sábio, e tenho a obrigação de obedecê-lo, mas isso está além do conhecimento dele porque ele se deixou envelhecer. — Ela deu uma pausa. — Ele se deixou envelhecer — repetiu devagar.

Uma luz estranha brilhou em seus olhos castanhos quando ela, de repente, virou-se para Dan.

— Meu querido! — exclamou a ninfa, tensa. — Aquilo que acontece aos que envelhecem... aquela tal morte! O que vem depois dela?

— O que vem depois da morte? — ecoou ele. — Quem sabe?

— Mas... — A voz dela estava trêmula. — Mas não é possível alguém... desaparecer! A pessoa tem que despertar.

— Quem sabe? — indagou Dan, de novo. — Há quem acredite que acordamos em um mundo mais feliz, mas... — Ele balançou a cabeça desiludido.

— Tem que ser verdade! Ó, tem que ser! — Galateia bradou. — Deve haver algo além do mundo louco de que você falou! — Ela aproximou-se. — Digamos, querido — continuou —, que quando meu amado que me foi designado chegar, eu o mande embora. Suponhamos que eu não engravide e me deixe envelhecer, até mais que Leuconte, e assim até eu morrer. Posso ir com você para o seu mundo, que é mais feliz?

— Galateia! — exclamou Dan sem perceber. — Ó, minha querida... que ideia terrível!

— Mais terrível do que imagina — sussurrou ela, ainda muito perto dele. — Isso é mais do que violar a lei, é rebelar-se! Tudo já está planejado, tudo já foi previsto, menos isso; e se eu não tiver minha filha, o lugar dela não será preenchido, e nem os lugares das filhas dela, e os filhos das filhas dela e assim por diante, até que um dia todo o grande plano de Paracosmos não cumpra seja lá qual fosse seu destino. — O sussurro dela ficava mais baixo e amedrontado. — Será a destruição de tudo, mas eu te amo mais do que temo... a morte!

Os braços de Dan a envolveram.

— Não, Galateia! Não! Prometa-me!

Ela falou baixinho:

— Posso prometer e depois quebrar minha promessa.

Com carinho, a dríade abaixou a cabeça de Dan; os lábios dos dois se tocaram, e ele sentiu uma fragrância e gosto de mel no beijo dela.

— Pelo menos — sussurrou ela —, posso lhe dar um nome que expressa meu amor por você: Filometro! A medida do meu amor!

— Um nome? — balbuciou Dan.

Uma ideia fantástica lhe ocorreu: uma forma de provar para si que tudo ali era realidade, não apenas uma página que qualquer um que usasse os óculos mágicos do velho Ludwig pudesse ler. Se Galateia dissesse o nome dele! Talvez, pensou audaciosamente, talvez assim pudesse ficar! Ele a empurrou.

— Galateia! — exclamou. — Lembra-se do meu nome?

Em silêncio, ela fez que sim com a cabeça, seus olhos tristes nos dele.

— Então diga! Diga, querida!

A garota o fitava triste e em silêncio, sem dizer nada.

— Diga, Galateia! — implorou desesperado. — Meu nome, querida, só o meu nome!

A boca da dríade se mexeu; ela ficou pálida com o esforço, e Dan poderia jurar que seu nome tremeu em seus lábios, apesar de não sair som algum. Por fim, ela disse:

— Não posso, meu querido! Ó, não posso! Uma lei proíbe isso!

A dríade ficou ereta, de supetão, e pálida como uma escultura em marfim.

— Leuconte está me chamando! — exclamou ela e escapou.

Dan foi atrás dela pelo caminho com seixos, mas a velocidade da ninfa era superior à sua capacidade. No portal, encontrou apenas o Tecelão Cinzento, de pé, sério e carrancudo. Ele levantou a mão assim que Dan apareceu.

— Seu tempo é curto — proferiu o idoso. — Vá e pense no caos que causou.

— Cadê Galateia? — arfou Dan.

— Eu a mandei embora.

O ancião bloqueava a entrada. Por um momento, Dan o teria empurrado, mas algo o deteve. Desesperado, olhou para todos os lados do prado — lá! Distante dali, havia um clarão prateado para além do rio, na margem da floresta. Ele virou-se e correu em direção ao clarão, enquanto o Tecelão Cinzento o observava partir, imóvel e sério.

— Galateia! — chamou ele. — Galateia!

Dan estava acima do rio, na margem da floresta, correndo por corredores com colunas que giravam à sua volta como neblina. O mundo ficara nublado; belos flocos dançavam como neve diante de seus olhos; Paracosmos estava se dissolvendo ao seu redor. Através do caos, imaginou um vislumbre da garota, mas, mesmo com sua aproximação, ainda ficava vociferando seu grito desesperado e impotente chamando por Galateia.

Ele parou após uma eternidade. Algo naquele lugar lhe pareceu familiar e, assim que o sol avermelhado apareceu acima dele, reconheceu o lugar: era o local exato por onde entrara em Paracosmos! Uma sensação de futilidade o massacrou, enquanto, por um momento, encarou uma aparição inacreditável: uma janela preta, pela qual havia fileiras de lâmpadas iluminadas, pendia em pleno ar diante dele. A janela de Ludwig!

Ela sumiu, mas as árvores se retorceram, o céu escureceu, e Dan oscilou tonto em meio ao caos. De repente, percebeu que não estava mais de pé, mas sentado no centro da clareira louca, e que suas mãos apertavam algo liso e duro: os braços daquela cadeira de hotel horrível. E, finalmente, ele a viu perto e diante dele: Galateia, com feições desoladas, os olhos cheios de lágrimas nos dele. Ele fez um esforço tremendo para se levantar, ficou de pé e caiu, espalhando uma explosão de luzes faiscantes.

A muito custo, Dan ficou de joelhos. As paredes — a sala de Ludwig — o rodeavam; ele deve ter caído da cadeira. Os óculos mágicos estavam diante dele, uma das lentes estava estilhaçada e derramava um fluido, não mais de água cristalina, mas branca como leite.

— Meu Deus! — murmurou ele.

Ele se sentia abalado, fraco e exausto, com uma sensação amarga de perda, e sua cabeça doía intensamente. O quarto estava sem cor e nojento; ele queria ir embora. Automaticamente, olhou de relance para seu relógio: quatro horas da manhã. Dan deve ter ficado ali por quase cinco horas. Pela primeira vez, reparou na ausência de Ludwig. Sentiu-se feliz com isso e saiu morosamente pela porta até um elevador. Não houve resposta ao apertar o botão; alguém já o estava usando. Desceu três lances de escada até a rua e voltou para o quarto do seu hotel.

Apaixonado por uma visão! Pior – apaixonado por uma garota que jamais existira, em uma utopia fantástica que se passou, realmente, em lugar nenhum! Ele se jogou na cama, dando um lamento que era um meio-soluço.

Finalmente, viu a implicação do nome Galateia. Galateia, a estátua de Pigmalião, trazida à vida por Vênus, no antigo mito grego. Entretanto, *sua* Galateia, cálida, amável e vital, devia permanecer, para sempre, sem o dom da vida, já que Dan não era Pigmalião nem Deus.

Ele acordou tarde na manhã seguinte, perplexo, pro-curando a fonte e o lago de Paracosmos. Uma compreensão paulatina despontou dentro dele. O quanto – *o quanto* – da experiência da noite anterior fora real? O quanto fora fruto de álcool? Ou o velho Ludwig estava certo, e não havia diferença entre a realidade e os sonhos?

Dan trocou suas roupas amarrotadas e vagueou desa-nimado para a rua. Por fim, encontrou o quarto de hotel de Ludwig. Sua investigação revelou que o professor diminuto fizera o *check-out*, não deixando endereço para reencaminha-mento de correspondência.

E daí? Nem Ludwig seria capaz de dar-lhe o que buscava, uma Galateia de verdade. Dan estava feliz pelo desapareci-mento dele; ele odiava aquele professor baixinho. Professor? Hipnotizadores agora se autointitulavam "professores". Ele passou um dia desgastante se arrastando e depois uma noite sem sono de volta a Chicago.

O solstício de inverno já havia chegado, quando Dan viu uma silhueta sugestivamente minúscula diante dele no bairro The Loop. Ludwig! Mas do que adiantaria chamá-lo? Ele gritou na hora:

— Professor Ludwig!

A figura com aparência de duende virou-se, reconheceu-o e sorriu. Ambos entraram em um prédio para se abrigar.

— Lamento pela sua máquina, professor. Será um prazer pagar pelo estrago.

— *Ah*, não foi nada, é só vidro quebrado. Mas você... andou doente? Está com uma cara péssima.

— Não é nada — disse Dan. — Seu show foi fantástico, professor: fantástico! Eu teria lhe dito isso antes, mas você já tinha ido quando acabou.

Ludwig deu de ombros.

— Fui até a recepção fumar um charuto. Passei cinco horas com um homem sem expressão alguma, não é?

— Foi fantástico! — repetiu Dan.

— Foi tão real assim? — O outro sorriu. — Foi só porque você cooperou. É preciso se auto-hipnotizar.

— Foi real com toda a certeza — concordou Dan melancolicamente. — Mas não entendi... aquele país lindo e estranho.

— As árvores eram licopódios ampliados pelas lentes — explicou Ludwig. — Tudo foi trucagem, mas só que estereoscópica, como eu havia dito: tridimensional. As frutas eram de borracha, a casa é uma casa de veraneio em nosso *campus* da Universidade do Norte. E a voz era minha, você não falava nada, a não ser seu nome no começo, e deixei uma margem para isso. Eu interpretei você, entende? Rodeei você com o aparato fotográfico preso na minha cabeça, para sempre manter o ponto de vista do observador. Viu? — Ele riu de orelha a orelha de forma irônica. — Por sorte, sou bem baixinho, senão você teria se parecido com um gigante.

— Espere um pouco! — exclamou Dan, sua cabeça girando. — Você disse que me interpretou. Então a Galateia... *ela* é real também?

— A Tea é muito real — confirmou o professor. — É minha sobrinha, uma formanda na Universidade do Norte e que gosta de Dramaturgia. Ela me ajudou nisso tudo. Por quê? Quer conhecê-la?

Dan respondeu de forma vaga e feliz. Sua dor desaparecera e sua angústia diminuiu. Finalmente, Paracosmos estava a seu alcance!

ESPECIAL DE NATAL

A HISTÓRIA DA NOZ DE CASCA DURA

E. T. A. HOFFMANN, 1816

Uma princesa amaldiçoada, uma rainha dos camundongos e um Quebra-Nozes. Após um incidente envolvendo um dos pratos prediletos do rei, o governante ordena que o bando de camundongos do palácio seja executado. A fantasia que inspirou uma das figuras mais caricatas das histórias de Natal.

"A mãe de Pirlipat era esposa de um rei, portanto uma rainha, e a própria Pirlipat era uma princesa nata a partir do momento em que nasceu. O rei estava em êxtase pela linda filhinha que estava deitada no berço; comemorava em alto e bom som, dançava e claudicava com uma perna e berrava por cima da outra:

— Hei-hei! Alguém já viu algo mais bonito que a minha Pirlipatita?

E todos os ministros, generais, presidentes e oficiais de estado-maior, como o pai do campo, pularam de uma perna só e gritaram muito.

— Não, nunca!

Na verdade, era impossível negar que, na existência de todo o mundo, não nasceu nenhuma criança mais linda que a princesa Pirlipat. Seu rostinho parecia tecido como se feito de delicados fios de seda branca como lírios e vermelha como rosas, e seus olhos eram de um azul vivo e cintilante, e seu cabelo era tão bonito que era como se os cachos se enrolassem em fios dourados brilhantes. Além disso, Pirlipatita veio ao mundo com duas fileiras de minúsculos dentes de pérola, com os quais mordeu o dedo do chanceler duas horas após o nascimento, quando ele quis examinar o alinhamento mais de perto, de modo que ele gritou bem alto: 'Ó, minha nossa!'. Outros afirmam que ele berrou 'Ai, ui, ui!', e as opiniões ainda hoje estão muito divididas sobre isso. Em suma, Pirlipatita realmente mordeu o dedo do chanceler, e o país encantado agora sabia que a mente, o espírito e a inteligência também residiam no lindo corpinho angelical de Pirlipat. Como dito, tudo era só felicidade, apenas a rainha estava muito ansiosa e inquieta, e ninguém sabia por quê. Era especialmente estranho que ela mandasse vigiar o berço de Pirlipat com tanto esmero. Além do fato de as portas estarem vigiadas por guardas, duas amas sempre estavam ao lado do berço, e outros seis tinham que ficar ao redor dos aposentos noite após noite. Mas o que parecia uma loucura completa e que ninguém conseguia entender era que cada um desses seis guardas precisava ficar com um gato no colo e acariciá-lo a noite toda para que fosse forçado a prestar vigilância o tempo todo. É impossível que vocês, caras crianças, possam adivinhar por que a mãe de Pirlipat fez todos esses arranjos, mas eu sei e já lhes contarei. Acontece que certa vez, na corte do pai de Pirlipat, muitos reis excelentes e príncipes muito agradáveis se reuniram, e por isso as coisas iam muito bem, e muitas justas, apresentações de comédias e bailes da corte aconteciam. O rei, para mostrar corretamente que não lhe faltavam nem ouro nem prata, lançou mão do tesouro da coroa para esbanjar como se devia. Assim, ele ordenou, ainda mais porque soube secretamente pelo cozinheiro principal da corte que o astrônomo da corte havia anunciado a hora da matança, que se montasse um grande banquete com salsichas, jogou-se na carruagem e até convidou todos os reis e príncipes para tomarem apenas uma colherzinha de sopa e se surpreenderem com as delícias que os aguardavam. Então, ele falou com a rainha de um jeito bastante gentil:

— Já sabes, minha querida, como eu gosto das salsichas!

A rainha já sabia o que ele queria dizer com aquilo, pois nada mais significava: ela própria, como antes já havia feito, deveria se lançar à útil tarefa de fazer as salsichas. O tesoureiro-chefe precisou entregar imediatamente na cozinha uma grande vasilha dourada de fazer salsicha e as caçarolas prateadas; acenderam uma grande fogueira de sândalo, a rainha se amarrou no avental de cozinha adamascado, e logo os benfazejos aromas adocicados da sopa de salsicha fumegaram do caldeirão. O delicioso cheiro penetrou até a câmara do Conselho de Estado; o rei, tomado de um deleite interior, não conseguiu se segurar.

— Com vossa licença, senhores! — gritou ele, seguiu aos saltos rapidamente até a cozinha, abraçou a rainha, mexeu alguma coisa no caldeirão com o cetro de ouro e voltou tranquilizado ao Conselho de Estado.

Então, chegou o importante momento em que o toucinho deveria ser cortado em cubos e torrado em grelhas prateadas. As damas de companhia retiraram-se, pois a rainha queria realizar sozinha a tarefa por verdadeira devoção e temor ao consorte real. Estando a rainha sozinha, assim que o toucinho começou a fritar, uma voz pequenina e sussurrante foi ouvida:

— Irmã, me dê um assadinho também! Também quero banquetear, também sou rainha. Dê-me um pouco do assadinho!

A rainha soube logo que era a dona Ratarina quem estava falando. Dona Ratarina havia muitos anos vivia no palácio do rei. Ela alegava ser parente da família real e ela mesma ser a governante do Reino da Ratólia, então tinha também uma grande corte embaixo dos fogões. A rainha era uma mulher boazinha e benevolente e, embora não quisesse reconhecer a dona Ratarina como rainha e irmã, permitiu, de todo o coração, que ela participasse daquele dia festivo e exclamou:

— Ora, venha, dona Ratarina. Sempre poderá saborear meu toucinho.

Dona Ratarina saiu saltitante, muito rápida e divertida, pulou sobre o fogão e com as delicadas patinhas agarrou um pedaço de toucinho atrás do outro que a rainha lhe estendia. Mas, então, vieram saltando toda a parentela da dona Ratarina, e até mesmo os sete filhos, sacripantas bem malcomportados, que voaram sobre o toucinho sem dar chance de a assustada rainha se defender deles. Felizmente, a chefe-camareira da corte chegou e afugentou os convidados intrometidos, e por isso ainda sobrou um pouco de toucinho que, de acordo com a instrução do matemático convocado pela corte, foi distribuído de maneira bastante habilidosa em todas as salsichas. Tímpanos e trombetas ressoaram, todos os potentados e príncipes presentes marcharam para o banquete da salsicha, com roupas festivas brilhantes, alguns em palafréns brancos, outros em carruagens de cristal. O rei recebeu-os com calorosa simpatia e graça, e, em seguida, como soberano com coroa e cetro, sentou-se à cabeceira da mesa. Já na estação de salsicha de fígado se via como o rei empalidecia cada vez mais, como erguia os olhos ao céu, deixando escapar do peito suaves suspiros, como se uma dor tremenda estivesse consumindo o homem por dentro! Porém, na estação do chouriço, ele caiu de novo na poltrona, soluçando e gemendo alto, cobriu o rosto com as mãos, reclamando e grunhindo. Todos ergueram-se da mesa, o médico tentou em vão capturar o pulso do infeliz rei, um sofrimento profundo e inominável parecia parti-lo ao meio. Finalmente, finalmente, depois de muito convencimento e de usar os meios mais poderosos que existiam, como plumas destiladas e coisas do gênero, o rei pareceu voltar a si um pouco e gaguejou as palavras quase inaudíveis:

— Tinha pouco toucinho.

Assim, desolada, a rainha se lançou aos pés dele aos prantos:

— Ó, meu pobre e infeliz consorte real! Ó, que dor tiveste que suportar! Mas vê a culpada aqui, a seus pés, puna-a, puna-a com severidade, ah, dona Ratarina com seus sete filhos e toda a parentela devoraram o toucinho e...

Com isso, a rainha caiu de costas, desfalecida. Já o rei se levantou furibundo e gritou:

— Camareira-chefe, como isso se deu?

A camareira-chefe contou o que sabia, e o rei decidiu pela vingança contra a dona Ratarina e sua família, que haviam devorado o toucinho das salsichas. O Conselho do Estado convocou uma reunião secreta e se decidiu por processar a dona Ratarina e sequestrar todos os seus bens; mas como o rei temia que ela ainda assim pudesse continuar devorando o toucinho, a questão foi repassada ao relojoeiro e arcanista da corte. Esse homem, cujo nome também era meu nome, ou seja, Christian Elias Drosselmeier, prometeu expulsar a dona Ratarina e sua família do palácio para sempre com uma operação política especialmente inteligente. Ele também inventou maquininhas muito engenhosas nas quais era colocado toucinho frito com um fio, e Drosselmeier as instalou em torno da moradia da dona Comedora de Toucinho. A dona Ratarina era sábia demais para não enxergar o ardil de Drosselmeier, mas todos os seus avisos, todas as suas admoestações foram em vão: tentados pelo cheiro adocicado do toucinho frito, todos os sete filhos e muitos, muitos membros da parentela da dona Ratarina entraram nas máquinas de Drosselmeier e, quando estavam prestes a morder o toucinho, ficavam presos por uma grade que caía de repente diante deles, sendo, na sequência, vergonhosamente executados na própria cozinha. A dona Ratarina deixou o local do horror com um pequeno séquito. Tristeza, desespero e vingança enchiam seu peito. A corte ficou muito contente, mas a rainha ficou preocupada, pois conhecia a natureza da dona Ratarina e sabia que ela não permitiria que a morte de seus filhos e parentes ficasse sem vingança. Na verdade, a dona Ratarina também apareceu quando a rainha estava preparando para o consorte real um patê de miúdos que ele gostava muito de comer e disse:

— Meus filhos, parentes e parentas foram assassinados. Tome cuidado, senhora rainha, para que a rainha dos ratos não rasgue tua princesinha ao meio. Tome cuidado.

Então, ela voltou a desaparecer e não foi mais vista, mas a rainha ficou tão assustada que deixou o patê de miúdos cair no fogo e, pela segunda vez, a dona Ratarina estragou um prato favorito do rei, deixando-o muito zangado. Mas por hoje já chega, o restante ficará para a próxima vez."

Por mais que Marie, que tinha pensamentos próprios sobre a história, pedisse ao padrinho Drosselmeier que continuasse a contá-la, ele não se deixou convencer, se ergueu de uma vez e falou:

— Muito de uma vez não faz bem à saúde. Amanhã continuo.

Assim que o desembargador estava prestes a sair pela porta, Fritz perguntou:

— Mas me diga, padrinho Drosselmeier, é mesmo verdade que o senhor inventou a ratoeira?

— Que pergunta mais boba — gritou a mãe, mas o desembargador sorriu de um jeito bem peculiar e respondeu baixinho:

— Não sou eu um relojoeiro habilidoso e não poderia inventar ratoeiras?

CONTINUAÇÃO DA HISTÓRIA
DA NOZ DE CASCA DURA

"Agora vocês bem sabem, crianças — continuou o desembargador Drosselmeier na noite seguinte —, agora sabem bem por que a rainha mandava proteger a bela princesinha Pirlipat com tanto zelo. Como não temeria que a dona Ratarina cumprisse sua ameaça, voltasse para deixar a princesinha em pedacinhos? As máquinas de Drosselmeier não adiantaram de nada contra a esperta e astuta dona Ratarina, e apenas o astrônomo da corte, que também era adivinho e astrólogo particular, quis saber se a família do gato Ronquinho seria capaz de manter a dona Ratarina longe do berço. Por isso, cada uma das amas precisava manter no colo um dos filhos daquela família, que, aliás, trabalhava como conselheiros particulares da legação na corte. E com os carinhos adequados, tentavam atenuar sua pesada missão oficial. Já era meia-noite quando uma das duas amas-chefes particulares sentadas próximas do berço acordou de um sono profundo. Tudo ao redor estava envolto em sonolência, não se ouvia nenhum ronronar, e o silêncio era tão profundo e mortal que dava para escutar os cupins trabalhando na madeira! Mas como ficou a ama-chefe ao ver um camundongo grande e muito feio bem diante dela, erguido sobre as patas traseiras e com a cabeça ameaçadora bem em cima do rosto da princesinha. Com um grito de horror, ela se levantou com um salto; todos acordaram, mas naquele momento a dona Ratarina (que não era ninguém mais, ninguém menos que o camundongo no berço de Pirlipat) correu rapidamente para o canto da sala. Os Conselheiros da Legação correram atrás dela, mas era tarde demais — ela desaparecera por uma fresta no assoalho do quarto. Pirlipatita acordou com aquela barulheira e chorou muito.

— Graças aos céus — gritaram os guardas —, ela está viva!

Mas foi imenso o horror deles quando olharam para Pirlipatita e viram o que havia acontecido com a bela e terna criança. Em vez do rostinho branco e com cachinhos dourados de anjo, havia uma cabeça gorda e disforme sobre um corpo minúsculo e murcho; os olhos azul-celeste ficaram verdes, arregalados e fixos, e a boquinha esticava-se de uma orelha à outra. A rainha quis morrer de tanto choro e lamentação, e o gabinete do rei precisou ser forrado com papel de parede acolchoado, pois ele batia vez ou outra a cabeça contra a parede e gritava com voz muito lamuriosa:

— Ai de mim, infeliz monarca!

Apenas agora ele conseguia enxergar que teria sido melhor comer as salsichas sem toucinho e deixar em paz a dona Ratarina e seu clã debaixo do fogão, mas o majestoso pai de Pirlipat não pensou nisso, pondo toda a culpa no relojoeiro e arcanista da corte, Christian Elias Drosselmeier, de Nuremberg. Por isso, ele promulgou um decreto sábio: Drosselmeier tinha que restaurar o estado anterior da princesa Pirlipat dentro de quatro semanas ou, pelo menos, descobrir meios infalíveis de fazê-lo. Caso contrário, teria de sofrer uma execução vergonhosa sob o machado do carrasco. Drosselmeier assustou-se sobremaneira, mas logo confiou em sua arte e em sua sorte, passando imediatamente à primeira operação que lhe parecia útil. Ele desmontou a princesinha Pirlipat com muita habilidade, raspou as mãozinhas e pezinhos e imediatamente olhou para a estrutura interna, mas, infelizmente, descobriu que quanto maior a princesa ficasse, mais disforme se tornaria, e ele não sabia o que fazer a respeito. Cuidadosamente remontou a princesinha e, com tristeza, se deitou ao lado de seu berço, pois não tinha permissão para sair dali.

A quarta parte da semana já havia começado — sim, já era quarta-feira quando o rei olhou para o quarto com olhos raivosos e berrou, sacudindo o cetro ameaçadoramente:

— Christian Elias Drosselmeier, cure a princesa ou morrerá!

Drosselmeier começou a chorar com amargura, mas a princesa Pirlipat quebrava nozes com alegria. Pela primeira vez, o arcanista notou o apetite incomum de Pirlipat por nozes e percebeu que ela havia nascido com dentinhos. Na verdade, imediatamente após a transformação, ela havia começado a chorar até por acaso encontrar uma noz, que quebrou de imediato, comeu-a e se acalmou. Desde então, as amas não podiam fazer nada além de levar-lhe nozes.

— Ó, sagrado instinto da natureza, simpatia eternamente inexplicável de todos os seres — exclamou Christian Elias Drosselmeier. — Tu me mostras o portal do segredo, nele baterei, e ele se abrirá!

Ele imediatamente pediu permissão para falar com o astrônomo da corte e foi conduzido até lá com um sentinela forte. Os dois cavalheiros abraçaram-se aos prantos, já que eram amigos afetuosos, depois se retiraram para um gabinete secreto e pesquisaram em muitos livros que tratavam de instinto, simpatias e antipatias, e outras coisas misteriosas. A noite caiu, o astrônomo da corte olhou para as estrelas e, com a ajuda de Drosselmeier, que também era muito hábil na astrologia, estudaram o horóscopo da princesa Pirlipat. Foi um grande esforço, pois as linhas foram ficando cada vez mais confusas, mas, por fim — que alegria, por fim ficou claro diante deles que a princesa Pirlipat, para quebrar o feitiço que a deixava feia e recobrar a beleza de antes, tinha apenas que saborear o doce caroço da noz Krakatuk.

A noz Krakatuk tinha uma casca tão dura que um pesado canhão poderia passar por cima dela sem quebrá-la. No entanto, essa noz dura tinha que ser aberta na frente da princesa com a mordida de um homem que nunca tivesse se barbeado e que nunca tivesse usado botas, e ele precisava lhe dar o caroço de olhos fechados. Só depois de dar sete passos para trás sem tropeçar, o jovem teria permissão para abrir os olhos novamente. Drosselmeier havia trabalhado com o astrônomo sem parar por três dias e três noites, e o rei estava sentado à mesa do almoço no sábado quando Drosselmeier, que seria decapitado na manhã de domingo, irrompeu cheio de alegria e júbilo no salão, anunciando o remédio que encontrou para restaurar a beleza da princesa Pirlipat. O rei abraçou-o com grande simpatia, prometeu-lhe um punhal de diamantes, quatro ordens e dois novos trajes dominicais.

— Imediatamente após a refeição — acrescentou ele de maneira amigável — vamos começar os trabalhos, caro arcanista. Providencie o jovem com barba por fazer e sapatos a postos com a noz Krakatuk e não deixe que tome vinho antes para que não tropece quando recuar sete passos como um caranguejo. Depois disso, ele pode se embebedar à vontade!

Drosselmeier ficou muito aturdido com a fala do rei e, não sem tremer e hesitar, gaguejou que os meios já tinham sido descobertos, mas que tanto a noz Krakatuk e o jovem que precisaria mordê-la até quebrar precisavam ser encontrados, embora ainda pairasse a dúvida se a noz e o quebra-nozes algum dia seriam encontrados. Em fúria, o rei sacudiu o cetro sobre a cabeça coroada e rugiu com voz de leão:

— Então, cabeças vão rolar.

Foi sorte de Drosselmeier, que estava com medo e angústia, o rei ter acabado de ter feito uma refeição de seu agrado naquele dia e estar, portanto, de bom humor e ter dado ouvidos a ideias razoáveis, pois a magnânima rainha, tocada pelo destino de Drosselmeier, não lhe faltou. Drosselmeier tomou coragem e finalmente disse que havia resolvido a tarefa de apresentar um remédio com que a princesa poderia ser curada e que havia ganhado direito à vida. O rei disse que essas eram desculpas estúpidas e baboseiras simplórias, mas por fim, depois de tomar uma cálice de digestivo, decidiu que tanto o relojoeiro quanto o astrônomo deveriam se pôr dali para fora e voltar apenas com a noz Krakatuk no bolso. O homem que deveria mordê-la precisaria, como a rainha intercedeu, ser buscado por meio de vários anúncios em jornais e boletins locais e estrangeiros."

Nesse momento, o desembargador interrompeu novamente a história e prometeu contar o restante na próxima noite.

CONCLUSÃO DA HISTÓRIA
DA NOZ DE CASCA DURA

"Na noite seguinte, assim que as luzes foram acesas, o padrinho Drosselmeier realmente voltou e continuou a história.

— Drosselmeier e o astrônomo da corte ficaram na estrada por quinze anos sem conseguir encontrar a noz Krakatuk. Poderia lhes contar, crianças, por quatro semanas seguidas, onde eles estiveram, que estranhas e surpreendentes coisas lhes aconteceram, mas não quero fazer isso, só digo logo que, em sua profunda tristeza, Drosselmeier finalmente sentiu uma grande saudade de sua querida cidade natal, Nuremberg. Essa saudade ocorreu-lhe especialmente enquanto fumava um cachimbo com o amigo no meio de uma grande floresta na Ásia.

— Ó, linda, linda cidade natal de Nuremberg. Linda cidade, quem não te viu, pode ter viajado muito para Londres, Paris e Petrovaradin, mas enquanto seu coração não tiver parado, vai sempre ter saudades de ti, de ti, ó, Nuremberg, linda cidade e suas belas casas com janelas.

Enquanto Drosselmeier reclamava desse jeito tão melancólico, o astrônomo foi tomado de profunda pena e começou a uivar de um jeito tão triste que foi possível ouvi-lo em toda parte na Ásia. Mas ele se recompôs, enxugou as lágrimas e perguntou:

— Mas, caro colega, por que estamos sentados aqui e chorando? Por que não vamos para Nuremberg? Realmente não importa onde e como procuramos a horrenda noz Krakatuk?

— Isso também é verdade — respondeu Drosselmeier, consolado.

Os dois levantaram-se de pronto, apagaram os cachimbos e caminharam direto em linha reta, saindo da floresta no meio da Ásia até Nuremberg. Assim que lá chegaram, Drosselmeier correu rapidamente até seu primo, o fabricante de marionetes, pintor e dourador Christoph Zacharias Drosselmeier, que não via já fazia muitos e muitos anos. O relojoeiro contou-lhe toda a história da princesa Pirlipat, da dona Ratarina e da noz Krakatuk, de modo que ele, vez ou outra, juntava as mãos em uma palma e gritava, cheio de surpresa:

— Ó, primo, primo, que coisas maravilhosas!

Drosselmeier continuou contando as aventuras de sua longa jornada, como passou dois anos com o rei das tâmaras, como foi vergonhosamente rejeitado pelo príncipe das amêndoas, como pesquisou em vão na Sociedade de Pesquisas Naturais de Bolotalândia, em suma, como fracassou em todos os lugares na obtenção de algum vestígio que fosse da noz Krakatuk. Durante a história, Christoph Zacharias muitas vezes estalou os dedos e a língua, girou sobre um pé, e então exclamou:

— Hum. Iiih. Ai, ai. Ó! Mas que diabos!

Por fim, ele jogou o gorro e a peruca para o alto, abraçou o primo muito apertado e berrou:

— Primo, primo! Estás seguro, estás seguro, eu te digo, pois talvez eu esteja muito enganado, mas tenho aqui comigo a noz Krakatuk. — Ele imediatamente buscou uma caixinha da qual tirou uma noz dourada de tamanho médio. — Veja bem — disse ele, exibindo a noz para o primo —, veja bem, o causo dessa noz é o seguinte: muitos anos atrás, na época do Natal, um homem estranho veio aqui com um saco cheio de nozes, que estava vendendo. Bem na frente da minha loja de bonecas ele entrou em uma briga e largou o saco para se defender melhor do vendedor de nozes local, que não conseguia aguentar que um forasteiro vendesse nozes também e por isso o atacou. Naquele momento, uma carroça muito pesada passou por cima do saco, todas as nozes se quebraram, exceto uma, que o homem estranho, com um sorriso bizarro no rosto, me ofereceu por uma moeda reluzente do ano de 1720. Pareceu-me maravilhoso eu ter encontrado aquela moeda de vinte no bolso, do jeito que o homem queria, então, comprei a noz e a banhei em ouro, sem saber realmente por que paguei tão caro pela noz e a considerei tão valiosa.

As dúvidas de que a noz do primo realmente era a noz Krakatuk foram dirimidas instantaneamente quando o astrônomo da corte que havia sido convocado raspou o ouro e encontrou a palavra Krakatuk gravada na casca da noz em caracteres chineses. Os viajantes ficaram muito felizes, e o primo virou a pessoa mais feliz sob o sol quando Drosselmeier lhe garantiu que sua sorte estava feita, pois, além de uma considerável pensão, ele receberia de graça todo o ouro para dourar seus trabalhos. Tanto o arcanista quanto o astrônomo já haviam posto suas toucas de dormir e queriam ir para a cama quando este último, ou seja, o astrônomo, disse:

— Meu melhor amigo, a felicidade nunca vem sozinha. Acredite, nós não encontramos apenas a noz de Krakatuk, mas também o jovem que a abrirá com uma mordida e apresentará o fruto da beleza à princesa! Não me refiro a ninguém mais senão o filho de seu primo! Não, não quero dormir — continuou ele, entusiasmado —, quero verificar o horóscopo do jovem esta noite!

Com isso, ele tirou a touca e imediatamente começou a observar. O filho do primo era de fato um menino bonito e encorpado que nunca havia se barbeado e nunca usara botas. Em sua juventude, em alguns natais, havia se fantasiado de marionete, mas ninguém notava isso nele, tantos foram os esforços que seu pai empenhara para educá-lo. Nos dias de Natal, ele usava um belo casaco vermelho com detalhes dourados, um punhal, um chapéu embaixo do braço e uma peruca com penteado requintado. Então, ficava na loja de seu pai com garbo e elegância e, de um jeito galante, quebrava nozes para as garotas. Por isso o chamavam de 'o belo Quebra-Nozes'. Na manhã seguinte, o astrônomo, totalmente encantado, cingiu o braço ao redor do arcanista e gritou:

— É ele, ele mesmo, encontramos! Existem apenas duas coisas, caro colega, que não podemos deixar de considerar. Em primeiro lugar, tu deves tecer uma trança de madeira resistente para teu esplêndido sobrinho, que seja ligada à mandíbula de tal forma que, se puxada, possa mover o maxilar com força. E quando chegarmos à residência real, devemos também esconder o fato de que levamos conosco o jovem que poderá quebrar a noz Krakatuk com uma mordida. Aliás, ele deve chegar lá muito depois de nós. Li no horóscopo que o rei, depois que alguns tenham tentado usar os dentes sem sucesso, prometerá como recompensa a sucessão do trono e a mão da princesa àquele que morder a noz e devolver a ela a beleza perdida.

O primo fazedor de marionetes ficou extremamente satisfeito que seu filhinho se casaria com a princesa Pirlipat e se tornaria príncipe e rei, e por isso o deixou inteiramente a cargo dos enviados da majestade. A trança que Drosselmeier encaixou no jovem e esperançoso sobrinho lhe caiu muito bem, de modo que ele fez tentativas das mais brilhantes, abrindo os caroços de pêssego mais duros com sua mordida.

Como Drosselmeier e o astrônomo relataram o achado da noz de Krakatuk para a corte, de pronto foram expedidos os decretos necessários, e quando os viajantes chegaram com o fruto que carregava a fonte da beleza, muitos belos rapazes já faziam fila, entre eles até príncipes, que tentariam desenfeitiçar a princesa, confiantes em suas mordidas saudáveis. Os enviados não ficaram nem um pouco chocados quando voltaram a ver a princesa. O corpinho com mãos e pés minúsculos mal conseguia aguentar a cabeça disforme. A feiura do rosto era agravada por uma barba branca como algodão que se desenrolava sobre a boca e no queixo. Tudo se deu conforme o astrônomo da corte havia lido no horóscopo. Vários fedelhos de sapatos morderam a noz Krakatuk, ferindo dentes e mandíbulas, sem ajudar a princesa em nada, e quando eram levados quase desmaiados aos dentistas designados, eles suspiravam: 'Que dureza!'.

Quando, com medo no coração, o rei prometeu filha e reino àquele que desfizesse aquele feitiço, o jovem e gentil Drosselmeier se apresentou e perguntou se poderia começar sua tentativa. Ninguém, exceto o jovem Drosselmeier, agradara tanto a princesa Pirlipat; ela levou as mãozinhas ao peito e suspirou profundamente:

— Ó, se ao menos fosse ele quem realmente mordesse a noz Krakatuk e se tornasse meu marido...

Depois de cumprimentar muito educadamente o rei e a rainha, e depois a princesa Pirlipat, o jovem Drosselmeier recebeu a noz Krakatuk das mãos do mestre de cerimônias da corte e, sem mais delongas, tomou-a entre os dentes, puxou com força a trança e — krak-krak — estilhaçou a casca em muitos pedaços. Habilmente limpou a polpa, tirando dela as lascas ainda presas, e a entregou à princesa com uma mesura submissa, fechando a seguir os olhos e começando a dar passos para trás. A princesa logo engoliu a noz e — ó, que maravilha! — a deformação desapareceu e, em vez dela, surgiu a imagem angelical de uma mulher, seu rosto como se tecido por flocos de seda de lírio branco e a pele rosada, seus olhos como um azul cintilante, os cachos cheios como se formados por fios de ouro. Trombetas e tímpanos misturavam-se com os aplausos do povo. O rei e toda a sua corte dançaram com uma perna só, da mesma forma que fizeram quando do nascimento de Pirlipat, e a rainha teve que ser socorrida com água-de-colônia, pois desmaiara de alegria e deleite. O grande tumulto perturbou o jovem Drosselmeier, que ainda tinha sete passos a completar, mas ele se empertigou e esticou o pé direito para dar o sétimo passo. Foi quando a terrível dona Ratarina, guinchando e gritando, ergueu-se do assoalho, e Drosselmeier, tentando pousar o pé no chão, pisou nela e tropeçou de tal maneira que quase despencou. Ó, desgraça! De repente, o jovem estava tão deformado quanto a princesa Pirlipat estava antes. O corpo havia encolhido e mal conseguia suportar a grande cabeça disforme com olhos grandes e protuberantes e a boca larga e terrivelmente escancarada. Em vez da trança, pendia atrás dele uma capa estreita de madeira, com a qual ele movia o maxilar inferior. O relojoeiro e o astrônomo ficaram fora de si de choque e horror, mas viram dona Ratarina rolando no chão, sangrando. Sua maldade não havia ficado sem vingança, pois o jovem Drosselmeier a golpeara com tanta força no pescoço com o salto pontudo do sapato que ela começou a agonizar. Mas quando a dona Ratarina foi tomada por uma angústia mortal, guinchou e gritou em um lamento horrível:

— Ó, Krakatuk, noz dura de roer pela qual terei que morrer — ai, ai, ui, ui — Quebra-Nozes, que me notas, em breve baterá as botas. Pelas sete coroas do meu filhinho, vais ter o que merece direitinho. Pela mãe, ele trará vinganças atrozes contra tu, pequeno Quebra-Nozes. Ó vida, tão jovem, dela vou embora, pois é chegada a minha hora! Ai!

Com este grito, a dona Ratarina morreu e foi levada pelo fornalheiro real. Ninguém se importou com o jovem Drosselmeier, mas a princesa lembrou ao rei da promessa, e ele imediatamente ordenou que o jovem herói fosse levado à sua presença. Porém, quando o infeliz emergiu em sua deformidade, a princesa levou as duas mãos ao rosto e berrou:

— Fora daqui, horrível Quebra-Nozes!

Imediatamente o marechal da corte também o agarrou pelos ombros pequenos e o jogou porta afora. O rei ficou furioso por terem tentado forçá-lo a ter um quebra-nozes como genro, jogou toda a culpa na inabilidade do relojoeiro e do astrônomo e condenou-os ao banimento eterno de sua corte. Isso não constava do horóscopo que o astrônomo traçara em Nuremberg, mas ele não se furtou de observá-lo de novo e leu nas estrelas que o jovem Drosselmeier se daria muito bem em sua nova posição e que, apesar de sua feiura, seria príncipe e rei. No entanto, sua deformidade só poderia desaparecer se o filho da dona Ratarina, que ela dera à luz com sete cabeças após a morte de seus sete filhos e que se tornou Rei dos Ratos, caísse por sua mão, e uma mulher se apaixonasse por ele, apesar de sua deformidade. Diz a lenda que o jovem Drosselmeier podia ser visto em Nuremberg, na época do Natal, na loja de seu pai, como um quebra-nozes, mas, ainda assim, como um príncipe! Essa é, crianças, a história da noz de casca dura, e agora vocês sabem por que as pessoas dizem com tanta frequência: 'Que dureza!'. E por isso os quebra-nozes são tão feiosos."

Assim, o desembargador terminou sua história. Marie achava que a princesa Pirlipat era na verdade uma ingrata desagradável; Fritz garantiu, por outro lado, que se o Quebra-Nozes quisesse ser rapaz valente, não se demoraria tanto para acabar com o Rei dos Ratos e logo recuperaria sua bela figura de antes.

CONTO EXTRA

PELE DE URSO

HOWARD PYLE, 1888

Vendido pelo próprio pai, o filho de um moleiro escapa da morte e é adotado por uma ursa. Ele deve se tornar forte e corajoso, mas seu verdadeiro desejo encontra-se na mão de uma princesa prometida a outro. Um conto de fadas muito popular.

Havia um rei viajando pelo país. Ele e aqueles que o acompanhavam estavam tão distantes de casa que a escuridão os seguia, e precisaram parar em um moinho de pedra à noite, pois não havia um lugar melhor.

Enquanto jantavam, eles ouviram um som na sala ao lado, e era um bebê chorando.

O moleiro estava no canto, atrás do fogão, com o chapéu na mão.

— Que barulho é esse? — perguntou o rei a ele.

— Ah! Nada além de outro bebê que a boa cegonha trouxe aqui hoje — respondeu o moleiro.

Agora, havia, viajando com o rei, um homem sábio, que podia ler as estrelas e tudo o que elas diziam tão facilmente

ILUSTRAÇÕES DE HOWARD PYLE

quanto alguém pode ler o ABC em um livro após aprender. Este último, com um pouco de gracejo, o fez descobrir o que as estrelas tinham a prever para o bebê do moleiro. Então o homem sábio saiu e deu uma olhadinha no céu, e depois de um tempo retornou.

— Bem — disse o rei —, o que as estrelas te contaram?

— As estrelas me contam — respondeu o homem sábio — que você terá uma filha e que o bebê do moleiro, na sala ao lado, se casará com ela quando eles tiverem idade para isso.

— O quê?! — exclamou o rei. — O bebê de um moleiro se casando com uma princesa! Veremos!

PELE DE URSO

No dia seguinte, ele pegou o moleiro de lado e os dois conversaram e barganharam, barganharam e conversaram, até que o desfecho foi que o moleiro recebeu duzentos dólares e o rei foi embora com o bebê.

Assim que ele chegou ao castelo, chamou o caçador-chefe.

— Aqui — disse ele —, pegue este bebê e faça isto e aquilo com ele, e quando o matar traga o coração para mim, assim saberei que você fez o que ordeno.

O caçador partiu com o bebê, mas no caminho parou em casa, e lá estava sua boa esposa fazendo trabalho doméstico.

— Bem, Henry — disse ela —, o que você faz com esse bebê?

— Ah! — exclamou ele. — Só vou levá-lo para a floresta para fazer isso e aquilo com ele.

— Ah, não. Seria uma pena ferir a criaturinha inocente e ter o sangue dele em suas mãos. Ali está o coelho que você matou esta manhã, e o coração dele agradará ao rei tanto quanto qualquer outro.

Assim disse a esposa, e o resultado foi que ela e o homem passaram piche em uma cesta e enviaram o bebê rio abaixo, e o rei ficou tão satisfeito com o coração do coelho quanto teria ficado com o do bebê.

Mas a cesta viajou rio abaixo até ficar presa entre os juncos altos na margem. Depois de um tempo, veio a ursa beber água, e ali encontrou o bebê.

Os caçadores da floresta haviam roubado os filhotes da ursa, de modo que seu coração ansiava pelo bebê, e ela o levou para casa para ocupar o lugar de seus próprios filhotes. Lá, o bebê se tornou um rapaz grande e forte, e como se alimentou de nada além de leite de urso durante todo esse tempo, ele era dez vezes mais forte do que o homem mais forte da terra.

Um dia, enquanto caminhava pela floresta, ele encontrou um lenhador cortando as árvores em pedaços de madeira, e aquela foi a primeira vez que viu um corpo como o dele. Ele voltou para a ursa o mais rápido que pôde e contou a ela o que tinha visto.

— Aquilo — disse a ursa — é a fera mais cruel e maldosa de todas.

— Sim — disse o rapaz —, pode ser verdade, mas mesmo assim eu amo feras assim tanto quanto amo a comida que como, e não desejo nada além de sair pelo mundo, onde posso encontrar outros iguais.

Com isso, a ursa viu que o rapaz logo partiria.

— Se você tem que sair para o mundo, vá — disse ela. — Mas logo você vai querer ajuda, pois o mundo não é tranquilo e simples como aqui na floresta, e antes de viver lá por muito tempo, você terá mais necessidades que as moscas no verão. Veja, aqui está uma corneta torta, e quando seus desejos crescerem muito, apenas venha para a floresta e a sopre, e eu não estarei muito longe para ajudá-lo.

Então o rapaz foi embora da floresta, e o único casaco que ele tinha nas costas era a pele de um urso, e era por isso que as pessoas o chamavam de "Pele de Urso".

Ele seguiu pela estrada principal até chegar ao castelo do rei, e foi o mesmo rei que pensou que tinha se livrado de Pele de Urso anos e anos antes.

Agora, o cuidador de porcos do rei estava precisando de um ajudante, e como não havia nada melhor para fazer naquela cidade, Pele de Urso aceitou o posto e ia todas as manhãs ajudar a levar os porcos para a floresta, onde eles poderiam comer bolotas e engordar.

Um dia, houve uma grande agitação em toda a cidade; o povo chorava e fazia um grande burburinho.

— O que é tudo isso? — perguntou Pele de Urso para o cuidador de porcos.

O quê! E ele não sabia qual era a questão? Onde ele estivera por toda a vida, que não ouviu nada sobre o que estava acontecendo no mundo? Ele nunca tinha ouvido falar do grande dragão de fogo com três cabeças que ameaçava devastar toda aquela terra, a menos que a linda princesa fosse entregue a ele? Aquele era o dia em que o dragão viria buscá-la, e ela seria mandada para a colina atrás da cidade; era por isso que todo o povo estava chorando e fazendo tanto alvoroço.

— Muito bem! — disse Pele de Urso. — E não há um rapaz em todo o país que seja corajoso o suficiente para enfrentar a fera? Então irei eu mesmo se não encontrar ninguém melhor.

E lá foi ele, embora o cuidador de porcos se acabasse de rir, achando tudo uma brincadeira. Aos poucos, Pele de Urso chegou à floresta, e lá ele soprou a corneta pequena e torta que a ursa lhe dera.

Pouco depois, a ursa atravessou os arbustos, tão rápido que os pequenos galhos voaram atrás dela.

— O que você deseja? — perguntou ela.

— Desejo — respondeu Pele de Urso — ter um cavalo, uma armadura de ouro e prata que nada pode perfurar e uma espada que corte ferro e aço; pois eu gostaria de subir a colina para lutar contra o dragão e libertar a linda princesa na cidade do rei lá adiante.

— Muito bem — disse a ursa —, olhe para trás da árvore e você encontrará exatamente o que deseja.

E lá estavam eles atrás da árvore: um grande cavalo branco que mordia o freio e pateava o chão até que o cascalho voou, e uma armadura de ouro e prata como a de um rei. Pele de Urso vestiu a armadura e montou no cavalo, e partiu para a alta colina atrás da cidade.

308 SOCIEDADE DAS RELÍQUIAS LITERÁRIAS

Lá estavam a princesa e o mordomo do castelo, pois era ele que a levaria ao dragão. Mas o mordomo ficou no pé da colina, pois estava com medo, e a princesa teve que subir sozinha, embora mal pudesse ver a estrada à sua frente por causa das lágrimas que escorriam de seus olhos. Mas quando chegou ao topo da colina, ela encontrou, em vez do dragão, um belo sujeito alto vestido todo com armadura de ouro e prata. E não demorou muito para Pele de Urso confortar a princesa, posso lhe dizer.

— Vamos, vamos — disse ele —, seque os olhos e não chore mais; o leite ainda não foi derramado; apenas volte para os arbustos e deixe que eu converse sobre o assunto com o Mestre Dragão.

A princesa ficou tão feliz que fez isso. Ela foi para trás dos arbustos e Pele de Urso esperou que o dragão viesse. Ele também não teve que esperar muito; pois logo o dragão veio voando, fazendo o vento chacoalhar sob suas asas.

Nossa, nossa! Ah, se você pudesse estar lá para ver aquela luta entre Pele de Urso e o dragão, pois valeu a pena ver, pode acreditar. O dragão cuspiu chamas e fumaça como uma casa em chamas. Mas ele não poderia fazer mal a Pele de Urso, pois a armadura de ouro e prata o abrigava tão bem que nem um único fio de cabelo de sua cabeça foi chamuscado. Então Pele de Urso apenas desviou os golpes do dragão — golpeia, corta, golpeia, corta — até que todas as três cabeças fossem cortadas, e pronto.

Depois disso, ele cortou as línguas das três cabeças do dragão e as amarrou em seu lenço de bolso.

Então a princesa saiu de trás dos arbustos onde estava escondida e implorou a Pele de Urso que voltasse com ela para o castelo, pois o rei havia dito que se alguém matasse o dragão deveria tê-la como esposa. Mas não; Pele de Urso não iria ao

castelo agora, pois ainda não era hora; mas, se a princesa quisesse dá-los, ele gostaria de ter o anel do dedo dela, o lenço do peito e o colar de contas de ouro do pescoço.

    A princesa deu-lhe o que ele pediu, e um beijo doce na barganha, e então Pele de Urso montou em seu forte cavalo branco e partiu para a floresta.

    — Aqui estão seu cavalo e sua armadura — disse ele à ursa —, e eles prestaram um bom serviço hoje, posso lhe dizer.

    Então ele voltou novamente para o castelo do rei com a pele de urso sobre os ombros.

— Bem — disse o cuidador de porcos —, e você matou o dragão?

— Ah, sim — respondeu Pele de Urso —, matei, mas não foi uma coisa tão boa de se fazer, no fim das contas.

Com isso, o cuidador de porcos riu e riu, pois não acreditou em uma palavra.

E agora ouça o que aconteceu com a princesa depois que Pele de Urso a deixou. O mordomo veio se esgueirando para ver como as coisas haviam se saído, e lá ele a encontrou sã e salva, e o dragão morto.

— Quem fez isso deixou a sorte para trás — disse ele, e desembainhou sua espada e disse à princesa que a mataria se ela não jurasse não dizer nada sobre o que havia acontecido.

Então ele juntou as três cabeças do dragão, e ele e a princesa voltaram para o castelo.

— Pronto! — disse ele quando chegaram diante do rei, e jogou as três cabeças no chão: — Eu matei o dragão e trouxe de volta a princesa, e agora, eu gostaria da minha recompensa.

Quanto à princesa, ela chorou e chorou, mas não podia dizer nada, e por isso ficou combinado que ela deveria se casar com o mordomo, pois era isso que o rei havia prometido.

Enfim chegou o dia do casamento, e a fumaça subiu das chaminés em nuvens, pois haveria uma grande festa de casamento, e não havia fim para as delícias cozinhando para aqueles que estavam por vir.

— Veja bem — disse Pele de Urso ao cuidador de porcos quando eles estavam alimentando seus porcos juntos, na floresta —, como matei o dragão ali, eu deveria pelo menos ter algumas das delícias da cozinha do rei; você deve ir e pedir um pouco do bom pão branco e da carne, como o rei e a princesa vão comer hoje.

Nossa, nossa, mas você deveria ter visto como o cuidador de porcos riu, pois pensou que o outro devia ter perdido o juízo; mas quanto a ir ao castelo... não, ele não daria nem um passo, e fim.

— Bem, veremos — disse Pele de Urso, e foi até um matagal e cortou um bom graveto robusto, e sem outra palavra pegou o cuidador de porcos pelo colarinho e começou a esfregar sua jaqueta até que fumegasse.

— Pare, pare! — gritou o cuidador de porcos.

— Muito bem — disse Pele de Urso. — E agora você vai até o castelo por mim e pedir um pouco do mesmo pão e carne que o rei e a princesa vão comer no jantar?

Sim, sim; o cuidador de porcos faria qualquer coisa que Pele de Urso quisesse.

— Ótimo — disse Pele de Urso. — Então pegue este anel e veja se a princesa o aceita; e diga que o rapaz que o enviou gostaria de comer um pouco do pão e da carne que ela vai comer no jantar.

Então o cuidador de porcos pegou o anel e começou a fazer o que lhe foi dito. Toc! Toc! Ele bateu na porta. Bem, e o que ele queria?

Ah! Havia um rapaz lá na floresta que o enviara para pedir um pouco do mesmo pão e carne que o rei e a princesa iriam comer no jantar, e ele levara o anel para a princesa como um sinal.

Mas como a princesa arregalou os olhos quando viu o anel que tinha dado a Pele de Urso lá em cima na colina! Pois ela viu, tão claro quanto o nariz em seu rosto, que aquele que a salvou do dragão não estava tão longe quanto ela pensava. Desceu ela mesma à cozinha para ver se os melhores pães e carnes eram enviados, e o cuidador de porcos saiu marchando com uma grande cesta cheia.

— Está muito bom — disse Pele de Urso —, mas sou a favor de tomar um pouco do vinho tinto e branco que eles vão beber. Leve este lenço para o castelo e diga à princesa que o rapaz a quem ela o deu na colina atrás da cidade gostaria de provar o vinho que ela e o rei vão tomar na festa.

Bem, o cuidador de porcos ia dizer "não" outra vez, mas Pele de Urso apenas estendeu a mão em direção ao graveto que havia usado antes, e o outro correu como se o chão estivesse quente sob seus pés. E o que o cuidador de porcos queria dessa vez? Foi o que eles disseram no castelo.

— O rapaz com os porcos lá na floresta — disse ele — deve ter enlouquecido, pois enviou este lenço para a princesa e diz que gostaria de tomar uma ou duas garrafas do vinho que ela e o rei devem beber hoje.

Quando a princesa viu seu lenço novamente, seu coração saltou de alegria. Ela não disse duas palavras sobre o vinho, mas desceu à adega e o trouxe com as próprias mãos, e o cuidador de porcos saiu marchando com ele enfiado sob o casaco.

— Tudo muito bom — disse Pele de Urso. — Estou satisfeito quanto ao vinho, mas agora gostaria de comer alguns dos doces que eles vão comer no castelo hoje. Veja, aqui está um colar de doze contas douradas; apenas leve-o à princesa e peça alguns doces, pois eu os quero. — Desta vez ele só teve que olhar para o bastão, e o outro partiu o mais rápido que pôde.

O cuidador de porcos não teve mais dificuldade com este pedido do que com os outros, pois a princesa desceu as escadas e trouxe os doces da despensa com as próprias mãos, e ele os levou para Pele de Urso, onde estava na floresta com os porcos.

Então Pele de Urso espalhou as delícias, e ele e o cuidador de porcos sentaram-se para o banquete juntos, e foi um belo banquete, posso lhe dizer.

— E agora — disse Pele de Urso, depois de terem comido tudo o que podiam — é hora de deixar você, pois devo ir e me casar com a princesa.

Então ele começou a andar, e o cuidador de porcos não fez nada além de ficar de boca aberta atrás dele, como se estivesse pronto para pegar moscas. Mas Pele de Urso foi direto para a floresta, e ali tocou sua corneta, e a ursa apareceu tão rápido quanto da última vez.

— Bem, o que você quer agora? — perguntou ela.

— Desta vez — disse Pele de Urso —, quero um belo conjunto de roupas feitas de ouro e prata e um cavalo para montar até o castelo do rei, pois vou me casar com a princesa.

Muito bem, lá estava o que ele queria atrás da árvore. Era uma roupa digna de um grande rei, e um esplêndido cavalo

cinza malhado com uma sela dourada e rédeas cravejadas de pedras preciosas. Então Pele de Urso vestiu as roupas e foi embora, e fazia uma bela visão, posso lhe dizer.

E como as pessoas olhavam quando ele cavalgava até o castelo do rei. Saiu o rei junto com o resto, pois achava que Pele de Urso era um grande senhor. Mas a princesa o reconheceu no momento em que pôs os olhos nele, pois provavelmente não o esqueceria tão cedo.

O rei trouxe Pele de Urso para onde eles estavam festejando e reservou um lugar para ele ao seu lado.

O mordomo estava lá junto com os outros.

— Veja bem — disse Pele de Urso —, eu tenho uma pergunta a fazer. Um matou o dragão e salvou uma princesa, mas outro veio e jurou falsamente que fez isso. Agora, o que deve ser feito com alguém assim?

— Por isso — respondeu o mordomo, ousado, pois ele pensou em enfrentar o assunto —, ele deveria ser colocado em um barril todo cheio de pregos e arrastado atrás de três cavalos selvagens.

— Muito bem — disse Pele de Urso —, você falou por si mesmo. Pois eu matei o dragão na colina atrás da cidade, e você roubou a glória do ato.

— Não é verdade — disse o mordomo —, porque fui eu quem trouxe para casa as três cabeças do dragão em minha própria mão.

Então Pele de Urso caminhou até a parede, onde estavam penduradas as três cabeças do dragão. Ele abriu a boca de cada um.

— E onde estão as línguas? — perguntou.

Com isso, o mordomo ficou pálido como um fantasma, mas ainda assim falou com audácia de sempre:

— Dragões não têm línguas.

Mas Pele de Urso apenas riu; ele desamarrou seu lenço diante de todos, e lá estavam as três línguas. Ele colocou um em cada boca, e elas se encaixaram exatamente, e depois disso ninguém poderia duvidar que ele era o herói que realmente matou o dragão. Assim, quando o casamento chegou, foi Pele de Urso, e não o mordomo, que se casou com a princesa; o que foi feito com o impostor, vocês podem adivinhar.

E assim eles tiveram um grande casamento, mas bem no meio da festa alguém veio correndo e disse que havia uma grande ursa parda do lado de fora, que entraria, querendo ou não. Sim, e você adivinhou bem, era a grande ursa, e se ninguém mais foi muito valorizado naquele casamento, pode ter certeza de que ela foi.

Quanto ao rei, estava convencido de que a princesa havia se casado com um grande herói. Assim ela sabia, só que afinal ele era filho do moleiro, embora o rei não soubesse mais disso do que o cachorrinho de meu avô, e ninguém mais sabia, a não ser o sábio, e ele não disse nada a respeito, pois pessoas sábias não contam tudo o que sabem.

PROFISSIONAIS

Pela proposta dinâmica da Sociedade das Relíquias Literárias, cada história contou com diversos profissionais. A seguir, conheça os créditos para cada título:

O Experimento do Doutor Heidegger, traduzido por Anna Carla Castro, preparado por Camila Fernandes e revisado por Karine Ribeiro.

O Terceiro Ingrediente, traduzido por Cláudia Mello Belhassof, preparado por Cristina Lasaitis e revisado por Karine Ribeiro.

O Garoto do Dia e a Garota da Noite, traduzido por Cristina Lasaitis, preparado por Cláudia Mello Belhassof e revisado por Karine Ribeiro.

O Demônio de Mármore, traduzido por Nathalia Amaya Borges, preparado por Camila Fernandes e revisado por Karine Ribeiro.

Bartleby, o Escrivão, traduzido por Karine Ribeiro, preparado por Karen Alvares e revisado por Bárbara Parente.

Sra. Spring Fragrance, traduzido por Nathalia Amaya Borges, preparado por Camila Fernandes e revisado por Úrsula Antunes.

Depois, traduzido por Carolina Caires Coelho, preparado por Meggie Monauar e revisado por Lorrane Fortunato.

A Amante do Pássaro, traduzido por Carol Chiovatto, preparado por Eliana Moura e revisado por Camilla Mayeda Araki.

O Rei Gélido, traduzido por Cristina Casagrande, preparado por Meggie Monauar e revisado por Camilla Mayeda Araki.

O Fantasma Inexperiente, traduzido por Andrea Coronado, preparado por Karen Alvares e revisado por Camilla Mayeda Araki.

Os Óculos de Pigmalião, traduzido por Paulo Noriega, preparado por Karine Ribeiro e revisado por Camilla Mayeda Araki.

A História da Noz de Casca Dura, traduzido por Petê Rissatti e revisado por Karine Ribeiro.

Pele de Urso, traduzido por Karine Ribeiro, preparado por João Rodrigues e revisado por Camilla Mayeda Araki.

Sociedade das Relíquias Literárias

Este livro foi publicado com o auxílio de milhares de assinantes da Sociedade das Relíquias Literárias, que permitiram que cada conto fosse resgatado das antigas bibliotecas diretamente para nossas casas.

Foi impresso na fonte Newsreader em papel pólen bold 70g/m² em uma tiragem especial.

SEJA ASSINANTE DA SOCIEDADE DAS RELÍQUIAS LITERÁRIAS E TENHA ACESSO A CONTOS DIGITAIS MENSAIS RESGATADOS DIRETAMENTE DO PASSADO

catarse.me/sociedadeliteraria